KB199374

문학과 존재의 현상학

문학과 존재의 현상학

박주택

역락

문학의 불만과 불안

본 연구서의 논문 중 두 편은 윤곤강 전집 발간의 해설을 겸해서 쓴 논문이고 다른 한 편은 김동명 전집 발간에 즈음하여 쓴 논문이다. 이 외 김기림·《三四文學》·김수영·김종삼·박재삼에 관한 논문이다. 막상 책을 엮으며 논문의 면면을 살펴보니 황량하기 그지없고 몇 번의 수정을 거쳤지만 부족한 마음은 여전하다.

문학의 미래

우선 오랫동안 대학에서 문학 교육을 하면서 느낀 점을 말해두어야 할 것 같다. 먼저 한국 문학이 독자적인 문학을 이루었으며 훌륭한 변화 과정을 이루었다는 점이다. 이는 독창적인 추동력에 기인하는 것이었다. 다음으로는 한국 문학의 일본 문학과의 관련성이다. 서구 문학이 일본 내에 수용된 것이 우리 근대 문학에 함께 수용되고 직접적으로는 일본 문학과의 유비적 관계 속에 수용되었던 까닭이다. 비록 한국 문학이 문학적 깊이와 넓이에 있어 한계를 드러내고 있지만 세계 문학으로서의 면모를 튼실히 마련하고 있는 것은 존중받아야 할 것이다.

　필자는 지나친 서구 중심주의 문학 담론을 경계하며 사상의 독자성과 이론의 축적을 제기해 왔다. 그 까닭은 대학 교육이 우리 시가 변화를 거듭하여 왜 오늘에 이르렀는지를 탐색하고 있다하더라도 2000년대 이후 시는 선뜻 받아들이기 어려운 것이었다. 눈에 보이는 것, 표현하고자 하는 것, 재현된 것이 모두 허상이라는 것을 알고 있고 지식이, 경험이, 가설적이라는 것도 우리는 알고 있다. 그러나 이 경계에서 우리는 공포에 이르는 공간으로 향하는 문을 열고 만다.

　시는 그 생명의 충동으로 매 순간마다 생과 사를 오간다. 그렇다 하더라도 시는 언어를 이길 수 없으며 언어는 시 속에서 결코 자신이 될 수 없다. 따라서 시를 쓰는 자는 부서지는 자이며 시도, 언어도, 주체도, 생도, 죽음도 그 모든 것은 모였다 흩어진다. 텅 비어 있을 뿐, 시는 그 무엇이 될 수 없다.

　주지하다시피 시는 기술의 영역에서 확장을 계속할 것이다. 기술은 이제 시 전체에 속하는 것이 되었으며 정보와 속도에 따라 인간의 시적 능력을 넘어설 것이다. 프로그래밍 속에 시인의 죽음은 시작되고 인간의 피부를 대신할 것이다. 우리는 신을 허용한 공간 속에 기술의 신화를 구축하고 '나'라고도 말할 수 없고 '나는'이라고도 말할 수 없을 것이다. '시는 누구의 것인가'라는 인과론 속에 '나'와 '인공지능'과의 간극은 함께 할 것이다. 이 시뮬레이션 가설(The Simulation hypothesis)은 이제 실체가 되었다.

연구서의 체제와 구성

이 책은 모두 2부로 구성되어 있다. 1부는 윤곤강의 시·윤곤강의 시론·김기림의 시·《三四文學》의 시와 시론에 관한 것이고 2부는 김동명의 시·김수영의 시·김종삼의 시·박재삼의 시에 관한 것이다.

윤곤강은 KAPF 가입 후 민족을 위해 역사적 삶을 살고자 했으며 시대와 역사를 위한 신념을 다해 왔다. 『大地』(1937), 『輓歌』(1938), 『動物詩集』(1939), 『氷華』(1940), 『피리』(1948), 『살어리』(1948)의 시집은 민족 문학으로서 방향성을 환기하며 올곧은 시정신을 환기시켜 주는 것이었다.

윤곤강의 시론은 33년 《新階段》에 「反宗教文學의 基本的 問題」를 시작으로 시의적인 비평을 연이어 발표함으로써 30년대 문단에 시론가로서의 입지를 굳히며 내용과 형식 문제·창작 방법에 이르기까지 생성의 가능성을 추구하였다.

김기림은 35년 「詩에 있어서의 技巧主義의 反省과 發展」에서 기교주의 발생과 환경을 이야기하면서 로맨티시즘을 구식(舊式)이라 비판하고, 카프의 내용주의 역시 소박한 사상이나 감정의 자연적 노출에 불과하다고 지적한다. 근대를 사고함에 있어 김기림은 과학과 기술·지식과 문명과 같은 지(知)의 표상과 시를 구성의 상호 관계 속에서 파악하고자 하였다. 근대의 위기를 인식할 수밖에 없었을 때 그가 할 수 있었던 것은 근대에 대한 확고한 인식을 시론(詩論) 곳곳에 편재(遍在)하고 문명에 대한 가치를 우선으로 두는 일이었다.

아방가르드 운동은 《三四文學》을 중심으로 미적 방향을 가늠한다. 《詩

와 詩論》을 중심으로 활동했던 니시와키 준자부로(西脇順三郎)·기타가와 후유히코(北川冬彦)·기타조노 가쓰에(北園克衛)·하루야마 유키오(春山行夫) 등은 우리 근대 문학에도 중요한 부면을 차지하며 《三四文學》에 영향을 미친다. 《三四文學》은 이념과 집단을 광범위하게 아우르는 종합잡지의 성격이 짙었고 이 점으로 인해 모더니티의 위상을 확보할 수 있었다.

김동명은 23년 《開闢》 10월호에 「만약 당신이 내게 門을 열어주시면」을 발표한 이래 6권의 시집을 출간하며 현실 인식의 실천을 보여 주었다. 역사와 시대·민족과 삶의 문제를 『나의 거문고』(1930), 『芭蕉』(1938), 『三八線』(1947)에 담아내며 『하늘』(1948), 『眞珠灣』(1954), 『目擊者』(1957) 등으로 이어갔다.

김수영은 현실 속에 무력감을 드러내며 정체성을 확인하고자 하였다. 고립과 소외에서 벗어나기 위해 현실의 처지를 설움이라고 상정하고 개인과 사회와의 간극을 좁히려는 노력을 계속해 왔다. 문단으로부터의 소외, 생활로부터의 소외 그리고 자기 자신으로부터의 소외를 극복하고자 조화와 통일을 시의 원리로 삼았다.

김종삼은 50년대 모더니즘 세류 속에서 자신만의 세계를 구축하며 문화적이고도 자본적인 문제를 구조화하고자 하였다. 분단과 죽음에 대한 공간·수도원과 예배당과 같은 성스러운 공간·변방 공간·가난과 고립과 같은 내면에서 환치되는 평화 공간 등을 가능성의 공간으로 그의 시 속에 환기하고자 했다.

박재삼은 55년 『현대문학』으로 등단한 이래 모두 15권의 시집을 출간하였다. 인간의 근원적인 정서인 허무와 죽음·이별과 재생이라는 생의 방식을 노래하며 자연의 속성과 이치를 통해 주체를 성찰하고 형식의 완결성보다는 관조와 허무를 보다 큰 완전성으로 인식하였다.

끝으로 본 연구서가 나오기까지 기꺼이 출판을 응락해주신 역락 출판사의 이대현 대표께 깊은 감사의 말씀을 드린다. 또한 바쁜 일정에도 불구하고 본 연구서를 아름답게 꾸며주신 편집부에게도 감사드린다. 고락을 같이해 온 경희대학교 프락시스 연구회에게도 큰 고마움을 전한다.

2025년 5월

박주택

차례

1부

윤곤강의 시 세계   17

1. 서론   17

2. 『大地』의 겨울과 생명 의식   20

3. 『輓歌』, 『動物詩集』, 『氷華』에서의 시 세계 변모   28

   3.1. 『輓歌』의 '주체'와 죽음의식   28

   3.2. 『動物詩集』의 공존하는 주체   33

   3.3. 『氷華』의 불멸과 자유   37

4. 『피리』, 『살어리』의 시대정신   41

   4.1. 『피리』 전통의 재창조   41

   4.2. 『살어리』 개인 운명과 역사   45

5. 결론   49

윤곤강 시론의 근대시사적 의미   **52**

1. 서론   52

2. 프로문학과 쏘시알리스틱·리알리슴의 총체적 인식   57

3. 주지시의 마물적(魔物的) 존재: 에피고넨과 '모던쏘이'의 감각   70

4. 포에지이 정신과 민족 공동체   81

5. 시와 진실, 근대시사의 대타적 자리   91

김기림 시의 근대와 근대 공간 체현   96

1. 서론   96

2. 『太陽의 風俗』: 속도와 근대 풍경   101

3. 『氣象圖』: 전파(電波)와 게시판(揭示板)   110

4. 『바다와 나비』: 텅 빈 공간의 공동체   114

5. 『새노래』: 틈과 사이, 견고한 바닥   118

6. 결론   125

≪三四文學≫의 아방가르드 구현 양상 연구   128

1. 서론   128

2. 아방가르드 선언문에 나타난 예술관   131

   2.1. 다다이즘의 혁명성과 초현실주의의 자유 정신   131

   2.2. 일본의 아방가르드 수용과 우리 근대문학   138

3. ≪三四文學≫과 초현실주의와의 관련성   142

   3.1. ≪三四文學≫의 유파적 인식과 「絶緣하는 論理」   142

   3.2. 「SURREALISME」의 미적 방향   151

4. ≪三四文學≫과 아방가르드 구현의 실제   153

   4.1. 다다이즘의 미적 형식   153

   4.2. 초현실주의 실천과 윤리   161

5. 결론   167

2부

김동명의 『나의 거문고』, 『芭蕉』, 『三八線』 시 세계 연구   **173**

1. 서론   173
2. 『나의 거문고』의 만물 조응과 낙원 상징   177
    2.1. 보들레르와 자연 인식으로서의 낙토   177
    2.2. 한용운과의 관련성   186
3. 『芭蕉』의 존재론적 조화와 모더니티   188
4. 『三八線』의 이데올로기로서의 현실인식   194
5. 결론   201

김수영 시의 소외 연구   **204**

1. 서론   204
2. 김수영 시의 소외의 원천과 양태   207
    2.1. 문단과 시로부터의 소외   207
    2.2. 생활과 현실의 무력감   216
    2.3. 자기 소외와 고립   222
3. 소외의 극복: 조화와 통일   228
    3.1. 현실 성찰에 대한 자각   228
    3.2. 극복 의지와 삶의 원리   230
4. 결론   236

김종삼 시의 공간 연구   238
—— 화자의 내면과 공간 인식의 상관성을 중심으로

1. 서론   238
2. 공간 인식의 유형   244
    2.1. 죽음과 고통이 있는 참극의 공간   244
    2.2. 신성한 공간, 진정성의 실천 공간   251
    2.3. 중심에서 벗어난 공간, 고립의 공간   257
    2.4. 살아 있는 인간애의 공간   265
3. 결론   271

박재삼 시의 존재론적 인식 연구   274
—— 후기시를 중심으로

1. 서론   274
2. 시적 주체와 자연의 상관성   278
    2.1. 밝음과 성찰의 환원적 인식   278
    2.2. 지각의 분열과 대상의 비동일성   284
    2.3. 허무와 죽음의 변증적 인식   289
    2.4. 부활과 영원의 순응적 윤리   295
3. 결론   301

1부

윤곤강의 시 세계

1. 서론

윤곤강(尹崑崗, 1911~1950)은 충남 서산에서 부농의 아들로 출생하여 보성고보를 졸업한 뒤 일본 센슈대학(專修大學)에 입학하여 수학한다. 윤곤강은 그의 나이 20세에 ≪批判≫지에 「녯 成터에서」(1931.11)를 발표하며 문단에 등장한다. 이는 그가 일본의 센슈대학에 입학한 뒤의 일이다. 「녯 成터에서」는 '북한산고성지(北漢山古城趾)'라는 부제가 붙어 있는데 '총소리'와 '자동차'로 뒤바뀐 세상을 비통하게 노래하며 조선과 조선인의 민족의식을 고취하고 있다. 이 시에서 윤곤강의 민족의식은 성(城)이라는 공간성[1]에 궁(宮)으로 대표되는 왕조의 폐허에 역사적·신화적 의미를 구

---

1 공간은 고정된 것이 아니라 사회의 여러 조건 속에서 탄생하고 죽음을 맞이한다. 인간은 이 공간을 통해 자신의 정체성을 확보하고 존재를 확인한다. 또한 공간은 영토·국가·지역 등과 같이 경계를 구획 짓고 그 안에서 다른 공간과 소통하며 영역성을

현함으로써 망국의 비애를 탄식한다.

이와 같은 민족의식은 춘원(春園)의 민족혼이나 육당(六堂)의 조선의식이라는 관념적 민족의식이 아니었으며 국민문학파가 주창했던 전통적 민족주의와도 다른 실천적 의미를 지녔다. 무엇보다 그의 의식은 조선이라는 공간을 실체적으로 파악하여 '현실'과 '이상'을 분리하여 생각하지 않고 '현실'을 정면으로 바라보는 속에서 '이상'을 실현하고자 하는 통일된 전체성을 추구한다. 이런 의미에서 윤곤강에게 있어 '현실'은 극복 가능한 전망을 잠복시키고 있는 세계이다. 다음과 같은 말은 이와 같은 사유를 직접적으로 대변한다.

오직 우리의 信賴할 唯一 의 길은 現實뿐이다. 우리의 일체의 存在는 現實 속에 있다. 現實을 떠나서 어느 곳에 存在의 意義가 있느냐! 하염없는 過去의 追慕에 우는 대신에 믿을 수 없는 未來의 憧憬에 煩惱하는 대신에 現實에 살고 現實에 生長하자. 現實에 사는 것은 一切의 槪念을 버리는 것이다.[2]

이와 같은 발언은 윤곤강의 현실에 대한 인식을 잘 드러낸다. 현실을 떠나서는 존재의 의의가 없다는 말은 당위적으로 들릴 수도 있겠지만

지닌다. 사회적 관계의 변화와 역사적 과정으로서의 영역성은 소속감과 폐쇄성·확장성과 개방성을 동시에 지닌다. 국가가 민족주의와 국가주의 혹은 세계화의 태도를 보이는 것도 경계가 주는 공간의 사회적 구성에 기초하며, 지역·역사·정치와 권력과의 관계 속에서 그 위상적 질서를 부여하여 각각의 욕망 층위를 형성한다.

2   윤곤강, 송기한·김현정 편, 「시(詩)와 현실(現實)」, 『윤곤강 전집 2』, 도서출판 다운샘, 2005, 165쪽.

이 말이 의미하는 바는 임화(林和)가 기반하고 있던 유물론적 세계관의 사적(史的) 토대에 닿는 것이었다. 말하자면 인간적-사회적-역사적 '현실'은 서로 분리되는 것이 아니라 공통의 사실로서 이는 미래의 '이상'으로 나아가기 위한 기초인 것이다. 윤곤강은 34년 그의 나이 23세에 KAPF에 가담하여 2차 카프 검거 사건에 연루되어 전북 경찰부로 송환되었다가 장수(長水)에서 5개월간 투옥된다. 이와 같은 전기적 사실에 비추어볼 때 윤곤강의 초기 시는 '현실' 또는 '현실 인식'과 관련한 것으로 파악된다.

첫 시집 『大地』(1937)를 고려할 때는 더욱 그렇다. 그러나 윤곤강의 현실 인식을 강렬하게 보여주고 있는 초기 작품인 「荒野에움돋는새싹들」(≪批判≫, 1932.6)과 「아츰」(≪批判≫, 1932.9), 「暴風雨를 기다리는마음」(≪批判≫, 1932.11), 「눈보라치는밤」(≪中央≫, 1934.3) 등의 시는 등단작인 「녯成터에서」도 그렇지만 『大地』에 수록되어 있지 않다. 이는 일제의 통치가 군국주의 체제로 강화되면서 시의 미적 의식에 대한 자의식에 의해 의도적으로 누락시킨 것으로 보인다.

두 번째 시집인 『輓歌』(1938)는 첫 시집 『大地』와 다르게 서정적 내면의 세계로 옮아간다. 물론 『大地』에 실린 많은 시도 내면 서정에 바탕을 두고 있지만 『輓歌』는 제목이 상기하는 것처럼 죽음의식이 주를 이루며 비애·울분·슬픔 등의 정조를 이룬다. 이어 출간한 『動物詩集』(1939)은 동물을 주 테마로 삼고 있다는 점에서 근대시사에서 이례적인 시집이라 할 수 있다. 네 번째 시집 『氷華』(1940)는 현실에 고통과 그 극복의 여정을 여실하게 드러내고 있다는 점에서 서정으로서의 시적 세계를 드러낸다. 이어 해방 후 출간한 『피리』(1948)와 『살어리』(1948)는 고전 시가(古典詩

歌)를 인유하고 있다는 공통성을 지닌다.[3]

2. 『大地』의 겨울과 생명 의식

잘 알려지다시피 윤곤강은 근대문학사에서 시집을 가장 많이 발간한 시인 중의 한 사람이다. 그는 31년부터 50년 그가 죽기 전까지 꾸준하게 시를 써 왔으며 이 과정에서 다채롭게 시적 세계를 구축해 왔다. <浪漫>, <詩學>, <子午線> 등의 시 전문지 동인으로 활동하며 문학적 역량을 발휘했는가 하면 비평과 평론에도 활발하게 활동하여 「反宗教文學의 基本的 問題」(≪新階段≫, 1933), 「現代詩評論」(≪朝鮮日報≫, 1933.9.26~10.3), 「詩的 創造에 關한 時感」(≪文學創造≫, 1934), 「文學과 現實性」(≪批判≫, 1936), 「林和論」(≪風林≫, 1937) 등을 발표하며 시론집 『詩와 眞實』(1948)을 펴내기도 하였다.

특히 「現代詩評論」에서 윤곤강은 카프에 대해 맹렬한 반성을 촉구하고

---

3   윤곤강의 6권의 시집은 해방(1945)을 기점으로 나눈다면 『大地』(1937), 『輓歌』(1938), 『動物詩集』(1939), 『氷華』(1940)는 전기에, 『피리』(1948)와 『살어리』(1948)는 후기에 속할 것이다. 그러나 이는 시집의 형식이나 내용 그리고 동시대적 사조의 흐름을 고려하지 않는 편의적인 구분이다. 시기의 구분은 작품의 내용과 형식, 발간 시기와 경향 등을 총체적으로 고려하여 나누는 것이 온당하다. 이에 본고는 카프 경향을 보여 준 『大地』(1937)를 1기로, 서정의 내면을 순도 높게 보여주고 있는 『輓歌』(1938), 『動物詩集』(1939), 『氷華』(1940)를 2기로, 해방 후에 발간된 『피리』(1948), 『살어리』(1948)가 전통과 창조라는 공통점을 보여주고 있다는 점에서 3기로 구분하고 이 질서에 따랐다.

있는데 여기서 그는 카프가 '빈곤(貧困)'에 빠진 것은 31년 9월 불어닥친 카프 맹원들에 대한 검거로 박영희, 임화, 이기영, 송영, 안막, 권환, 김기진, 김남천 등이 구금되어 조직이 와해되는 요인을 지적한 뒤 카프가 맑스주의 원칙을 따르지 않아 "停滯의 悲哀에 허덕거리고" 있다고 지적한다. 그런가 하면 「傳統과 創造」(≪人民≫, 1946)에서는 "傳統이란 過去의 한 現象이 아니라 未來까지를 內包하고 左右하는 힘이며, 傳統을 前提로 하지 않고 革新을 생각할 수 없다"라며 이제까지 없었던 것을 만들어내는 혁신(革新)은 '전통(傳統)'과의 교신 속에서 "創造에 肉迫"한다고 강조한다.

이처럼 윤곤강은 시사(詩史)의 움직임을 폭넓게 바라보며 자신의 시적 세계와 문학의 흐름을 바로잡으려 했다. 특히 윤곤강은 「쏘시알리스틕·리알리슴論」(≪新東亞≫, 1934)이라는 매우 긴 글을 발표하는데 여기에서는 프로문학의 방향성이 '혼선(混線)'을 빚고 있다며 '창작기술 문제와 수법 문제'에 매달리지 말고 이론의 발생적·역사적 조건의 구명(究明)과 정당한 이해가 필요하고 역설한다. 그러면서 "푸로作家는 個人의心理分析을 性格의 自己滿足的인 發展위에서가 아니라 社會的환경의影響下에 形成되며 發展되는 人間의 內的本質의 指示우에 基礎를 잡지않으면안된다"고 강조하며 도식주의를 버리고 인간의 내부와 시대를 통일시켜야 한다고 주장한다.

윤곤강이 제기하고 있는 리얼리즘이라는 용어가 우리 근대문학사에서 쓰이기 시작한 것은 1907년 무렵부터이고 그 개념이 소개되기 시작한 것은 2~3년 후의 일이다. 그리고 사조(思潮)로서의 리얼리즘이 본격적으로 논의된 것은 15년 무렵부터이다.[4] 윤곤강이 「쏘시알리스틕·리얼리슴론論」을 소개하고 그 이론적 전개와 표현에 대해 언급하고 있는 것은 윤곤강 자신이 인용하고 있는 그라드콥호의 주장대로 "作家는 그 創作的 意圖에 있어 항상 典型的 情勢로부터, 어떤時代의 社會關係의 全體係로부터 出發하는 것"이라며 카프의 당면한 문제를 지적하고 있는 것은 '정세(情勢)'를 정확하게 이해하고 '시대(時代)' 그 자체를 과학적으로 인식하는 것을 요구한 것이었다. 우리 근대문학사의 리얼리즘 논의가 자연주의적(自然主義的) 리얼리즘(1915~1922), 비판적(批判的) 리얼리즘(1922~1927.8), 변증법적(辨證法的) 리얼리즘(1927.8~1933), 사회주의적(社會主義的) 리얼리즘(1933~1940) 등으로 변모해 왔을 때[5] 윤곤강의 이 같은 '쏘시알리틱 리얼리즘'(사회주의적 리얼리즘)에 대한 논의는 카프의 각성을 촉구하며 변화를 모색하자는 것이었다.

그러나, 카프가 이미 해산될 위기에 처해 있는 상황에서 윤곤강의 이 같은 발언은 스탈린 체제 하에서만 가능한 것이 아닌가 하는 회의가 드는 것도 사실이지만 조선문학이 처해 있는 문학 상황을 타개하기 위해 김남천이 「고발문학론」을 주장하거나 백철이 「종합문학론」 등을 들고나온 것은 윤곤강이 지적하고 있는 바 카프의 이론과 창작·문학의 세계관과 구체화 문제 등 새로운 문학으로서의 개진과 맞닿는 것이었다. 윤곤강의 카프에 대한 발언은 원칙과 노선에 입론한 것이지만 당시의 시대 조건을 고려한다면 상당히 진보적인 문학관이었다. 첫 시집 『大地』(1937)에는 이

---

4   장사선, 『한국리얼리즘문학론』, 새문사, 2001, 199쪽.
5   위의 책, 199쪽.

같은 신념이 담겨 있다. 다만 『大地』에 윤곤강이 발표했던 카프 경향의 작품이 미수록 되어 있고[6] 그의 시론이 이들 시에 적용되었을 가능성을 고려한다면 『大地』에서 그 전모(全貌)를 밝힐 수 없다는 아쉬움이 남는다. 말하자면 『大地』에는 윤곤강이 입론하고 있는 세계관이나 구체적 실천 등이 반영되어 있지 않고 시의 대부분이 서정으로 주를 이루었기 때문이다.

『大地』는 생성하는 시간인 봄과 넓고 광활한 수평의 공간에서 생명을 기다리는 의지와 겨울의 혹독한 시련을 견디는 흔들림 없는 확신을 단호 하고도 결의에 찬 어조로 보여준다. 봄은 탄생과 생명이라는 신화적 의미 를 거느린다. 윤곤강이 『大地』에서 겨울과 봄이라는 이원적 층위를 분위 (分位)한 것은 프롤레타리아의 전망을 제시하는 것이기도 하겠지만 그것 은 곧 국가의 회복을 염원한 것이었다. 이는 6권 시집의 곳곳에서 발견되 는 것으로 국가·민족·전통·창조의 문제는 그에게 매우 중요한 문제였다. 그간 윤곤강에 대한 평가는 '민족문학'과 '리얼리즘' 논의에서 소외되어 왔던 것이 사실이다. 이를 상기한다면 앞으로 윤곤강 문학을 검토함에 있어 이 같은 문제를 환기해야 할 것으로 기대한다.

---

6   예를 들면 다음과 같은 시가 있다. "榮華와 悲慘을 실은채 이밤도 三更을지나 고요한 沈默의 바다에 배질한다. / 이밤은 光明과 暗黑을 明滅식히는 地上의 燈臺! / 하날에는 새하얀 달빗조차 가리어지고 쌍에는 밤의 등불조차 깜박어린다. / 바람이불고 구름 이덥힌다. 暴風과 黑雲을指示하는 氣象의變化! / 금시에 무엇이 쏘다질듯한 날새! 골목 골목에서 들네는소리— 『이제야 XXXX XXXXX! 暴風을기다리는 幻虛한마음속에 / 항상 쏘다질듯 하면서도 안쏘다지는 그비ㅅ발이 오날에야 쏘다질녀나보다. / 오호 이거리의 동모들이여 쌜리 XXX XXX XXX. / 비온뒤의 개인날이 그립거든 어서어서 XXXXX XXX XXX! / 이都會의 더러운째를 씨서줄 굵은 비발을 마지하기 위하 야……"(윤곤강, 「暴風雨를 기다리는 마음」, ≪批判≫, 1932.11.)

그러나 앞서 언급한 것처럼 『大地』에는 유물론적 변증법에 입각한 시편들이 미수록 되어 있고 그나마 시집에 수록되어 있는 카프 경향의 시들은 그 계급 인식이 두드러지게 보이지 않는다. 『大地』에 수록되지 않은 윤곤강이 발표한 초기 시의 전모(全貌)를 살펴보지 않는다면 윤곤강의 초기 시 경향을 온전히 평가할 수 없다. 문학사적으로 『大地』가 출간될 무렵은 '시문학파'를 거쳐 김기림 류의 '모더니즘'이나 이상 류의 '아방가르드'가 주류를 형성하는 시기였다. 이와 같은 것을 고려할 때 미수록된 초기 시를 살펴보지 않고 『大地』에 수록된 시만으로 프로 문학의 성향을 지닌 시집으로 평가하고 있는 것에는 다소 회의적이다. 이 같은 경향의 시들이 많지 않을뿐더러 계급적 요소들도 구체적으로 눈에 띄지 않기 때문이다. 22편이 실려 있는 『大地』에는 카프 경향의 시 몇 편과 두 번째 시집인 『輓歌』로 이어지는 서정적인 시가 대부분을 차지하고 있다.

언덕 풀밭에는 노-란싹이 돋어나고

나무ㅅ가지마다

소담스런 잎파리가 터저나온다

쪼그러진 草家추녀끝에 槍ㅅ처럼 꼬친 고두름이

햇볕에 하나 둘식 녹어떨어지든ㅅ날이 어제같것만……

악을쓰며 달려드는 찬바람과 눈보라에 넋을잃고

고닯은 새우잠을자든 大地가

아마도 고두름떨어지는소리에 선잠을 깨엇나보다!

얼마나 우리는 苦待하엿든가?

병들어누어 일어날줄모르고 새우잠만자는 사랑스런大地가

하로밧비 잠을깨어 부수수!털고 일어나는 그날을!

흙내음새가 그립고,

굴속같은 방구석에 웅크리고앉었었기는

오히려 광이를잡고 주림을 참는것만도 못하여——

地上의온갓것을 네품안에 모조리 걷어잡고

참을수없는기쁨에 곤두러진大地야!

-「大地」 부분

　이 시에서 「大地」는 겨울을 이기고 약동하는 봄을 기다리는 것으로
그려지는데 이는 시집 『大地』가 추구하는 전체적 맥락과도 무관하지 않
다. 시집 『大地』가 희망의 상상력으로 봄의 이미지를 추구하고 있는 것은
문학적으로도 첫 시집의 출발을 의미하는 것이었지만, 자신이 사는 곳을
코스모스의 공간으로 인식하고 자신이 처한 다른 세계를 혼돈의 공간으
로 인식하는[7]것은 윤곤강에게 있어서도 마찬가지이다. 국권을 빼앗긴 대
지(大地)는 윤곤강에 있어 '다른 세계'이며 이 다른 세계는 '죽은 자들의
영(靈)'들이 사는 곳[8]인 까닭이다. 공간은 정주(定住)함으로써 중심을 이룬

7　미르체아 엘리아데, 이은봉 역, 『성과 속』, 한길사, 1998, 61쪽.

다. 그럴 때 대지(大地)는 강과 산의 집과 집들의 연결을 통해서 대지의 온전성을 이룬다.

그러나 식민지기의 빼앗긴 국토는 성스러운 공간이 아니다. 그곳은 악마와 유령이 출현하는 장소이다. 이 '다른 세계'에서 봄을 기다리는 것은 제례(祭禮)적 의미에서 '온전성'을 기다리는 신화적 의미를 갖는다. 말하자면 현재와는 다른 공간 속에서 질서를 이루며 '중심'을 회복하고자 하는 '향수'를 드러낸다. 신화는 태초에, 원초적 무시간적 순간, 신성한 시간에 일어났던 사건들을 이야기한다. 이 시간은 비신성화 되고 불가역적인 시간과는 다르다.[9] 이렇게 볼 때 윤곤강이 처한 현실은 대지의 신성을 빼앗긴 '다른 세계의 장소'로 탄생-죽음-재탄생의 신화를 간직하며 "어머니의 젖가슴같은 흙의 慈愛"를 지닌 "成長의 숨소리"(「大地 2」)인 재탄생의 의미를 표상한다.

30년대가 식민지 근대가 형성되는 시기이고 도시적 외관이 들어서고 있었을지라도 대지를 '자애(慈愛)'와 '숨소리'의 자연성(自然性)으로 인식하는 태도는 대지를 시원(始原)의 공간으로 감지하고 있다는 것일 것이다. 도시는 윤곤강의 시집에 잘 나타나지 않는다. 이는 윤곤강이 일본과 경성에서 성장기를 보내는 일상의 장소였음에도 불구하고 자연에 매여 있다는 것은 그의 성격과 시적 세계를 규정하는 것이라 하겠다. 자연의 집착은 "오! 아름답고 살진 自然/ 무엇이 여기에 나타나 『삶』을 협박하겠느냐?"

---

8   미르체아 엘리아데, 앞의 책, 61쪽.
9   _____, 이재실 역, 『이미지와 상징』, 까치, 1998, 67쪽.

(「蒼空」)와 같은 곳에서도 나타난다.

현재의 '대지'가 "병들어누어 일어날줄모르고 새우잠만 자는" 존재로 "뼈저린 눈보라의 攻勢"에 "明太같이 말라붙"(「渴望」)은 존재일지라도 "언덕 풀밭에 노-란싹이 돋어"나는 '그날'이 온다는 것은 윤곤강에게 있어서는 자명(自明)한 인식일 터이다. '그날'은 말할 것도 없이 겨울의 혹독한 추위를 견디고 새 생명이 싹트는 탄생과 생명으로서의 국권 회복의 봄이다. 봄은 잃어버린 시간과 공간의 회복이며 고통과 시련을 견디는 제의적 중심 회복이다. '인고와 견인의 시'라고 할 수 있는 「大地」는 "몸을 태워버리고라도 바꾸곺은 자유"(「蒼空」)를 갈망하며 "이를 악물"(「冬眠」)고 "핏줄이 끊어질때까지" 부단한 '꿈의 신화'를 지속한다.

> 마당ㅅ가 뺏나무잎이 모조리 떨어지든날
>
> 나는 눈앞까지 치민 겨을을 보고 악이 바처,
>
> 심술쟁이 바람을 마음의 어금니로 질겅질겅 씹어보다
>
> 나를 이곳에 꿀어앉힌 그자식을 찜어보듯이……
>
> －「鄕愁 2」 전문

이 시는 「鄕愁 3」, 「日記抄」와 마찬가지로 시의 하단에 '장수일기(長水日記)'라는 부제가 붙어 있다. 이 시의 계절은 「大地」와 마찬가지로 겨울이다. 같은 제목의 「향수(鄕愁) 1」에서 "실창밖 뺏나무잎이 나풀거리고/ 해ㅅ그림자 끔먹!구름은 스르르!/ 鄕愁는 내가슴을 어르만지노니/ 쪼그리고 앉어, 오늘도 北쪽하눌이나 치어다보자!"라며 고향을 그리워하는 심정을 드러내듯 윤곤강에게 있어 향수(鄕愁)는 집의 중심성을 표상한다.

집은 우주와 상응하며 세계의 중심을 이룬다. 이 집과 대립을 이루는 '다른 세계'인[10] 감옥은[11] 집과의 단절 속에서 분노와 증오가 서려 있는 '죽음'을 향한 곳이다. 이곳은 윤곤강이 처한 내면 공간이자 비신성의 공간으로 악마와 유령이 출현하는 곳이다. "나를 이곳에 꿀어앉힌 그자식을 찝어보"는 이 카오스의 공간은 원초적인 공간의 회귀를 통해 재생을 꿈꾸고 있는데, 『大地』에서 '현실'을 재현하는 대부분의 시가 격앙에 차 있는 것도 "이곳에 꿀어앉힌 그자식을 찝어보"는 것과 같이, "달아나는 꿈자리"(「鄕愁 3」)가 있기 때문이다. 이처럼 체험이 의식으로 전화(轉化)하는 현실은 원체험적으로 '다른 세계'를 인식하며 재탄생의 공간을 펼치고자 한다.

3. 『輓歌』, 『動物詩集』, 『氷華』에서의 시 세계 변모

3.1. 『輓歌』의 '주체'와 죽음의식

주지하듯 상여 노래라는 의미를 지닌 『輓歌』(1938)는 제목에서부터 죽

---

10   미르체아 엘리아데, 『이미지와 상징』, 앞의 책, 55쪽.

11   윤곤강이 34년 2월에 카프에 가입한 것으로 미루어 보아 카프에서 활발하게 활동한 것이 아닌 것은 분명하다. 그렇지만 윤곤강에게 감옥 경험은 초기 시를 형성하는 데 중요한 역할을 한다.

음의식으로 가득 차 있는 시집이다.『大地』가 현실의 고통을 견디며 미래를 향하고 있다면『輓歌』는 윤곤강 내면 주체의 기록이다. 이런 의미에서『輓歌』는 '지금 여기'의 상황과 조건들을 노래하며 '기억과 기대'라는 심리적인 변주를 반복한다. 기억이 경험 안에서 시간과 매개하며 현재의식을 구성하는 것에 반해 기대는 미래 시간 속에 자신의 상태나 성격들을 구축하는 까닭이다.

『輓歌』(1938)는『大地』(1937)와 1년의 거리를 두고 출간했지만『大地』와는 다른 시적 세계를 구성하며 '울음, 원통, 묘혈(墓穴), 통곡, 유령(幽靈), 묘지, 광란, 송장, 망령(亡靈), 눈물, 자살, 임종(臨終)' 등과 같은 '기억과 경험'의 무상(無常)한 죽음의식을 노래한다. 고통·무상·죽음은 일반적인 의미에서 소비적인 시간에 속한다.『大地』에서 보이던 봄의 희망이 '다른 세계'인 카오스의 세계로 전이되었다는 것은 그만큼 윤곤강의 희망과 기대가 좌절되었음을 뜻한다. 마치『大地』와는 '다른 세계'를 의도적으로 보여주고자 하는 것처럼 좌절과 함께 윤곤강의 내면에 도사리고 있는 감정의 뿌리를 드러낸다. 그러나『輓歌』는 "'죽음'과 '애도'의 교환이라는 순환적 구조를 통해 회복된 공간으로 상정될 수 있는"[12] 가능성을 마련한다.

윤곤강은 끝까지 계급문학을 견지하고자 했다. 그러나 카프 해산 후 두어 해 뒤에 방향을 전환하는데 그 분기점을 살필 수 있는 시는 37년 7월 3일 ≪朝鮮日報≫에 발표한 「暗夜」이며 이어『朝光』(1937.10)에 「孤獨」, 「病」, 「病室」 등을 발표하면서 명백해진다.[13] 이는 이찬이나 권환도

---

12   김웅기, 「윤곤강 시 연구」, 경희대학교 박사학위논문, 2022, 65쪽.

비슷한 경로를 밟고는 있지만 윤곤강처럼 급격한 변화를 보인 것은 아니었다. 임화 역시 카프가 해산된 뒤 정치적·사회적 이유로 위축된 경우가 있었지만 35년 「다시 네거리에서」(≪朝鮮中央日報≫, 1935.7)와 같은 작품을 발표하면서 계급성을 배제하지는 않았다.[14] 이를 상기한다면 윤곤강의 경우는 이례적인 일이라 할 수 있다.

아하!
통곡하는 大地——

불꽃아!
광란아!
공소야!
곤두재주야!

주린 고양이처럼
지향없이 싸대는 마음의 한복판에서

---

13   김용직, 『한국현대시사 2』, 한국문연, 1996, 206쪽.
14   이찬은 35년 4월 30일자 ≪朝鮮日報≫에 「陽村偶吟」을 발표하고, 이어서 「귀향」, 「國境一節」, 「北關千里」 등을 발표한다. 권환은 34년 6월 15일 ≪東亞日報≫에 「看板」을 발표하지만 38년 발표한 「展望」에는 계급적 이데올로기가 드러나지 않고 일제 말기에 나온 『倫理』와 『結氷』의 두 권의 시집은 예술성과 관계하는 것이었다. 그러나 권환은 윤곤강과 달리 순수시로 방향을 전환하기까지 5년이 걸린 것으로 이를 상기한다면 윤곤강의 180도 방향전환은 아주 돌발적이며 아울러 급격하다.(김용직, 위의 책, 207-208쪽 참조.)

팡! 소리가 저절로 터저나올때,

기우리고 엿듣는 귀청은 찢어지거라!

그때 ——

大地의 한끝으로부터

나무가 거꾸러지고

집채가 뒤덮치고

왼 땅덩이의 사개가 뒤틀릴때,

미쳤든 마음은

기쁨의 들窓을 열어제치고

하하하! 손벽치며 웃어주리로다!

오오, 벌거숭이같은 意欲아!

삶의 손아귀에서 낡은 秩序를 빼앗고

낯선 狂想曲을 읊어주는 네 魔性을

나는 戀人처럼 사랑한다.

-「輓歌 3」 부분

『輓歌』는 『大地』에서 보이던 미래 의식이 비극적 인식으로 변모되는
데 이는 자신이 처해 있는 상실과 불화, 대립과 불안 속에 파생되는 좌절
의식을 표현한 것으로 보인다. 즉 『大地』에서 보이던 '타자성'에 대한

집중과 관심이 『輓歌』에 와서는 자신의 '정체성'을 표현하는 욕망으로 옮아갔음을 의미하며 이는 국가·민족 등과 같이 공동체적 이념이 개인·내면 등으로 이동하여 보다 '본유적인 주체'를 표현하는 데 집중했음을 뜻한다.

임화가 지식인으로서 현실의 문제에서 문학적 책무를 다하려고 했던 것이나 김기림이 조선/일본, 조선/서구의 대립항을 통해 근대적 인식을 자각하고 통찰하고자 했던 것처럼 윤곤강 또한 현실 속에 내재한 '본원(本源)'으로 돌아가 정신의 '본향'을 마련하고자 내면의 무한성을 확장한 것으로 파악된다. 다시 말해 『大地』에서 보이던 '타자성'에 대한 관심을 자신의 내면으로 방향을 돌려 대지의 회복에 대한 열망을 구현하고 있는 것으로 해석된다. 이 같은 이유로 『大地』의 생명에 대한 의식은 "통곡하는 大地"로 변하여 "大地의 한끝으로"부터 "거꾸러지"는 "뒤틀린" 감정을 드러내며 "기쁨의 들窓을 열어제치고/ 하하하!손뼉치며 웃어주리로다!"라며 망국 국민으로서의 과잉된 자의식을 드러낸다.

이렇듯 「輓歌 3」은 고해성사를 하듯 내면의 분열을 드러낸다. 죽음을 불러내는 고복(皐復)의식과도 같이 신성(神性)을 잃어버린 죽음과 대결하며 심층으로 하강한다. 경험이 감각을 통해 감정을 드러내는 것이라 할 때 윤곤강은 심층의 하강을 통해 '다른 세계' 이전의 세계, 본원적인 무상(無常), 기원으로서 마음의 저부(低部)에서 깔린 비극을 끌어올린다. 이는 "이 세상이// 살았는지,/ 죽었는지,/ 그것조차,/ 그것조차,/ 알수없는 때"(「때가 있다」)에서처럼 존재하지 않는 자신을 바랄 뿐 윤곤강은 자신을 죽음의 제단 위에 놓는다.

그러나 이 죽음은 재생을 위한 힘으로 작용하는 것이 아니다. "살았다 –죽지않고 살아있다!"(「小市民哲學」)에서와 같이 "썩은 나무"(「病室 2」)나 "송장의 表情"(「呪文」)으로 절망할 뿐이다. 말하자면 「輓歌」에서 "낯선 狂想曲을 읊어주는 네 魔性을/ 나는 戀人처럼 사랑한다"는 극단의 감정을 드러내는 것처럼 "검은옷을 입은 주검이, 微笑를 띠우"(「死의 秘密」)며 지나갈 때 "어둠속에 죽"(「O·SOLE·MIO」)는 희망의 불가능성을 노래한다. 뿐만 아니라, '태양'의 죽음과 "운명의 靈柩車"(「肉體」)를 탄 육체를 조상(「弔喪」)하는 죽음 의식은 대결의 좌절 끝에 오는 것으로 육체는 영혼의 창살이 되어 수다한 세계(世界)의 무덤을 만든다. 그러나 윤곤강의 시편들이 그렇듯 이 죽음의식이 어디에서 연유하는지는 구체적으로 나타나지 않는다. '죽어가는 자신과 마주하'(「面鏡」)고 '슬픔이 넋을 씹어 먹는 괴로움'(「嗚咽」)에 맞닥뜨리며 '주체'의 슬픔만 토로할 뿐이다.

3.2. 『動物詩集』의 공존하는 주체

『輓歌』는 시대의 절망과 감옥 경험 그리고 그의 내면을 괴롭히고 있는 '적'에 대한 증오와 분노로 죽음과 대결하며 고통받는 '주체'의 모습을 보여준다. 『輓歌』가 '주체'를 가학하고 있는 것에 반하여 『動物詩集』(1939)은 시적 대상인 동물에 사유를 고정함으로써 비교적 안정적 의식을 유지한다. 『動物詩集』은 동물을 제재로 한 권의 시집으로 엮고 있다는 점에서 우리 시사에서 실험적이면서도 독창적인 예를 보여준다.

또한 『動物詩集』은 대상을 통해 사유를 드러내며 존재의 구체성을 인식하면서 주체 → 대상 → 주체의 순환 경로를 따르고 있고, 동물의 형상을 묘사하거나 속성을 묘파해내기보다는 동물에 자신을 가탁(假托)하여 대상과 교호(交互)하고 있다는 점에서, '대상'(타자)보다는 사유 존재로서 '나'(주체)를 찾아가는 도정(道程)이라 볼 수 있다. 그러면서도 주체와 대상이 평등한 관계를 유지하면서 존재의 존재성을 인식하고 있는 구체성을 드러낸다.

> 詩에 있어서의 形式의 革新이라는 것은 單純히 形式的인 革新만이 아니라, 그것을 結果로서 가져오게한 必須의 觀念의 革新에 依 한 것이다. 다시 말하면, 詩의 進化란 形式에 그치는 外部的인 것이 아니라, 實로 詩에 對한 內部的인 進化―卽 『觀念』의 進化인 것이다.[15]

윤곤강이 시의 진화(進化)란 방법의 발견으로부터 수행된다며 훈련과 열정을 역설하며 '형식'의 혁신과 '관념'의 혁신을 논하고 있는 것은 가치를 문제 삼는 것이었다. 그의 제언처럼 형식과 관념을 새롭게 추구하는 『動物詩集』은 나비, 벌, 달팽이, 왕거미, 매아미, 파리, 굼벵이, 털버레 등과 같은 곤충들과 붕어와 같은 민물고기 그리고 고양이, 종달이, 낙타, 사슴, 원숭이, 비둘기, 황소, 박쥐, 염소, 당나귀, 쥐와 같은 동물들이 등장한다. 주변에 있는 이들은 '현실로서의 의미'를 상기시킨다.

---

15   윤곤강, 「詩의 進化」, ≪東亞日報≫, 1939.8.17.

채마밭머리 들충나무밑이다.

매해해– 염소가

게염을떨고 울어대는곳은,

늙지도 않았는데

수염을 달고 태여난게 더욱슬퍼,

매해해– 매해해– 염소는 운다.

　　　　　　　　　　　　　　　　　 –「염소」 전문

『動物詩集』은 일종의 알레고리 형식을 띤다. 알레고리는 겉으로 드러
나는 표현 속에 대상에 대해 깊은 뜻을 감추고 있어 알레고리의 대상은
때때로 인격화되기도 한다. 지적(知的)인 해석을 요구하는 알레고리는『動
物詩集』에서 내면의 의미를 표현하는 데 쓰인다. 우화(寓話)가 동물을 인
격화시켜 풍자나 냉소 같은 수사를 동원한다는 면에서 알레고리와 유사
한 점이 있다고 본다면 '염소'는 윤곤강 내면과 동일성을 이루며 '천형(天
刑)'과 '불구(不具)'의 이미지를 상기시킨다. 대상과 거리 조정에 의해 의미
를 구성하는 이 '형식'은 대상이 단순히 고유한 본질이나 존재가 되는
것보다는 의식이 지향하는 바에 따라 다양한 내면과 상면할 수 있다는
강점을 지닌다.

장돌뱅이 김첨지가 노는날은

늙은당나귀도 덩다러 쉬었다,

오늘도 새벽부터 비가왔다,

쉬는날이면, 당나귀는 더 배가고팠다,

배가고파 쓸어진채, 당나귀는 꿈을꿨다.

댓문이 있는집, 마루판 마구에서

구수한 콩죽밥을 싫것먹고,

안장은 금빛, 고삐는 비단

목에는 새로만든 방울을달고,

하늘로 훨 훨 날라가는 꿈이었다.

-「당나귀」 전문

이 시에서 '당나귀'는 '주체'와의 거리를 통해 '주체'의 내면을 드러낸
다. 여기서 '당나귀'는 실체로서의 특징이 깊이 있게 그려지기보다는 「염
소」와 마찬가지로 '주체'에 의해 동일화된 대상으로 등장한다. 따라서
'당나귀'의 훨훨 날아가는 꿈은 『大地』에서 보이는 신생과 부활의 의미,
『輓歌』에서 보이는 죽음의 제례 의식과 맞물려 국가·민족과 같은 공동체
적 의미를 환기한다. 『動物詩集』(1939)의 이 같은 거리 조정은 『大地』
(1937)와 『輓歌』(1938)에 비해 안정적인 어조를 드러내며 네 번째 시집인
『氷華』(1940)에 이르기까지 그 지속성을 유지한다.

시가 항상(恒常)을 유지하는 것이 아니라 단절과 반복을 계속하며 세계
관을 구축하는 것이라면 『動物詩集』은 윤곤강 내면의 휴식과 안정이라는
의미와 함께 '현실'을 다른 방식으로 전하고자 하는 뜻을 지닌다. 결국

『動物詩集』은 체험과 지각이 '주체의 타자화' 내지는 '타자의 주체화'가 되는 공존의 의미를 갖는 것이며 다양한 '경험들'이 어떻게 '전신적(全身的) 감각'과 관계를 맺는지를 보여준다.

3.3. 『氷華』의 불멸과 자유

『氷華』(1940)는 『動物詩集』(1939)과 함께 내면의 서정을 보여주고 있다는 면에서 연속성을 지니면서 시집에 실린 24편의 시가 '지금 여기'를 심상하며 '벽(壁), 분수(噴水), 야경(夜景), 언덕, 포플라, 시계(時計), 청포도(靑葡萄), 다방(茶房), 폐원(廢園), 차돌, 눈쌓인 밤, 백야(白夜), 빙하(氷河)' 등과 같은 구체적 사물로 채워져 있어 『動物詩集』에서의 동물 표상이 자연물이나 풍경으로 대치되었을 뿐 대상을 대하는 방식이나 표현은 크게 바뀌지 않는다. 주체는 안정감을 찾으면서도 "슬퍼함은 나의 버릇"(「壁」)이라고 토로하거나 "땅덩이가 바루 저승"(「希望」)이라고 하는 현실 인식의 고뇌는 멈추지 않는다.

윤곤강이 이 시집에서 담고자 하는 것은 의식의 구현체로서 개인의 역사이다. 그러나 이와 같은 개인의 역사가 시집 전체에 유기체를 이루고 있다고 할 때 그의 의식은 전체적인 삶 속에서 살펴짐으로써 더욱 명료해질 수밖에 없다. 나아가 존재를 구현하는 시적 방식·경험과 감각이 세계와 관계 맺는 방법 등을 폭넓게 살필 때 윤곤강 시의 진정한 이해가 가능할 것이다.

터-ㅇ비인 방안에 누어

쪽거울을 본다

거울속에 나타난

무서운 눈초리

코가 높아 양반이래도 소용없고

잎센처럼 이마가 넓대도 자랑일게 없다

아름다운 꿈이 뭉그러지면

성가신 슬픔은 바위처럼 가슴을 덮고

등뒤에는 항상 또하나 다른 내가 있어

서슬이 시퍼런 눈초리로 나를 노려보고

하하하 코웃음치며 비웃는 말——

한낱 버러지처럼 살다가 죽으라

-「自畵像」전문

　　「自畵像」은 자신과 정면으로 대결하고 있다는 의의를 지닌다. 따라서
거울 속 '무서운 눈초리'는 거울과 상면하는 '주체'로 이 거울로 인해
'나'는 '나'이면서 '나가 아닌 '나'를 비춘다. 분열된 '주체'를 자기 존재의

부정으로 삼아 응축하고 있는 이 시는 불안과 내상(內傷)을 시의 원천으로 삼아 "본질적으로 부정의 작용을 하는 의식은 그 자신 개념 속에 외타적 존재와의 관계를 내포함으로써 자기 의식이 되는 것"[16]처럼 '타자'인 거울 속의 '나'를 인식하고 그것을 의식의 실체로 삼는다. 윤곤강이 거울과 대적하며 실체를 현재화(顯在化)하는 것은 '거울'의 외타적 매개를 통해 자기 현현(顯現)의 가능성을 발견하고자 하는 데 있다.

이것은 자신과 '현실' 사이에서 멀어진 부정(否定)을 조화하고 균형을 이루려는 '중심'에의 욕망에서 기인한다. 윤곤강이 개인의 존재에 있어 부정을 되풀이하며 고통스러운 내면을 각인하는 것은 그의 의식 속에 '생명과 죽음'이 순환하기 때문이다. 『피리』(1948)와 『살어리』(1948)에까지 이어지는 이 고행은 "외롭게 슬픈 마음"(「噴水」)으로 "호을로 어둠속에 서글피 웃는 밤"(「夜景」)과 "부풀어오르는 하—얀 시름"(「白夜」)을 변위(變位)시킬 때 자기의식으로 현현(顯現)할 수 있는 까닭이다.

> 만약 내가 속절없이 죽어
> 어느 고요한 풀섶에 묻치면
>
> 말하지 못한 나의 기쁜 이야기는
> 숲에 사는 적은 새가 노래해주고

---

16 프리드리히 헤겔, 임석진 역, 『정신현상학 2』, 한길사, 2005, 729쪽.

밤이면 눈물어린 금빛 눈동자 별떼가

지니고간 나의 슬픈 이야기를 말해주리라

그것을 나의 벗과 나의 원수는

어느 적은 산모롱이에서 들으리라

한개 별의 넋을 받어 태여난 몸이니

나는 우지 마자 슬피 우지 마자

나의 명이 다-하야 내가 죽는날

나는 별과 새에게 내뜻을 싥고 가리라

-「별과 새에게」 전문

　전술한 바와 같이 『氷華』(1940)는 『輓歌』(1938)에서 보이던 격정이 『動物詩集』(1939)을 거치면서 자기 동일성을 유지하려 한다는 점에서 균형을 지닌 시집이라고 할 수 있지만, 여전히 내상(內傷)과 어둠의식을 드러내고 있다는 점에서 『輓歌』(1938)와 공통성을 보인다. '유언시(遺言詩)'라고도 부를 수 있는 「별과 새에게」는 기쁨과 슬픔을 '별'과 '새'에게 남기고 가겠다는 주체의 '조상(弔喪) 의식'을 드러낸다.

　'별'과 '새'는 윤곤강의 시에서 좀처럼 드러나지 않는 소재이다. 막힌 세계를 주로 노래한 윤곤강에게 '별'과 '새'는 애상적인 분위기와 함께 영원과 무한이라는 내면의 내밀성을 담고 있다. 이런 의미에서 이 시는 주체의 결의에 찬 고백이자 시대와 개인사를 둘러싼 식민지 지식인으로서의 고뇌를 고통스럽게 토로하는 것이라 하겠다. 이처럼『氷華』는 빛의 영역 밖에서 고통과 차분하게 거리를 유지한다. 이는 윤곤강이 "아픔과 괴로움과 고통 속에서 고독의 비극을 형성하는 결정적 요소를 가장 순수한 모습으로 다시 보"[17]고자 하는 것에 다름 아니다.

4. 『피리』, 『살어리』의 시대정신

4.1. 『피리』 전통의 재창조

『피리』(1948)는 고전 시가를 원전(原典)으로 삼아 새롭게 해석하고 있다는 점에서 시사(詩史)에서 특이한 자리를 차지한다. 이는 "나는 오랫동안 허망한 꿈 속에 살았노라/ 나는 너무도 나 스스로를 모르고 살았노라"고 회억(回憶)하며 "西歐의 것 倭의 것에/ 저도 모르게 사로잡혔어라. 분하고 애달"프다고 성토하는 데에서 발견된다. 예술적 형식과 내용은 오랜 시간에 걸쳐 변화를 지속한다. 지속하는 시간 속에서 '다른 것에 대한 모험'을 시도한다. 예술적 관습뿐만 아니라 주제·운율·감각·언어 등의 것을 새롭게 창조한다. 이런 의미에서 예술은 실험을 바탕으로 한다.

윤곤강의 시는『大地』(1937)와『輓歌』(1938) 그리고『動物詩集』(1939)

---

17   에마누엘 레비나스, 강영안 역, 『시간과 타자』, 문예출판사, 1996, 75쪽.

과 『氷華』(1940)를 거치면서 끊임없이 변화해 왔다. 마찬가지로 『피리』 (1948) 역시 전통성보다는 외래성(外來性)에 그 가치를 두었던 것을 자성 (自省)하며 "나의 길을 걸어가리라"(「머릿말 대신」)고 다짐한다. 『피리』 (1948)와 『살어리』(1948)는 형식과 내용을 전통성에 바탕을 두고 있다는 점에서 정체성을 표상한다. 이는 두 시집이 모두 고려가요(高麗歌謠)를 인유(引喩)하고 있고 이는 편주서(編註書)인 『近古朝鮮歌謠撰註』(1947)와 전주서(箋註書)인 『孤山歌集』을 발간한 것과 맥을 같이 한다.

> 傳統이란 다만 過去의 歷史에 나타난 한 現象이 아니라 未來까지를 內包하고 左右하는 커다란 힘을 말한다. 그러므로 어떠한 傳統을 前提로 하지 않고 革新이라는 것을 생각할 수는 없다. 革新이란 事物이 새로워진다는 것을 말함이요, 事物이 새로워진다는 것은 어떠한 의미로든지 이제까지 없었던 것을 만들어내는 것을 意味한다.[18]

전통이 미래까지를 내포하고 있다는 발언은 혁신이 전통과 합치될 때 창조(創造)로 이어진다는 것을 말하기 위함이다. 이는 "참된 傳統 위에 뿌리박은 創造 오직 그것만이 우리 民族 全體를 바른 길로 이끌어 줄 수 있을 것"[19]을 의미한다.

---

18 윤곤강, 「傳統과 創造」, 『윤곤강 전집 2』, 161쪽.
19 위의 책, 161쪽.

찬 달 그림자 밟고

발길 가벼이 옛 성터 우헤 나와

그림자 짝 지어 서면

괴리도 믜리도 없은 몸하!

누리는 젓으보다도 다시 멀고

시름은 꿈처럼 덧없어라

어둠과 손 잡은 세월은

주린 내 넋을 끄을고 가노라

가냘픈 두 팔 잡아끄을고 가노라

내사 슬픈 이 하늘 밑에 나서

행혀 뉘 볼세라 부끄러워라

마음의 거울 비춰오면 하온 일이 무에뇨

어찌 하리오 나에겐 겨레 위한

한 방울 뜨거운 피 지녔기에

그예 나는 조바심에 미치리로다

허망하게 비인 가슴 속에

끝 모르게 흐르는 뉘우침과 노여움

아으 더러힌 이 몸 어느데 묻히리잇고

-「찬 달밤에」전문

시집 『피리』의 1부는 '옛가락에 맞추어'라는 부기(附記)에 고려가요(高麗歌謠)인 「모죽지랑가(慕竹旨郞歌)」·「정읍사(井邑詞)」·「동동(動動)」·「정과정(鄭瓜亭)」·「서경별곡(西京別曲)」·「가시리」·「정석가」·「청산별곡(靑山別曲)」을 원전으로 삼아 이를 인유(引喩)하거나 패러디한다.[20] 「찬 달밤에」는 「정읍사(井邑詞)」에서 구현된 '달에게 기원하는 여인의 소망'이 '시름의 덧없음과 겨레를 위한 조바심'으로 변주된다.

주지하듯 고려가요는 창작 주체가 평민으로 민중의 감수성을 반영하며 전통으로 자리한 시가(詩歌)이다. 전통이 민족의 심층적 공통 유산이며 민족성이 반영된 문학이라고 할 때 민족문학은 "민족의 원형질에 토대를 둔 공감 영역의 자기 확인이며 영원 지향의 문학으로 작품 그 자체, 장르, 형식, 언어, 문체 등의 민족적 특성에 중요성을 부여해"다.[21] 이렇게 볼 때 『피리』는 시대를 관류하며 공동체로서의 민족과 민족성을 구현한다.

윤곤강이 전통을 통해 얻으려고 한 것은 혁신(革新)을 통한 창조였다. 혁신은 미래를 개진하며 '현재'와 '현실'에 기초하는 인식이다. 즉 외래의 것에 대한 대타적 의미 외에도 해방 후 문학이 나아가야 할 방향을 개진하기 위한 것이었다. 소월(素月)이 민요에 감정을 실으며 민족성의 문제를 제기했던 것처럼 '전통과 창조'라는 종합적 시론(試論)을 정착시켜 보려 했던 것이다.

---

20 이런 의미에서 『動物詩集』 역시 '동물'이라는 실체를 상정하고 시적 구조 내에서 사유와 감정을 응축하고 있는 것은 '고려가요'의 고유성에 의존하는 『피리』와 닮아있다 하겠다.

21 오세영, 『20세기 한국시 연구』, 새문사, 1998, 73쪽.

윤곤강이 굳이 고려가요를 시의 전형(典型)으로 삼은 것은 고려가요가 지닌 보편성과 항구성 때문일 것이다. 또한 해방 전후 이념의 대립 속에 시대와 역사가 민족의 염원과는 다른 방향으로 나아가기 때문이었을 것이다. "검하(신이시어-저자 주) 바다 같이 너분 품에 안으사/ 밝은 빛 골고루 비취어 괴오시고/ 三災 八難 죄다 씻어 주소이다/ 온 겨레의 한결같은 發願이오라"(「새해 노래」)에서 드러나는 것처럼 『피리』는 "—이젠 새 세상이 온다/—이젠 새 세상"(「잉경」)이 오는 문을 열어 놓고자 했다.

4.2. 『살어리』 개인 운명과 역사

『살어리』(1948)는 『피리』(1948)의 시적 규범을 이어나가는 것처럼 보인다. 그러나 『피리』가 고려가요를 인유(引喩)하고 있는 시편들과 '옛마을에서'라는 부제가 붙은 연작 형태를 통해 전통과 창조 그리고 장소로서의 공동체적 운명을 지향하고 있다면 『살어리』는 「살어리(長詩)」, 「흰 달밤에(長詩)」, 「바닷가에」 등이 고려가요를 인유할 뿐이다. 그런데 『피리』와 『살어리』가 각각 해방 후에 나온 시집이고 『살어리』가 「청산별곡(靑山別曲)」의 구절을 연상시켜 시집 『살어리』도 『피리』와 마찬가지로 고려가요의 많은 부분을 인유하고 있는 것처럼 보이지만 『살어리』는 『피리』와 다른 세계를 펼쳐 보인다.

『살어리』는 「살어리」, 「잠 못 드는 밤」, 「흰 달밤에」 3편을 장시(長詩)라고 부기(附記)하고 있는데 장시(長詩)라고 부를 만큼 길이가 길지 않아 윤곤강 시에서 비교적 길이가 긴 시라고 이해하면 되리라 생각한다. 『살어리』에는 계절을 노래한 시들이 많이 보이는데 '봄'을 노래한 시편(「봄」·「봄밤에」·「기다리는 봄」)과 '여름'을 노래한 시편(「첫여름」·「유월」·「여름」) 그리고 가을을 노래한 시편(「가을 가락」·「가는 가을」·「구월」) 등은 보이나 겨울 시편의 제목은 보이지 않는다. 소재 면에서도 꽃·수박·나무·해바라기 등의 식물과 바다 시편이(「바닷가에」·「아침 바다」·「바다」·「또 하나의 바다」·「밤바다에서」) 두드러지게 많이 보이는 것으로 이는 과거의 시집에서는 발견하기 어려운 것이다. 『살어리』에는 자연을 통해 내면의 깊이로 침강하거나 먼 곳을 향해 가며 윤곤강의 시선과 시적 공간이 "대지에서부터 직·간접적인 방식으로 시선의 '공간적 진화'를 보인다."[22]

> 5
> 살어리 살어리 살어리랏다
> 그예 나의 고향에 돌아가
> 내 고향 흙에 묻히리랏다
>
> 때는 한여름 바다 같이 너분 누리에
> 수갑 찬 몸 되어 전주라 옥살이
> 예(倭)의 아픈 챗죽에 모진 매 맞고
> 앙탈도 보람 없이 기절했어라

---

22   김태형, 「근대 시인 공간 매개 시어 연구: 윤곤강·이육사·백석의 작품을 중심으로」, 경희대학교 박사학위논문, 2022, 76쪽.

그때, 하늘 어두운 눈보라의 밤

넋이 깊이 모를 늪 속으로 가랐을 때

한 줄기 타오르는 불꽃을 보았어라

그것은 도적의 마즈막 발악이었어라

나와 내 겨레를 은근히

태워 죽이려는 그 놈들의 꾀였어라

정녕 우리 살았음은 꿈이었어라

정녕 우리 새날 봄은 희한하였어라

－「살어리(장시(長詩))」 부분

「청산별곡(靑山別曲)」의 '청산에 살리라'는 이 시에서 '내 고향 흙에 묻
히리랏다'로 변주된다. '살리라'와 '묻히리라'는 차이를 이루지만 여기서
'묻히다'는 '고향' 땅에 살겠다는 의미로 해석된다. '고향'은 가족이 모여
사는 곳으로[23] 자신이 태어난 곳이나 정든 곳을 의미함과 동시에 '민족의
성스러운 땅' 곧 '세계의 중심'이라는 의미를 갖는다. 집-고향-국가의 등
식은 비단 그 공간의 상징성뿐만이 아니라 내면의 공간성을 상징한다.
비록 윤곤강 내면의 기저에는 언제나 죽음의식이 자리 잡고 있지만 그것
과 별개로 '봄'의 大地로 돌아가겠다는 뜻을 '고향'을 통해 나타낸다고

---

23 윤곤강은 좀처럼 가족에 대한 이야기를 드러내지 않는다. 아내와 자식은 시 속에 나
    타나지 않고 어머니와 할머니 그리고 할아버지만 문맥 속에 시어로 등장할 뿐이다.
    다만 유일하게 아버지를 읊은 시 「아버지」가 있다.

볼 수 있다. 이는 "민족어와 민족 정서의 회복을 통해 훼손된 자아를 구명하고자 하는 것"[24]에 다름 아니었다.

이 시에서 윤곤강은 "예(倭)의 아픈 챗죽에 모진 매 맞고/ 앙탈도 보람 없이 기절했어라"와 같이 감옥의 고통스러운 경험을 떠올리며 일본을 "겨레를 태워죽이려"는 '도적'으로 인식한다. 감옥의 경험은 「흰 달밤에 (장시(長詩))」에서도 보이는 것으로 "감옥 쇠살창으로 번히 넘어다보는 눈은/ 모두 모두 볼꼴 사나웁더니만……"에서와 같이 치욕으로서의 존재와 분리될 수 없는 고통으로 받아들인다.

『살어리』는 '3·1절을 맞이하여'라는 부제로 「시조 두 장(二章)」을 수록하고 있는데 그 중 한 장(章)은 '한용운(韓龍雲) 스승께'라는 제목으로 만해가 지닌 고절(高節)을 노래한다. 그런가 하면 시집에 수록되지 않은 「옥(獄)」에서는 "눈뜨면 쇠살창로부터 오는" 새벽 "몇 번이나 죽을 듯 살어났느뇨"(≪文化創造≫, 1945.12)라며 기억의 괴로움을 토로하며 '고향'을 그리워하는 기억의 복원 속에 "자기보다도 나를/ 더 사랑한 아버지!"(「아버지」)를 떠올리기도 한다.

아쉬운 점은 첫 시집 『大地』에서도 그랬듯 국가와 민족을 생각하는 정신이 드러난 「조선」(≪藝術運動≫, 1945.12), 「땅」(≪新文藝≫, 1945.12), 「기(旗)」(≪人民≫, 1945.12), 「三千萬」(≪햇불≫, 1946.4), 「우리의 노래」(≪赤星≫, 1946.3), 「오빠」(≪新文學≫, 1946.6), 「바람(希)」(≪大潮≫, 1948.8), 「무덤 앞에

24　박성준, 「윤곤강 시론에 나타난 '시인-되기'의 여정」, 『윤곤강 문학 연구』, 국학자료원, 2022, 405쪽.

서」(≪京鄕新聞≫, 1948.9.5) 등의 시가 시집에 수록되어 있지 않다는 점이다.

5. 결론

윤곤강은 31년부터 50년 그가 죽기 전까지 꾸준하게 순도 높은 시를 써 왔으며 다채롭게 시적 세계를 구축해 왔다. 시론(詩論)을 통해 근대시사에서 자신의 문학적 신념을 펼치는가 하면 <시학(詩學)>과 <자오선(子午線)> 동인으로도 활동하며 시의 발생론적 의미를 발견하고자 했다. 윤곤강은 KAPF에 가입한 뒤 옥고를 치르며 민족을 위해 역사적인 삶을 살고자 했으며 '나'와와 '우리'와 관계 속에서 시대와 역사를 위한 신념을 다해 왔다.

첫 시집 『大地』(1937)는 생성하는 시간인 봄과 광활한 수평의 공간에서 생명을 노래한다. 겨울의 혹독한 시련을 견디는 흔들림 없는 확신으로 단호하고도 결의에 찬 의지를 보여주고 있는 『大地』는 훼손되지 않은 온존의 세계이자 돌아가고 싶은 본원(本源)의 세계였다. 따라서 대지(大地)는 낙원의 모상(模像)이었다.

두 번째 시집 『輓歌』(1938)는 죽음의식을 드러내고 있는 시집으로 이는 시대적 절망과 감옥 경험 그리고 그의 내면을 괴롭히고 있는 증오와 분노 등이 저류(底流)하면서 곳곳에 고통받는 모습을 부조(浮彫)한다. 마치 죽음의 진리가 진정한 진리인 것처럼 자신과 세계를 가학한다.

세 번째 시집 『動物詩集』(1939)은 두 번째 시집인 『輓歌』에서 보이던 격정이 동물에 의식을 고정함으로써 감각과 감정을 분리하여 안정적 의식을 유지한다. 이로써 『動物詩集』은 동물을 제재로 한 권의 시집으로 엮고 있다는 점에서 근대시사에서 실험적이고도 독창적인 예를 남긴다.

『輓歌』, 『動物詩集』으로 이어지는 죽음과 구원의 변증법은 네 번째 시집 『氷華』(1940)에 와서 더욱 평온을 유지하는 데 『氷華』는 불안과 절망이 세 번째 시집인 『動物詩集』을 통해 여과된 뒤 일상적 삶의 의미를 되새긴다.

『大地』, 『輓歌』, 『動物詩集』, 『氷華』가 해방 전의 시집이라면 『피리』, 『살어리』는 나란히 해방 후 48년에 출간된 시집이다. 『피리』(1948)는 고전 시가인 고려가요를 인유하여 전통을 재창조하고 있어 혁신(革新)의 측면에서 높이 평가받을 만하다. 『피리』는 20편에 가깝게 고려가요를 패러디하거나 알레고리화 하여 전통이 곧 본질적 근원이라는 것을 일깨워 준다. 『살어리』(1948)는 몇 편의 고려가요만을 인유하고 있어 전통의 재창조라는 의미는 크게 부각되지는 않지만 첫 시집 『大地』에서 보여왔던 광활한 이미지가 바다의 수평적 이미지로 펼쳐지면서 미래로의 세계를 보여준다.

참고문헌

1. 기본자료

윤곤강, 『大地』, 풍림사, 1937.

_____, 『輓歌』, 동광당서점, 1938.

_____, 『動物詩集』, 한성도서주식회사, 1939.

_____, 『氷華』, 명성출판사, 1940.

_____, 『피리』, 정음사, 1948.

_____, 『살어리』, 정음사, 1948.

≪批判≫, 비판사, 1931~1940.

2. 논문 및 단행본

김용직, 『한국현대시사 2』, 한국문연, 1996.

김웅기, 「윤곤강 시 연구」, 경희대학교 박사학위논문, 2022.

김태형, 「근대 시인 공간 매개 시어 연구: 윤곤강·이육사·백석의 작품을 중심으로」, 경희 대학교 박사학위논문, 2022.

미르체아 엘리아데, 이은봉 옮김, 『성과 속』, 한길사, 1998.

_____, 이재실 옮김, 『이미지와 상징』, 까치, 1998.

오세영, 『20세기 한국시 연구』, 새문사, 1998.

에마누엘 레비나스, 강영안 옮김, 『시간과 타자』, 문예출판사, 1996.

윤곤강, 「詩의 進化」, ≪東亞日報≫, 1939.8.7.

_____, 송기한·김현정 엮음, 「시(詩)와 현실(現實)」, 『윤곤강 전집 2』, 도서출판 다운샘, 2005.

장사선, 『한국 리얼리즘 문학론』, 새문사, 2001.

프리드리히 헤겔, 임석진 옮김, 『정신현상학 2』, 한길사, 2005.

윤곤강 시론의 근대시사적 의미

1. 서론

윤곤강은 근대문학사에서 시와 시론을 함께 성취하며 자신의 문학적 논리를 시에 접면시킨 시인이자 시론가로 평가할 수 있다. 그는 31년 ≪批判≫지에 시 「녯 城터에서」를 발표한 이래 「暴風雨를 기다리는 마음」(1932), 「겨을밤」(1933), 「눈보라 치는 밤-장사의 노래」(1934), 「어둠ㅅ속의 狂風」(1935), 「撞球場의 샛님들」(1936), 「大地」(1937) 등을 발표하며 30년대 문학사에서 중요한 거점을 마련한다. 그런가 하면 33년 ≪新階段≫에 「反宗敎文學의 基本的 問題」를 시작으로 「現代詩評論」(1933), 「詩的 創造에 關한 時感」(1934), 「쏘시알리스틱·리알리슴論」(1934) 등의 시의적인 시평을 연이어 발표함으로써 30년대 문단에 시론가로서의 입지를 굳힌다. 이 시기 윤곤강은 첫 시집 『大地』(1937)와 두 번째 시집 『輓歌』(1938)를 연이어 상재하며 그의 문학적 자장력을 마련한다.

윤곤강의 비평은 대체로 평론의 성격을 띤다. 비평이 이론을 바탕으로 시를 분석하는 방법론적인 모색이라면 평론은 평가와 감상이 기본으로 이루는 까닭이다. 예컨대 최재서가 「現代主知主義 文學 理論의 建設」(≪朝鮮日報≫, 1934.8.5~12)에서 영국평단의 주류를 소개하면서 흄의 불연속적 세계관과 엘리어트의 전통과 개인에 관한 문제를 역사적으로 고찰하고 있는 것은 이론에 근거하는 것이었다. 흄이 개인의 가능성을 진보적으로 바라보고 있다든지 시가 개성으로부터의 도피라고 주장하고 있는 엘리어트의 이론을 소개하고 있는 것은 최재서의 근대적 비평의 틀을 마련하는 것이었다.

그가 「批評과 科學」(≪朝鮮日報≫, 1934.8.31~9.7)에서 리드의 심리학적 문예비평을 환상과 외디푸스 콤플렉스의 관점에서 전개하고 있는 것과 리차즈의 『詩와 科學』을 체계적으로 설명하고 있는 것은 분명 근대기에 있어 서구 문학에 대한 이론적 근거를 바탕으로 비평의 방법론과 시에 대한 논리를 구성하고자 하는 것이었다. 김기림이 「詩에 잇서서의 技巧主義의 反省과 發展」(≪朝鮮日報≫, 1935.2.10~14)에서 모더니즘 시가 단순히 기교주의에 매몰됨에 유의하며 기교주의의 발생과 환경·근대시의 순수화 운동·시의 상실과 전체성에 대해 의견을 제시하며 '시가 기술의 각 부분이 통일을 이루되 전체로서의 시가 되어야 할 것이며, 그 시의 근저에 정신이 종합'되어야 하는 질서 의지를 강조한 것은 근대시 운동에 대한 이론 부재의 반성적 차원의 것이었다.

최재서, 김기림, 백철, 이양하 등이 서구의 이론을 소개하고 이를 근대 시단에 전개하고 있는 것과는 달리 윤곤강은 방대한 독서를 바탕으로 근대문학의 방향성을 비판하며 카프 쇠멸기에 있었던 30년대에 프로시에서 '포엠의 빈곤'을 발견하고 프로시의 당파성과 유물론적 변증적 창작 방법에 대한 결함을 지적한 것은 용기 있는 것이었다. 주지시파에 대해서도 유희적 대상물로 취급하는 태도를 지적한 것은 근대시단의 새로운 시의 질서를 세우고자 한 것이었다. 윤곤강은 '생활' 그리고 '시'와 '정신'을 강조하며 현실과 멀어진 시의 세계를 경계했다. 그는 「現代詩의 反省」(≪朝鮮日報≫, 1938.6)에서 비판의 정신이라는 것은 현상에 만족하지 않는 정신으로 습관적 중복감을 미워하고 날카로운 신선미를 갈망하는 것이라 주장한다. 그는 김억과 주요한의 시가 허물없는 조선적 서정성의 절정을 보여주었다고 평가하며 콧노래를 짜는 헐한 소녀심을 버리고 고매한 시의 정신, 그리고 그것이 빚어주는 시적 내용, 이것이 시인 스스로의 생의 음악에까지 고도화되어야 함을 역설한다. 이러한 의미에서 시의 표현 방법과 언어의 마술성만으로 시의 세계와 통상하는 것을 백일몽으로 규정하고 '센치멘트(感傷)와 경박한 모더니즘의 유행병' 그리고 '소박한 이데올로기와 선전 삐라'를 세련되지 못한 문학으로 규정한다.

　윤곤강에게 시인이란 "감정을 감정하는 사람"이다. 이는 시인이란 감정의 단순성에서 벗어나 지성과 감정, 사상성과 서정성이 서로 삼투되고 노현(露現)될 때 견고한 시정신을 견지하는 사람이라는 것을 의미한다. 이처럼 윤곤강은 시가 어느 한편으로 기우는 것에 대해 우려를 드러낸다. 윤곤강은 「詩의 生理」(≪朝鮮日報≫, 1938.7)에서 "일시적 기분으로 시를 유희하고, 시인을 흉내는 사람이나 허영과 호기심으로 시를 작란하"는 사람에 대해 "온갖 시의 덤불 속에서 시적인 것과 시인적인 것을 식별하여 진짜와 가짜를 갈라 놓지 않으면 안된다"며 "시의 자극을 내면적으로 감지하는" 시인의 소질에 대해 논급한다. 시인의 능력이란 지성과 감성을 통일하고 "자아인 개(個)의 감정과 타(他)인 전형의 감정을 통일하여 그것을 표현하는 능력"을 갖춘 사람이다. 그리고 이러한 능력이야말로 시에 대한 충동을 자극하는 힘이 된다는 것이다. 이와 같은 까닭으로 그는 표현하려는 감정과 표현된 것의 완전한 합치를 추구하며 시인의 감정과 내면에 대한 비판적 자세와 노력을 문제 삼는다. 윤곤강은 이것을 "시적 창조의 고난"이라고 말한다.

윤곤강이 30년대 문학에 대해 부정적 인식을 갖는 것은 "모방의 시대에 모방 이상의 것을 요구하는 것은 무리"라는 사유 아래 우리 시의 "고뇌의 장야" 후에 오는 새로운 시의 시대를 위한 요구라 할 수 있다. 「詩의 進化」(≪東亞日報≫, 1939.7)에서 윤곤강은 시의 진화가 곧 방법의 진화를 의미한다고 말하며 방법을 대상이 예술품으로 형성될 때 동시적으로 작용하는 정신 활동의 각도라고 말하며 관념 역시 진화해야 한다고 주장한다. 그러면서 그는 우리 시의 진화가 운문시에서 자유시 그리고 현대시의 세 경로를 밟아왔다고 말한다. 윤곤강은 김억과 주요한 그리고 김소월에 이르는 자유시는 "E·A 포우 이후의 순수서정시 전반을 말하는 것으로 이미지즘, 표현주의, 따따이즘, 풀마리즘, 슈울·레아리즘, 모오던이즘 전반을 포함한 통칭"이라 정의한다.

그러나 윤곤강의 이와 같은 진화의 계보가 운문시와 산문시, 정형시와 자유시, 근대시와 현대시와 같은 이항 체계의 분류를 명확히 이해하고 있지 못하고 있음에도 불구하고 운문시의 형식을 버린 자유시가 관념의 이해를 갖지 못한 채 그 형식적인 변모만을 추구한 과오를 지적하고 있고 또한 근대시의 여러 이름을 순수 서정시로 포괄하여 이해하고 있는 것은 서정시의 장르적 범주를 적확하게 이해하고 있는 것으로 평가된다. 그는 시의 진화가 외부적 형식에 그치는 것이 아니라 내부적 관념의 근원으로 들어가 추구하는 데 있다고 보면서 시가 사람의 심정에 호소하는 것이라는 선입견에 일침을 가하고 있는데 이는 서구 문학사에 대한 이론적 실제를 올바르게 파악하고 있음을 보여준다. 그는 김기림과 마찬가지로 백조파류의 낭만적 감상성을 철저히 배제했다. 그렇다고 해서 그가 김기림이 내세우고 있는 지성을 강조한 것은 아니었다. 오히려 윤곤강은 지성이 지니고 있는 건조성을 비판하며 풍부한 세계 형상을 포옹하고 온갖 감각을 연마하며 주지의 정신을 가지고 돌입하는 태도야말로 "시적 행위의 무한성과 시적 방법론의 새로움"이 있다고 말한다. 따라서 윤곤강의 논급하고 있는 시란 결국 포에지에의 정신을 의미하는 것으로 시를 사유하고 그것을 표현하고 형식화시키는 데 있어 정신활동과 연결되는 것이라 할 수 있다.

「個性과 普遍」(≪批判≫, 1938)에서 그는 시가 개성에 의하여 생명을 갖게 된다고 전제하며 보편성과 양면성을 강조한다. "엘리오트가 자기의 시로부터 개성적 요소를 제거시키려한 것도 시의 보편성을 살리기 위한 시험"이었다는 것을 예로 들며 "시인과 시작품의 내용과 형식, 감상성의 전총합의 문제"로 개성을 인식한다. 이 점을 상기한다면 참된 시란 "시인의 감동과 동일한 감동을 읽는 사람에게 경험시켜야 된다는 것"을 제기하고 있는 것은 시에 대한 명확한 통찰에서 비롯된 것이라 할 수 있다.

윤곤강의 KAPF에 대한 현실 인식을 살펴보고 모더니즘 인식에 대한 구체성을 파악하는 것은 그가 내세우고 있는 시정신이 무엇인지를 살펴보는 데 있어 중요하다. 이와 함께 근대시사에서 김기림의 『詩論』(1947) 이후 두 번째로 발간한 윤곤강의 『詩와 眞實』(1948)을 바탕으로 윤곤강 시론의 전모를 살펴보는 것은 윤곤강 시에 대한 이해에 큰 도움이 될 것으로 기대한다.

2. 프로문학과 쏘시알리스틱·리알리슴의 총체적 인식

윤곤강은 34년 2월에 카프에 가입한다. 이때는 박영희, 김기진으로 대표되는 카프가 무산계급의 예술 운동으로서 민족 개량주의 문학과 예술의 대중화 문제에 천착하던 시기를 지나 일제의 검열과 검거로 쇠멸기에 접어들고 있었다. 특히 31년 7월 1차 검거에서 박영희, 김기진, 임화, 이기영, 안막 등이 검거되고, 34년 7월 2차 검거 사건 후 카프는 완전히 해체 위기에 이른다. 이 시기 윤곤강은 2차 카프 검거사건에 연루되어 장수(長水) 감옥에서 5개월 동안 영어(囹圄)의 몸이 되었다가 12월에 석방되었다. 윤곤강의 카프 가입과 프로레타리아 예술 운동에 대한 동지적 관계는 37년 첫 시집 『大地』에 잘 반영되어 있다.

윤곤강은 카프에 가입하기 전 33년 「現代詩 評論」(≪朝鮮日報≫, 1933.9. 26~10.3)에 프로문학에 대한 자신의 의견을 개진한다. 이 글에서 그는 '프로시의 빈곤'과 '기계론의 청산'을 설파한다. 그는 시론과 시작이 상호 작용하여 시의 변증법적 발전성을 갖게 된다고 말하며 '쁘르조아 시'가 자기 몰락을 경험하고 있다고 진단한다. 그러면서 이것이 "「쌜조아」 사회를 형성하고 있는 경제발전의 모순"에서 비롯한다고 주장하며 모더니즘이 '영원의 세계'와 '순수 예술의 세계'에 침잠함으로써 생활에 대한 진실을 회피하고 있다며 '쌜조아지 문학'의 예술적 파멸을 예측한다. 윤곤강은 이글에서 프로시의 빈곤 원인으로 다음 두 가지의 이유를 들고 있다.

첫째는 프로시가 "문학 지위의 우월에도 불구하고 소시민 의식과 격렬한 자성의 실천적 구상화가 없으며 추상적 정치 이론과 문화주의적 편향에 매몰"되어 있고 둘째는 "조선의 오늘이 당하고 있는 외적 정세에 있다"고 지적한다. 윤곤강은 시가 새로운 사회를 위한 예술의 주체적 자각과 능동성을 강화해야 한다고 주장한다. 이는 조직적인 대중과의 연대감과 '전위'와 '투쟁'의 실천적 관점을 요구하는 것이었다. 윤곤강은 일본의 나카노 시게하루(中野重治)의 "근로하는 감정생활 업시는 「푸로레타리아」 시는 잇을 수 없다"고 지적한 것이 중대한 의의를 가지고 있다고 적시하며 다음과 같이 언급한다.

『制約된感情, 理論에依하여먼저設定된情緒代身에 日常의 勞働의 樣姿와 그 勞働의過程이 現實에 呼起하는 情緒와의 不可分의 表現에』詩는 노혀야만된다 다시말하면 『x다!』라고 쎄를쑤시는感情에依하여 움즉이지안흘수업는 『xxxx의高度의xx的思想』과 結合하는곳에 詩는 노혀잇서야된다 그럼으로써 詩는 xx의本質로 向하게하는 思想的結合의 첫새벽을 낫(生)는 어머니(母)이다 그리하는데서만 오늘날의 深刻한 그리고 xxxx에쌔진대중의xx에 구렁에

서 廣汎한××를×得하는 ××力은 슨기잇게 소사날것이다

다만 口쵬에 발린 『詩文學의 黨派性』이라든가 『主題의積極性』이라든가 『唯
物辨證法的創作방법』等을 외침으로써 詩의 이러한 特殊的인 한缺陷을 救出하
는것이아니라는것을 알어야한다.

－「現代詩評論」 부분

윤곤강은 노동과 정서가 불가분의 관계를 맺고 있어야 하며 사상과
감정이 결합하는 곳에 시가 놓여 있음을 지적한다. 특히 시문학의 당파성
을 지적하며 유물론적 창작방법이 도식적이고 공식적인 것이 되어서는
안된다고 설파한다. 윤곤강이 그의 시론에서 끊임없이 제기하는 것은 뼈
를 쑤시는 감정과 고도의 사상에 기반한 시의 새로움이다. 「詩的 創造에
關한 時感」(≪文學創造≫, 1934.6)에서 "우리들의 시가 빈곤이라는 외투에
말려 현실과 머–ㄴ 거리에서 저회하게 된 것은 누가 무엇으로써 부정할
수 있으랴"며 정체를 객관적인 외적 상황과 창작기술의 부족이라는 변명
으로 돌리지 말자고 주장한다.

그는 이 글에서 시의 빈곤의 원인을 시인 자신의 생활에서 찾아야 하며
"근로하는 인간의 가슴 속에 고도의 파동을 일으킬 수 있는 생활의 호흡
속으로 드러가 쌘리깊이 박히는 것"에 의해서만 가능하다고 말한다. "만
권(萬卷)의 시에 대한 이론보다는 살아 있는 현상 속에서 시를 찾아야
한다"며 이론을 바탕으로 기계적이고 도식적으로 재단하는 실태를 비판
한다. 이 점에서 그는 "시론에 의하여보다는 현실에 의하여 오히려 훌륭
한 교훈을 받을 수 있다"고 주장하며 시에 대한 "절실한 고난과 시인

자신의 직접적인 육체적 감성"이 필요하다고 역설한다.

> 그리하는데 依하여서만 生氣발자한 새세긔를노래하는……詩는 바야흐로
> 나타나게 될것이다.
> 웨냐하면 詩人이 한개의感情을 眞實히 노래한다는것은 現實의 온갓 모순
> 에對한 詩人自身의 全身的싸×을 意味하며 그럼으로써 그것은 人間의 역사를
> 前方에로 이끌수잇는 위대한 能動的힘을가지게되는 까닭이다 詩的創造의 길
> 로……詩的創造의 길로……生々한 現實的 描寫의 길로……이것은 오―즉 오
> 늘ㅅ날의 우리들의억개우에노힌 득어운 사명의 하나이다―.
>
> ―「詩的 創造에 關한 時感」부분

이처럼 윤곤강은 시의 현실의 모순에 대한 전신적 싸움을 의미하는 능동적 힘을 가지는 것이 필요한 문예운동을 강조하고 있는데 이는 유물변증법적 리얼리즘의 논의가 일기 시작한 27년부터 33년 정도까지의 조선문학의 상황을 반영하는 것이었다. 근대 문학에서 현실을 변증법적으로 인식하려는 태도는 박영희와 김기진의 내용·형식 논쟁과 창작 방법의 논쟁 등을 비롯하여 대중화론, 목적의식론, 농민문학론 등으로 그 범위를 점차 확대해 갔다. 그럼에도 이론과 실천이 통일을 이루지 못하고 이론의 우위 속에 교조적인 강령의 형식을 띠고 말았는데 윤곤강이 주목한 것은 바로 이 점이었다. 박영희는 「文藝運動의 理論과 實際」(≪朝鮮之光≫, 1928.1)에서 문예 운동의 방향성을 점검하며 프로문학이 무산계급 운동이 되어야 하며 당의 정책이 통일된 조직으로 거듭나야 한다는 것을 주장한다.

그러면서 그는 부르주아 사회에 대응한 형식이 '향락의 형식'이라며 무산계급의 형식을 새롭게 해야 함을 강조한다. 이에 대해 한설야는 「文藝運動의 實踐的 根據」(≪朝鮮之光≫, 1928)에서 문예 운동의 이론과 실천의 통일을 역설하며 박영희의 조합주의적(組合主義的) 태도를 비판하였다.

김기진 역시 「辨證的 寫實主義－樣式問題에 對한 小考」(≪東亞日報≫, 1929.2.25~3.7)에서 변증법적 리얼리즘의 방향성을 제시하며 대중을 지도하는 데 있어 프롤레타리아 예술은 그 도구로서 가치가 있다며 "프롤레타리아 철학인 변증법적 방법을 창작 상에도 적용되지 않으면 안 된다"고 주장한다. 김기진의 이 같은 주장은 현실을 객관적으로 보는 운동을 전체와의 관계 속에서 분석하고 묘사해야 하며 "기계적 사실주의와 변증적 사실주의는 동일하게 취급할 수 없다"고 주장한 것을 추동하는 것이었다. 김기진은 예술이 대중화하기 위해서는 목적을 교묘하게 전달하는 수단으로 재미있고도 평이하게 제작하는 맑스철학에 입각한 프롤레타리아 사실주의 창작방법론을 제창한다. 이에 대해 안막은 「푸로藝術의 形式問題－프로레타리아의 리아리즘의 길로」(≪朝鮮之光≫, 1930.3~1930.6)에서 김기진의 논리를 비판하면서 일본의 구라하라 고레히토(藏原惟人)의 프로레타리아 리얼리즘을 인유하고 있는데 구라하라는 변증법적 유물론을 프롤레타리아 리얼리즘의 관점으로 채택할 것을 주장하며 전위와 투쟁을 내세우는 진보적인 이론가였다.

이에 대해 윤곤강은 「現代詩評論」에서 "『xxxxxx의 쓰님업는 관심과 그것을 이해하기 위한 xx주의적 교양』"[1]이라는 구라하라의 제의를 "기계적으로 밀수입 했던 과거의 잔물적(殘物的)산물"이라며 비판한다. 윤곤강은 '슬로간'에 불과한 것을 '참말의 시'라고 외치는 것은 "소박한 시론이 나흔 사생아"라고 혹평하며 "근로하는 인간의 감정생활 업시는 「푸로레타리아」 시는 잇슬수업다."고 한 나카노 시게하루(中野重治)의 발언을 '중대한 의의'라며 추켜세운다. 이는 김기진이나 안막보다 실천을 더욱 강조하는 것으로 변증법적으로 통일된 시를 내세우는 계급적이고도 국제적인 프로레타리아 예술을 강조하는 것이라 할 수 있다.

윤곤강은 김기진이 주장하고 있는 도식적인 창작방법론이나 도구화된 강령적 성격이 시의 예술성을 해친다고 보았다. 그는 시인이 지니고 있는 예술성이 이론 투쟁의 도구나 마르크스주의 사상에 희생되는 것에 대해 극도로 경계했다. 이는 프롤레타리아 이데올로기를 강화하더라도 '생활'과 '현실'의 세계관을 담아내며 현실의 진실을 파악해야 한다는 그의 지론에서 비롯된다. 프롤레타리아 문학의 기계성과 도식주의를 비판하고 있는 것은 헤겔의 내용과 형식의 변증법이나 루카치의 내용과 형식의 통일성과도 궤를 같이하는 것으로 이는 모두 '전체성과 총체성'에 대한 인식이라 할 수 있다. 윤곤강의 이와 같은 인식은 투쟁성과 방향성을 모색하는 과정에 나온 내용·형식 논쟁이나 목적의식론 그리고 창작방법론과 대중화론이 단선적이고 직선적인 세계관에 불과할 뿐 유기체성을 바탕으로 전체적인 통일된 인식을 포괄하는 총체성이 결여되어 있다고 보았기 때문이다. 이와 같은 배경은 이후 사회주의적 리얼리즘의 출현의 요인이 되었으며 윤곤강 또한 이와 같은 분위기에서 자유로울 수 없었다.

---

1   xxxxxx : 프롤레타리아 xx : 맑스

근대문학에서 리얼리즘은 낭만주의의 반동에서 야기된 초기 리얼리즘과 카프의 문예이론으로 삼은 비판적 리얼리즘 그리고 앞서 논의한 변증법적 리얼리즘을 거쳐 사회주의적 리얼리즘(1933~1940) 등의 양상으로 전개되었다. 윤곤강이 활발한 활동을 하던 시기에 변증법적 리얼리즘은 창작 방법에 대한 유물론적 변증적 세계관이 압도함에 따라 사회주의적 리얼리즘에 대해 관심이 증폭되기에 이르렀다. 이에 따라 사회주의 리얼리즘은 백철, 안막, 윤곤강, 권환, 이기영, 임화, 김남천 등에 의해 소개되고 정립화되기 시작한다. 백철은 「文藝時評」(≪朝鮮中央日報≫, 1933.3.2~8)에서 러시아에서 변증법적 리얼리즘이 거부되고 사회주의 리얼리즘이 성립되는 과정을 소개하면서 그 이론적 배경과 수용 가능성을 논한다.

이와 같은 소개에 의해 사회주의 리얼리즘은 34년 8월 '제1차 전소련작가대회'에서 채택되어 창작방법 등이 논의된 것과 34년 4월 소련 공산당이 '문예단체개편에 대한 결의'와 그해 10월 고리끼 자택에서 열린 제1차 작가회의 등에서 거론되던 사회주의 리얼리즘이 조선에 동시적으로 수용되었다. 안막의 「創作方法問題의 再討議를 爲하야」(≪東亞日報≫, 1933.11. 29~12.7)에서 그는 사회주의 리얼리즘이 등장한 연유와 소련의 창작 방법에 대해 소개하며 유물변증법적 창작 방법의 예술성을 외면한 기계적 도식성을 문제 삼고 있는데 이에 대해 김남천은 「創作方法에 있어서의 轉換의 問題」(≪形像≫, 1934.3)에서 안막이 소련의 창작 방법을 기계적으로 도입하고 창작 방법이 당 조직과 밀접성을 갖는 것임에도 불구하고 사회주의 리얼리즘에 대한 구체적이고 전면적인 이해가 부족하다고 지적한다.

윤곤강은 「쏘시알리스틱·리알리슴論－그 發生的·歷史的 條件의 究明과 및 正當한 理解를 爲하여」(≪新東亞≫, 1934.10)에서 창작 방법에 대한 혼선과 혼란의 근본적 요소 그리고 리얼리즘의 발생적·역사적 조건의 구명과 쏘시알리스틱·리알리슴에 대해 논의한다. 그는 이 글의 보유(補遺)를 통해 안함광의 「創作謗法에 對하여」(≪文學創造≫ 1호, 1934.6), 권환의 「現實과 世界觀과 및 創作方法과의 關係」(≪朝鮮日報≫, 1934.6.24~29), 이기영의 「創作方法問題에 關하여」(≪東亞日報≫, 1934.5.4~10), 한효의 「우리의 새 課題－方法과 世界觀」(≪朝鮮中央日報≫, 1934.7.7~12) 등이 특기할 만하다고 평가한다. 그러면서도 사회주의 리얼리즘에 대한 논의가 "창작방법 문제를 중심으로 끊임없이 야기되는 시끄러운 물의야말로 문학사상에 있어 획기적 몬유멘트(기념비－필자 주)를 남겨"주었다며 "온갖 혼란과 질서를 버서던진 아나크로적 각양각종의 난무"가 마치 "폭풍우 전야의 풍경을 말하는 느낌을 주고있다"고 논급한다. 이와 같은 언급은 비판적 리얼리즘에서 유물론적 변증법론을 거쳐 사회주의 리얼리즘에 이르는 도정에 대한 피로감을 역설하는 것으로 '주문같이 논제를 선두에 내세우'는 자기합리화와 '반동적논조'에 대해 극렬한 입장을 표명하는 것이었다.

김기진과 함께 카프를 조직하고 중심 인물로 활약했던 박영희가 33년 12월 카프를 탈퇴한 뒤 34년 「最近文藝理論의 新展開와 그 傾向」(≪東亞日報≫, 1934.1.2~11)에서 "예술은 무공(無功)의 전사(戰死)를 할 뻔 하엿다"며 "다만 얻은 것은 이데오로기며 상실한 것은 예술 자신이였다"라는 메카시즘적 선언에 대해 윤곤강은 '망설(妄說)'이라 비판하고 프롤레타리아 문학이 "창작방법의 슬로-간의 명칭문제에만 급급한 남어지 슬로-간의 명칭 대치문제에만 설변을 농(弄)하고 있"다며 창작기술 문제가 "케케묵은 형식적 악몽"으로 취급받는 것에 깊은 우려를 드러낸다. 그러면서도 그는 "인식된 역사적 내용의 커-다란 사상적 깊이와 현실의 충만성과의 완전한 융합"이 필요함에도 불구하고 쏘시알리스틱·리알리슴에서조차 이러한 문제에 자유롭지 못한 것을 재고할 필요가 있다고 역설한다. 그는 이러한 혼란의 근원지를 '물건너 문단'인 일본에 있음을 적시한 뒤 「발삭크 방법론」, 「주체적 리얼리슴」과 같은 NAPF의 문제를 걸고 넘어진다. NAPF가 주로 자신들의 내부문제를 "외적 정세로 인하여 부득기 퇴각을 마지 못하여 당하고 있는 현상을 미끼로 카프 역시 혼란우에 혼란을 가하고 있는 것을 외부 문제로 돌리고 있다"고 강하게 성토하고 있다.

그러면서 윤곤강은 「쏘시알리스틱·리알리슴論」에서 NAPF의 사정에 대해 "정당한 이해를 위한 물의가 개별적으로나마 계속적으로 나타나며 머지 않은 앞날에 그 서광이 보일 것"이라 긍적적으로 진단하는 데 반해 카프의 최근 경향성을 비판하며 혼란과 조급성 등이 거두된 근본적 요소를 긴급 문제로 인식하고 그 근거를 "발생 지역의 현실적이고도 역사적인 이해의 부족"함에 두고 있다. 윤곤강은 창작 방법의 새로운 슬로-간인 쏘시알리스틱·리알리슴에 대해 "먼저 그것의 발생 지역인 쏘베-트적 현실을 이해하고 그곳에 역사적으로 발전되어 온 문학이 고도의 표현이라는 것을 이해"해야 한다고 주장한다. 이와 같은 기본적 전제가 바탕을 이룰 때 쏘시알리스틱·리알리슴에 대한 이해가 있을 것이며 이를 진정하게 알기 위해서는 쏘베-트 문학을 역사적으로 검토하고 문학이론에 대한 습득이 선행되어야 한다고 역설한다. 아울러 "우리 문단 일부에서는 유물

변증법적 창작방법이란 슬로-간은 나쁘고 그대신 쏘시알리스틱·리알리습급 xx적로맨틱시슴[2]이 필요하다고 주장되고 있다"며 창작 방법의 검토와 문학론에 대한 광범위하고도 구체적인 이해가 필요하다고 주장한다.

그러나 앞서 말한 이 글에서는 쏘시알리스틱·리얼리슴의 정의나 문학론에 대해서는 자세한 언급을 피하고 있는데 다만 "1928년 5월에 개최된 제1회 전소연방프로작가대회는 프로문학의 「못트」로서 「심리주의적리알리슴」을 선언했다"고 말하며 그 중심인물에 아벨밧하, 리베친스키, 파제-엡흐 등을 거론하고 있다. 윤곤강은 이 선언이 인간 심리 묘사를 중시하며 산 인간과 직접적 인상 등을 슬로-간에 걸고 등장하였다며 랍ᄙ(RAPF)에 의하여 제출된 심리주의 리얼리즘은 프로문학을 현실에 반영하여 도식주의를 배제하고 의식적인 것과 무의식적인 것 등의 "온갖 모순을 품은 복잡한 인간심리의 표현에의 전향"할 것과 그 중에서도 "현대의 영웅인 사회주의의 건설자"인 "산ㅅ인간"에 흥미를 지녀야 한다고 주장한다. 그러면서 프로문학의 심리주의는 '뿔조아 문학의 심리주의'와는 반대로 "인식에 도움을 주고 활동성을 양육하는 객관적인 것"이어야 한다는 입장을 분명히 하고 있다. 윤곤강은 29년에 들어서 "문학의 영역에 있어서 보다 더 고도화를 강조하게 되어 심리주의적 리얼리슴의 비판과 방법과 양식"이 싹트기 시작하였으니 "옛 리얼리슴과 옛 로맨틱시슴의 '변증법적 극복'이 필요한 쏘베-트 문학 양식"으로서 '혁명적 로맨틱시즘'이 필요하다고 역설한다.

---

2   xx的 로맨틱시슴: 혁명적 로맨틱시슴

윤곤강은 사회주의 리얼리즘을 '심리적 리얼리즘'과 '혁명적 로맨티시즘'과의 경과 속에서 파악하고 있다는 사회주의 리얼리즘에 대해 무비판적으로 수용하거나 거부하려는 태도에 경계하고 있다. 윤곤강이 사회주의 리얼리즘의 핵심적 개념이라고 할 수 있는 총체성·세계관·창작방법에 대해서 구체적인 언급 없이 개략적으로 프로문학의 재건 방향을 모색하고 있음에도 불구하고 리얼리즘이 지니는 현실 인식과 로맨티시즘이 갖는 이상을 총체성으로 인식하는 세계관을 융합하려는 본질적 특성을 꿰뚫고 있다는 점에서 중요한 이론적 위상을 차지한다.

윤곤강은 「林和論」(≪風林≫, 1937.3)에서 임화를 "현조선의 시사(詩史) 우에 혜성처럼 빛나는 존재"라며 임화가 "삼십년대의 문학분위기가 만드러놓은 존재요, 따라서 그는 일홈 그대로인 황무지의 야생화"라고 추켜세운다. 그러나 윤곤강은 이 글에서 임화가 "「우산받은 '요꼬하마'의 부두」나 「우리옵바와 화로」 등이 대개 동경 좌익 시단의 나카노(中野), 모리야마(森山) 등의 시 작품을 아류한데 불과"하며 임화가 "임화다운 말을 가지고 있지"만 "『현해탄』 이후 점차로 「사이비독일풍」으로 변질하고" 있다고 강력하게 비판한다.

이와 같은 배경에는 윤곤강의 시를 대하는 정신에 있는데 이는 김기림을 일컬어 '사이비 영국류'라고 몰아붙이고 있는 것과 마찬가지다. 윤곤강의 이와 같은 논리는 창조성을 바탕으로 하는 그의 시의식의 결과이다. 윤곤강은 "시는 개인의 경험, 개인의 실감(實感)이 없이는 있을 수 없으며, 시는 시인 까닭에 개인적인 것이요, 개인적인 특성이 있음으로써 시로서의 존재 이유가 있"다(「"個性"과 "普遍"」(≪批判≫, 1938))며 '무한한 실체인 창조적 개인'을 강조하는 윤곤강의 에피고넨(亞流)에 대한 지극한 혐오를 드러낸다.

「文學과 現實性」(≪批判≫, 1936.10)에서 그는 "현상적 현실과 문학적 진실을 동일시하는 자연주의 문학과 인상주의의 감각적 현실, 심리주의의 심리적 현실, 주지주의의 지적현실 그리고 푸로·리알리슴의 이데올로기의 현실"을 뭉뚱그려 비판한다. 특히 유물변증법적 리얼리즘에 대해서는 제기된 "주제의 적극성이라든가 생동하는 현실 등의 온갖 문제가 있는 그대로 그리는 고정된 현실이 아니라, 생동하고 발전하는 것의 온갖 것을 포함한 유일한 방법"이라는 현실과 문학 사이의 '인식의 동일성'과 '형식의 특수성'을 간과하는 당대의 프로문학을 비판한다. "계급성과 정치성을 가춘 구체적 인간을 그리는 것이라"고 주장하는 프로 문학의 '현실'에 대한 이해와 인식이 정당하고 중요함에도 불구하고 윤곤강은 '훌륭한 문학 작품이 나오지 못했다'고 진단하며 이는 "한가지만을 강조하는데서 항상 생기는 일면화" 때문으로 '통일과 전체성'에 대한 인식 부족을 그 원인으로 들고 있다.

> 그러한意味에서 歷史는 항상 「優秀한 演出家」로서 뛰어난 人物이 나타나지 안할때엔 時代가 「英雄」을 만든다는 名言에依하여 다른 훌륭한 참피온(選手)의 出現에 枯渴된 오늘날에있어 「弱한兵卒」의 한사람이나마 되기를 强調한다는 意味에서 筆者는 적은勇氣나마 負與하여 주기를 바라는바이다.
>
> ─「쏘시알리스틱·리알리슴論」 부분

윤곤강이 '인식의 동일성'과 '형식의 특수성'을 이해하고 그것을 실천에 이르러야 한다고 주장하는 근거에는 시에 대한 본질적 인식과 생활에 대한 그의 주견에 힘입는다. 이는 「詩와 現實」(≪藝術新聞≫, 1949.9)에서도 나타나는 것으로 여기에서 그는 "오직 우리의 신뢰할 유일의 길은 현실뿐이다. 우리의 일체의 존재는 현실 속에 있다. 현실을 떠나서 어느 곳에 존재의 의의가 있느냐! 하염없는 과거의 추모에 우는 대신에 믿을 수 없는 미래의 동경에 번뇌하는 대신에 현실에 살고 현실에 생장하자"고 주장하고 있는데 이와 같은 논의는 「詩와 生活」(≪建設≫, 1946)에서도 확인된다. 여기에서 그는 "시정(詩情)은 생활에 힘찬 자성(磁性)을 준다. 인간에게 자성이 있어야 되는 것은 인간의 혈관에 뜨거운 피가 있어야 되는 것과 다름이 없"다며 "생활력의 근원인 시정신을 사수(死守)하자"라고 설파한다.

윤곤강은 문학의 대중성을 위해 프로 예술의 내용과 형식 문제 그리고 창작방법에 이르기까지 광범위하고도 날카롭게 전체성의 시각에서 생성하는 운동성으로 진화의 가능성을 추구하고자 했다. 조선 내의 문예운동이 그 자체의 발전적인 분화를 거듭하고 외적 탄압의 간고함에도 불구하고 국제주의적 시각에서 프로문학을 바라보고자 했던 것은 그의 큰 공적이라 할 수 있다. 이 같은 과정에서 윤곤강은 '변증법적 리얼리즘'이 안고 있는 도식성과 기계론적 도식주의를 끊임없이 비판하고 '사회주의(적) 리얼리즘'이 등장할 수밖에 없는 요인들을 분석하고 고언(苦言)을 서슴지 않았던 것은 조선 시단과 세계 시단의 폭넓은 통찰에서 비롯한 것이었다. 이와 같은 점은 내용·형식 논쟁·목적의식론·대중화론·농민문학론 등 여

러 분파적인 당파성을 전체적 시각으로 바라볼 수 있게 해주었다는 의의
를 지니고 있다. 이러한 의미에서 윤곤강이 리얼리즘과 로맨티시즘을 접
합시킨 혁명적 리얼리즘을 조선 시단에 앞장 서 고취하고자 한 것은 높이
평가 받아야 할 것이다.

3. 주지시의 마물적(魔物的) 존재: 에피고넨과 '모던쇤이'의 감각

윤곤강은 '현실'과 '생활'을 기저로 하는 프로문학의 방향성을 위해
끊임없이 모색하고 그 발전적 미래성을 담보하고자 했다. 그러면서도 그
는 그 자신 부르조아 예술이라 칭할 수 있는 모더니즘에 대해서도 깊이
있게 분석하고 통찰하고자 했다. 리얼리즘 논의에서도 발견되듯이 윤곤
강에게 있어 비판은 특별한 의미를 지닌다. 그가 「現代詩의 反省」(≪朝鮮
日報≫, 1938.6)에서 "비판의 정신이라는 것이 부여된 것에 맹종하지 않는
정신"이라고 할 때 이것은 문학과 사회의 해석과 시대상에 대한 명석한
정신을 요구하는 것이었다. 「感動의 價値」(≪批判≫, 1938.8)에서 그는 감
동을 "육체와 정신의 양면으로부터 받는 자극에 따라 일어나는 내면적인
격동"으로 파악하고 이성을 "형식적인 요소를 지명하는 데 불과"하다고
정의한다. 그는 동시대 시인에 대해 "낭만시인, 온갖 세기말시인, 그리고
서뿌론 계급관념의 소박한 토로를 흉내내었고, 최근에 와서는 모오던이
즘 등의 흉내가 연출되었다"며 감동을 향한 자세가 부족한 조선시단의
시적 풍경을 비판한다.

모더니즘에 대해서는 "외국문학에서 굴러 들어 온 귀설고 눈설은 것을 되는대로 주어다가 자아의 비속한 기질을 기조로, 한 개의 멋 모를 흉내를 일삼는 부류"라고 비난하며 이와 같은 부류가 "생활 경험의 천박과, 비속한 취미와, 경박한 기질과, 시적재능 부족과, 사상적 깊이가 없는 부류로 구성되어, 다른 어느 부류보다도 흉내를 유일의 직능으로 삼았다"며 거기에는 "근본이 흉내이며, 유행만을 따라 헤매었으니, 남은 것은 아무 것도 없다"면서 다다이즘이나 쉬르리얼리즘, 이미지즘이나 모더니즘에 대해 맹렬하게 물아붙이고 있다. 이와 같은 논조는 「詩의 擁護」(≪朝鮮日報≫, 1939.1)에서 보다 더 강렬하게 드러나고 있는데 그는 이 글에서 "문자 그대로의 분산과 혼란만을 의미하"는 "무의미한 절대와 말의 손재주 그리고 내용의 형태가 조잡하고 시상의 통일이 결여된 난해성과 무이해성 그리고 '생활'이 없는 것" 등을 들어 '산문의식을 걸머진 주지주의 등이 주체를 잃고 신념과 자각을 잃어버린 상황'을 날카롭게 비판하고 있다.

「直觀과 表現」(≪東亞日報≫, 1940.6)에서는 "환영이 비상하는 순간과 찰나를 끄님없이 포착하여, 아름다움과 참됨을 표현하는 것은 뼈를 쑤시는 괴로움을 즐거움으로 바꿔야 한다"며 "시를 '값싼 지성'이나 '윗트'의 상대물로 인정하는" 시인들에 대해 '표현에 있어 창조적 선견에 귀를 기울여야 한다'고 주장한다. 윤곤강은 당대를 "물질과 정신의 현격(懸隔)에 있다"고 보고 "정신의 활동은 이론이나 응용과학의 영역에 비하여 제 자신을 유지하여 나아가는 데 실패하였을뿐더러 오히려 그것에 짓밟혀 왔다"고 진단하고 있는데 다음과 같은 글은 이와 같은 논리를 보다 구체적으로 개진한다.

獨斷! "科學的"이라는 美名下에 行하여지는 온갖 科學以下의 도그마의 橫步, 無數한 素朴論, 單數모노다니아(偏狂)의 世界, 一連의 鎖末主義와 實用主義者의 炎燒된 實用力學, 俗物化된 主知主義의 顚落, 無방법한 形式主義者의 失脚, 少女期의 牧歌的 幻想과 流行歌調 浪漫派 (…) 온갖 것을 알 수 있다고 思惟하는 것은 "科學"의 倨傲이며, 또한 不純한 最大의 誤謬이기도 하다. 같은 意味에서 唯心과 唯物의 한 편만을 추켜들고 나서는 것은, 前世紀의 二元論的 時代에 있어서만 英雄的 威力과 感性을 자랑할 수 있던 迷信에 不過하였다고 말할 수도 있을 것이다.

詩란 變化하기 쉬운 온갖 拘束을 拒絕하는 味知의 魂을, 思考의 始原的 過程에 飽滿하는 인간의 밤의 精神의 카오스(混沌)를, 組織的인 意志力으로써 表現시키는 일이다.

그러므로, 우리의 "本能的"인 精神이 個性과 普遍과의 아푸리오리한 融合인 以上, 外延된 레아리티이와 內包된 레아리티이와의 遠心, 求心의 두 개의 對立이나, 또는 두개 中의 어느 한 편으로 偏重하는 것은 時代意志의 脆弱한 敗北에 不過하다.

- 「科學과 獨斷」(≪東亞日報≫, 1940.6)

이 글에서 윤곤강은 과학이라는 미명 하에 행해지는 도그마와 편집적인 모노마니아(monomania)의 세계, 쇄말주의 그리고 속물화된 주지주의 나아가서는 감상적 낭만파류 등을 아우르며 과학과 독단을 구별해야 하며 독단이 과학의 행세하는 것에 진위를 가려야 한다고 주장한다. 이는 윤곤강이 끊임없이 제기하고 있는 '현실'과 '생활'에 대한 자각을 상기시키는 동시에 내용과 형식을 전체적으로 통일시키고자 하는 그의 시론과 궤를 같이 한다. 시를 "인간의 행위 중에서 가장 죄 없는 짓이다"라고 말하고 있는 것은 "에피코넨 모더니스트"를 겨냥한 발언이지만 "시인이 문명의 일부가 되는 것은 현실의 추와 악과 그 밖의 온갖 불미한 것의 일부가 되는 것을 의미"(「詩와 文明」, ≪東亞日報≫, 1940.6)한다는 발언에서와 같이 윤곤강은 과학과 문명을 부정하는 것이 아니라 오히려 인간의 순수 본성에는 비문명적 세계에 대한 동경의 혐의가 있다는 것을 긍정적으로 파악하는 반근대적 의미로서의 발명을 뜻한다.

그가 「詩와 科學」(≪東亞日報≫, 1938.10)에서 "시인들의 태반이 과학이라는 것을 무서운 괴물로 여기고 시와 과학은 전혀 상극되는 것, 다른 우주의 것이라고 생각하는 것은 희극"이라며 이는 무식과 무모를 드러내는 일이라 일갈한다. 윤곤강은 문명과 과학이 지니고 있는 표현 방법과 리얼리티의 차이는 존재할지라도 시와 불가분의 관계를 이루고 있으며 오히려 시는 "과학과의 조화에서 생기는 생활 창조의 최고점"이라고 말한다. 이와 같은 윤곤강의 논지는 다음과 같은 글에서 보다 면밀하게 이어진다. 그는 「感覺과 主知」(≪東亞日報≫, 1940.6)라는 글에서 "시는 언어의 모자이크 그 이상도 그 이하도 아니다"라는 흄의 말을 인용하며 감각적인 특색을 가진 정지용을 행복스런 시인이라 일컬으며 그가 "현대시에서 많은 영향을 주었지만 그러나 그뿐, 그의 철학은 한 사람에게도 아무것도 주지 못하였다"고 심각하게 폄훼하며 시에 있어서 근대적 의미로서의 사상을 강조한다.

윤곤강이 과학과 이성을 강조하는 주지시파에 이처럼 예민하게 반응하고 있는 것은 윤곤강 그 스스로가 근대에 대한 부정에서 시적 사유가 출발하는 것이 아니라 앞서 논급한 바와 같이 감정과 사상, 내용과 형식, 현실과 이상 등이 전체성을 이룰 때 창조성와 감동의 시학이 될 수 있다는 그의 판단에서 비롯한 것이다. 특히 윤곤강은 김기림에 대해 극심한 반감을 가지고 있는데 그 단초를 발견할 수 있는 것이 『文藝年鑑』(인문사, 1939)이다. 여기에서 김기림이 윤곤강의 「動物詩集」(1939)에 대해 부정적 평가를 내리고 있는 것에서이다.

> 『動物詩集』을 내놓은 尹崑崗氏는 늘 詩에잇어서새로운 領土를 開拓하리는 끈임없는 努力을 해오는 사람가운데 한분인데 氏의勞苦는 過去十年동안 우리新詩가 經驗한 摸索의 歷史가 문○의 形式으로 잘남어 있지 못한까닭에 그것을헛되히 되푸리한 部分이많다. 出版의 不振으로 그때그때의詩史의 토막토막이 印刷되어 保存, 傳承되지못한 罪때문에 그뒤에 오는사람들이 작구 徒勞를 거듭하게되는것은 遺憾이다. 氏와같은 純粹한 努力家가 萬若에 그런 便宜만 있었다면 반드시 더 큰 새로운 자존심을갖어왔으리라고믿는다.[3]

이에 대해 윤곤강은 "십 년 동안의 시사쯤은 알고 있"다며 "죄가 있다면 재능이 부족한 것 뿐"이라고 일갈하면서 "십 년 이상의 신시사를 알면서도 『태양의 풍속』과도 같은 시를" 썼느냐며 김기림에 대해 "참으로 보기 민망하다"고 되받아친다. 그러면서 윤곤강은 "온갖 쉬르리얼리스트

---

3 김기림, 「詩壇」, 『文藝年鑑』, 인문사, 1940, 33-34쪽.

내지 모더니시스트는 근본적으로 로맨티시즘의 계열에 속하는 혼돈의 '자기 감닉자(感溺者)'"에 불과하다고 혹평하며 그들의 착오는 주지가 과학의 헤게모니에 굴복당했다며 일갈한다.

이와 같은 배경에는 「表現에 關한 斷想」(≪朝鮮文學≫, 1936.6)에서도 보듯이 "지성의 힘을 빌어 현실 이외의 세계를 부호(問字)적 표출에 의하여 창조하는 것이라고 주지시의 뮤우즈(詩神)들이 외"치고 있지만 "진실로 한 편의 시를 창조한다는 것이 현실에 대한 헌신적 싸움이라는 것을 알라"며 "시는 이론도 아니요 지성의 유희도 아니요, 선전 삐라도 아니요 중의 염불도 아니요 수사학 노트도 아닌 것에 중심 개념이 가로놓여 있다"라는 표현으로 사상과 감성적 상상력의 융합에 대한 그의 시론을 내세운다.

「33年代의 詩作 六篇에 對하야」(≪朝鮮日報≫, 1933.12.17~24)에서 김동명의 「황혼」, 김기림의 「오후의 꿈은 날 줄을 모른다」, 권환의 「동면」 등을 단평하며 시가 "보다 진실한 태도와 보다 전체적인 인식에서 전진과 비약을" 수행해야 한다는 것을 강조한다. 그러면서도 그는 김기림의 「오후의 꿈은 날 줄을 모른다」에 대해 비교적 긴 글을 할애하며 "하품을 느낄 수밖에 없다"고 혹평하며 이 "시에서 자본주의 사생아인 도시의 소비자－소시민의 자식인 모던쎋이의 변태적 감각을 연상하게 된다"고 비소한다. 그리고는 김기림이 비현실적 공상의 세계에 대해 생활이 없고 감각적 현상만으로 현실을 이해하고 있다고 맹렬히 비판한다.

윤곤강은 '현실'과 '생활'의 구체성에 기반한 전체성 내지는 통일된 조화의 시학을 내세운다. 따라서 감각과 모더니티를 내세우는 김기림 시에 대해서는 부정적일 수밖에 없다. 그러나 이러한 것을 고려하더라도 윤곤강의 김기림에 대한 비판은 사적 감정이 개입되어 있다는 인상을 지울 수가 없는데 이와 같은 경우는 「新春詩文學總評」(≪우리들≫, 1934.2) 에서도 발견된다. 윤곤강은 여기에서 포엠의 곤궁이 지속되고 있다며 이를 질병으로 파악하고 34년도 시문학계 분위기가 어두운 그림자와 기근 속에 놓여 있다며 이와 같은 '근대문학의 불안과 위기'가 '오늘날의 사회적 불안과 위기와 떼어서 생각할 수 없는 성질'의 것이라 진단한다.

여기에는 조벽암의 「새아침」, 김상용의 「무제 2수」, 박세영의 「폭풍이는 바다로」, 박아지의 「명랑한 삶」, 김기림의 「小兒聖書」, 모윤숙의 「미라에게」 등을 평하고 있는데 김기림의 「소아성서」에 대해서는 "순수성에 대한 관념적 설정"이 있다면서도 "맹목적 순종을 강요하는 종교적 강박을 부리며 순수성에 대하여 추상적 흥분을 일으킨다"고 비판한다. 여기서 그는 김기림의 수사적 방법에 대해 "기상천외의 직유를 쓴다"며 시적 형상을 제시하지 못한 "기괴한 언어의 집합"이라 맹공격한다. 그러면서 「소아성서」가 "과도한 주지로 인해 이해하기 어려움과 기벽이 지나쳐 극도의 괴이가 있을 뿐"이라고 비난한 뒤 "지성의 비대증에 걸"려 "현실 이외에 있는 질서"를 놓치고 있는 "무질서한 형식 혁명"이라고 혹평한다.

김기림으로 대표되는 주지시에 대한 본격적 비판은 「技巧派의 末流」 (≪批判≫, 1936.3)에서도 이루어진다. 이 글에서 윤곤강은 "지성을 희롱하는 경향처럼 인간 생활에 있어 소비적인 태도는 둘도 없을 것"이라며 주지시가 "인간과 자연의 비밀을 탐색하며 생활을 좀 더 좋게 진작시키려는 지성을 유희물로 취급하는 것은 불순한 태도"라며 지성의 긍정적인 힘이 무변하고 강대함에도 불구하고 "지성을 소비적 생활 위에 전적으로 전가시켜 호기심의 희롱물로 전성격을 가장시켜 놓고 무의미한 언어의 행렬과 이해하지 못한 내용" 등을 나열하는 것은 "코 큰 인종의 문자 등을 구사하여 시라는 명칭 하에 약을 파는 상인과도 같"다고 설파한다.

그러면서 그는 "관념적 사고와 협소한 소시민적 특질을 가진 바 영국의 엘리오트를 비롯한 인텔리겐차 문학이 일종의 기형적 표현으로서 현해탄을 거쳐" 조선에까지 정착하게 된 것으로 한층 "흥미의 초점이 가로놓여 있다"고 냉소한다. 윤곤강은 그 공격의 주된 화살을 김기림에게 돌리고 있는데 윤곤강은 김기림을 '주지시의 이식자'로 파악하고 "맹종의 강아지들인 그 에피고넨 문학 소년들의 둔감성을 더욱 조소하며 마지 않는다"며 김기림류의 시를 싸잡아 비난한다. 또한 조선 문단이 프로문학에 대해서라면 "형언할 수 없는 증오심과 망상의 도모"를 서슴지 않으면서도 이와 같은 면모를 지닌 주지시에 대해서는 그 비판이 보이지 않고 유구무언하는 것에 대해 '수절(守節)'로써 일치되어 있는 '기적적인 양상'이라고 못박으며 "프로시에 대하여서처럼 시가 아니다라고 외칠 만큼 몰인정을 주지시에게 선고하지 못"하고 있는 풍조를 토로하며 "이해하기 어려운이라는 말이라는 것으로써 신기한 새로운 것으로 영접해주었다"고 신랄하게 비판한다.

윤곤강은 주지시 경향의 시를 '마물적(魔物的)인 존재'로 규정하고 "주지파 시가는 김기림씨와 그의 에피코-넨의 독창적 이론 체계로부터가 아니라 근대와 현대의 온갖 세기말 문학자들이 씹어먹다 버린 것"이라

혹평하면서 김기림의 시론이 "엘리오트 등류의 이론을 통으로 삭혀 내놓은것이 김씨가 말하는 바 시론이요 그의 에피코-넨들의모체"라고 힐난한 뒤 "육체적 정신적 건강이 소모된 퇴폐적계급"의 병적 기교에 의한 말기적 방법인 '수공물(手工物)'에 불과하다고 혹평한다. 그러나 이 같은 윤곤강의 시적 인식과 평가는 근대와 현대에 대한 분류에서부터 세기말적 문학인 데카당스와 근대적 의미로서의 모더니즘을 혼동하여 일으킨 것으로 사조(思潮) 대한 적확한 이해가 기반된 것이라고 보기는 어렵다.

김기림은 「모더니즘의 歷史的 位置」(≪人文評論≫, 1939.10)에서 "20년대 후반은 경향파의 시대였으나 30년대 초기부터 중반까지의 약 5, 6년 동안 특이한 모양을 갖추고 나왔던 모더니즘의 위치는 신시 전체에서 질적 변환을 일으켰다"고 주장하며 "모더니즘은 두 개의 부정을 준비했는데 이는 세기말 말류인 센티멘탈 로맨티시즘을 위해서이고, 다른 하나는 당시의 편내용주의 경향을 위해서였다"라고 단정한 뒤 모더니즘은 "언어의 예술이라는 자각과 문명을 기초로 일정한 가치를 의식하고 쓰여져야 된다"고 주장한다. 그러면서 20세기는 "이메지스트에서 시작되어 입체파, 다다, 초현실파, 미래파 등의 징후가 나타났다"며 모더니즘이 "신선한 감각으로 문명이 던지는 인상을 붙잡았다"라며 모더니즘의 시사적 위치와 위상에 대해 갈파한다. 이에 김기림은 정지용에 대해 '천재적 미감으로 말이 주는 음의 가치와 이미지, 청신하고 원시적인 시각적 이미지를 발견하였고 문명의 새 아들의 명랑한 감성을 처음으로 우리 시에 이끌어 들였다'고 고평한 뒤 김광균과 신석정 그리고 장만영 등의 시인들을 "시단의 완전한 새시대"라고 고평한다.

임화가 「技巧派와 朝鮮詩壇」(≪中央≫, 1936.2)에서 김기림을 "기교파 시인들 가운데에서 지도적 지위에" 있다고 전제한 뒤 기교파를 "현실 도피와 절망 자체가 우리들의 생존을 위하여 유해하고 언어의 기교주의 구사에 의하여 비판적 의지가 무디어지고 있다"고 비판한다. 그러면서 임화는 김기림이 주장하고 있는 전체주의가 오히려 "푸로레타아 시에 있다고 봄이 명확한 개념"이라며 김기림이 주장하고 있는 전체주의를 전유하고 있다. 아울러 김기림의 내용과 기교의 통일에 대해서도 "우선 물질적·현실적 조건에 성립하고 그것에 의존하여 통일과 전체를 변증법 적으로 이해"하는 것이 필요할 때라며 김기림의 전체주의 시론을 형식 논리라고 비판한다.

이러한 관점에서 윤곤강 역시 임화의 논리와 유사하게 김기림의 시론 과 시를 비판한다. 김기림이 그 이론적 근거로 삼고 있는 "지적 활동의 최고도의 조직된 형식이 시"라는 엘리어트의 논리를 부정함으로써 김기 림에 대한 공격을 더하며 "기교의 우수성을 감상할 수 있는 사람은 극소 하다"라고 하면서 김기림이 관념과 정서의 세계와 고별하는 오류를 낳고 있다고 비판한다. 또한 윤곤강은 주지시파가 "언어가 기호나 부호에 그치 고 있다"는 것을 들어 '맹인적 광상'이라고 깎아 내린다. 더 나아가 "백일 몽적 현실도피의 공중누각을 몽상하는 기형화된 청소년들"이라고 맹비 난을 퍼부은 뒤 주지시를 "기교적 완롱물"이라고 평가절하한다.

김기림에 대한 윤곤강의 비판은 정지용에 대해서도 마찬가지이다. 「詩 精神의 低徊」(≪人文評論≫, 1941.2)에서 윤곤강은 ≪文章≫지에 실린 정지 용 신작 10편에 대해 "만네리즘의 그림자가 농후하고 이미 새로운 아무

것도 찾아 볼 수 없는 낡은 기법이 되풀이되었을 뿐이다"라고 하며 "「비로봉」같은 시의 복제품에 불과한 느낌을 주고 신선한 맛이라고는 조금도 찾아 볼 수 없다"고 혹평하면서 "시적 정열을 상실한 것이 아닐까?"라며 냉소한다. 윤곤강의 김기림과 정지용에 대한 공격은 그가 뿌리를 내리고 있는 리얼리즘에 대한 천착에서 비롯한 것이지만 이론적 근거를 논증적으로 고찰하기보다는 인상 비평에 가까운 재단에 기울어져 있다는 것은 논증의 협애를 드러내는 것이라 하겠다. 그러나 윤곤강은 그의 시론에 바탕을 이루고 있는 비판정신에 기대어 독해의 충동을 자극하며 주요 쟁점인 계급 문학과 창작 방법, 신문학사에 대한 기술 태도, 주지주의 문학론에 대한 비평, 기교주의 논쟁에 대한 통찰 그리고 모더니즘에 대해 폭넓게 고찰하고 있는 것은 그의 시에 대한 열정과 날카로운 통찰에 힘입은 바 크다.

윤곤강은 「藝術批評의 再吟味」(≪朝鮮中央日報≫, 1936.5.7~19)에서 "예술의 특수성이란 논리적으로 인상된 온갖 것을 재차 현상에까지 인도시키는 데 있다. 그곳에서는 우연적 특수적인 개개의 현상을 통하여 보편적이고도 필연적인 본질에까지 파고들어 가서 그것을 파악하고 표명"해야 한다고 주장한다. 그리고 "예술가는 사회의 일원으로서 그가 생존하는 시대와 계층의 일반 의식"을 갖는다고 주장한다. 이는 예술에 대한 실제적 가치가 사회적 조건에 의해 결정된다는 존재성의 가치를 의미하는 것이겠지만 윤곤강이 부정을 제기하는 것은 그의 시정신에 관한 투철한 지론에서 비롯한 것이었다. 이 점에서 윤곤강의 시론이 근대가 이룬 문학적 업적을 이해하고 문학의 새로운 건설을 위한 책임에서 유래한 것이라는 것을 파악하는 데에는 그리 어렵지 않다. 또한 이데아를 상실한 조선의 시문학을 누구보다도 철저히 각성하고 새로운 문학을 위한 신념이 자리하고 있었다는 것 역시 부정할 수 없는 사실이다.

4. 포에지이 정신과 민족 공동체

윤곤강이 지속적으로 피력하고 있는 것은 시의 본질, 시의 생활과 실제의 시작품을 시(포엠)와 시정신(포에지이) 통일과 전체성의 균형이었다. 「포에지에 대하여」(≪朝鮮日報≫, 1936.2)에서 그는 "시를 위하여서는 진정한 의미의 순사(殉死)까지를 불사해야"된다고 말하며 시인이 시를 쓴다는 것은 "시인이 호흡하고 있는 바 현실의 광맥에 돌입하여 적나라한 싸움을 제기하는 의지적 열정의 표현이요, 시인이 처한 바 시대의 운명 그것까지를 자부(自負)하고 나아갈 열정의 표현이라는 점"에서 시인들의 창조 정신을 강조한다. 윤곤강이 말하는 창조란 생활의 무기력을 떨쳐버리고 "피상적 현실의 단층만을 바라보는 진부"함을 이겨내는 것이다.

그는 전형적인 애상 감정을 노래하는 감상성과 창작 방법의 도식주의는 "무의미한 정력의 소비"에 불과하고 자기 비판과 반성이 동반하지 않는 비본질적 만넬리즘이라고 비판한다. 「靈感의 虛妄」(≪中樞≫, 1939)에서 "인스피레이션이 지어지는 것이 아니라 저절로 울어나는 것이"라는 고정적인 관념에 대하여 "인스피레이션이란 그것이 생성하는 푸로세스를 의식하거나 분석할 수 없는 정신내용"이라는 것을 강조하며 그 이유를

"자극을 받는 사람의 창조적 의욕이란 우연에서가 아니라, 필연에서 오는 까닭"이라고 설명한다. 이같은 견해는 "한 개의 시는 시스템의 필연적 발전에 의하여 생동한다"는 유물론적 변증론에 입각한 것이지만 포에지 이를 "의식적인 당위의 시스템으로 인식"한다는 것은 시의 창조성이 정신의 정신활동 속에 보다 고차적인 과정과 조건 속에 이루어진 것이라는 것을 의미한다.

윤곤강이 정신과 물질을 대립적으로 파악하고 있는 것은 단순히 물질이 오브제로 존재하는 것이 아니라 의식의 과정 속에 정합되는 시스템의 정밀성을 요구하는 것이었다. 이와 같은 논조는 「表現에 關한 斷想」(≪朝鮮文學≫, 1936.6)에서도 드러난다. 여기에서 그는 시가 정서나 사상의 표현으로 일면화하는 것이 아니라 살아 있는 '산 현실'과 '살아 있는 창조'가 아니면 안된다는 상상력의 변증적 융합을 주장하고 있다. 그는 30년대 시단을 회고하면서 동시대를 시의 빈곤과 침체로 파악하고 사회와 인간, 현실과 생활, 삶과 죽음에 대해 정면으로 고투하는 전신적 힘을 요구하며 조선시단의 부흥과 질적 상승을 위해 그의 지론을 계속한다.

그가 「詩人否定論」(≪朝鮮文學≫, 1939.6)에서 동시대를 "감성과 지성이 극도로 분열된 세대"로 인식하고 "정담(情談)의 한 도막을 잘라 놓고 시의 간판을 씌워 놓는 사람, 값싼 로맨티스트, 싸타이야(풍자―필자 주)를 지저귀는 사람, 레토릭의 경계선을 벗지 못하는 사람"에 대해 부정하는 것과 참된 시인이란 "자기의 출발이 어느 곳이든 쉬임없이 전진하고 발전"하며 "항상 시를 죽이면서 첨단이라고 불러도 좋을 시의 맨 앞을 걸어가야 된다"는 발언은 시를 인식하는 현실의 투철함에서 나오는 것이다. 또한

"오늘날의 시가 양적으로는 비대증에 걸리고, 질적으로는 영양 부족에 걸려 있는 것은 시의 죄가 아니라 시인의 죄"라고 말하고 있는 그는 하이네와 괴테, 베를렌느와 말라르메, 휘트먼과 보들레르 등의 시에 "정지되고 아류의 눈물을 머금고 한구석에 앉았다는 것은 불쌍한 일"이라고 일갈한다.

윤곤강이 「個性과 普遍」(≪批判≫, 1938)에서 개성과 보편성의 양면의 상관성을 언급하며 개성을 스타일의 문제가 아니라 "시인과 시작품의 내용과 형식, 감상 등의 전 총합"으로 본 것은 개성이 완전에 도달했을 때 동시대적인 보편성을 갖는다고 말한 것을 뜻한다. 윤곤강은 이해와 공감을 보편성의 근본 조건으로 규정하고 개성의 가치를 감동의 가치로 확산할 것을 요구한다. 그에게 개성이란 형식이나 스타일에 국한하는 것이 아니라 철학적·심리적·윤리적·사상적인 내용을 기본 가치로 하여 시의 현실을 심원하게 고양하고 창조하는 것이었다. 이 점에서 「創造와 表現」(≪作品≫, 1936.6)에서 "서로 힘의 충돌에서 생기는 것이 시"라고 말하는 것은 시가 표현으로서의 창조를 강조함으로써 예술성을 획득한다는 그의 지론을 드러내는 것이기도 했다.

표현의 주체로서 표현이 형식을 떠나서는 생각할 수 없는 것이라고 본다면 창조 또한 "새로운 전율을 만들어 내며 주체와 객체 사이에 놓인 표현 형식을 새롭게 드러내는 것"을 의미한다. 이렇게 볼 때 "표현 형식이란 객체까지 새롭게 하"는 특유의 감각으로 전율과 감동을 창조하는 것이라 볼 수 있다. 윤곤강이 주체의 인간 감각과 객체의 자연적 대상을 독립된 존재로 보지 않는 것은 주체의 감정과 인식을 객체인 대상에 투영하는 것이 아니라, 서로 독립된 주체가 각각의 상응성으로 인해 고도의 예술성을 획득하는 것이 표현으로서의 창조라는 것을 주장하기 위함이었다.

이처럼 주체와 객체가 서로 맥박을 나눌 때, 그리고 마음과 눈이 서로 마주칠 때, 그 속에 생의 고뇌와 영원성이 생탄(生誕)될 때 시의 숙명 속에 함께 할 수 있다. 윤곤강은 「詩의 빨란스」(≪東亞日報≫, 1938.10)에서 시의 무게를 논하며 "시가 지나치게 무거워 답답함을 선사할 때와 마찬가지로 그것이 지나치게 가벼워서 헛될 때에도 시는 상실"된다며 시의 균형을 강조한다. 여백의 통로를 통해 숨을 쉴 수 있으며 무거움과 가벼움의 "징그러운 곡예" 속에 "시 자체의 시적 사고의 위치"를 알아야만 '시적 빨란스'를 유지할 수 있고 시인 자신이 "시가 어떠한 위치에 있는가를 있는 그대로 의식할 때 창조"가 가능할 수 있다고 말한다.

나아가 "시인의 창조적 직능은 색다른 에스푸리를 생생하게 살려내"고 "말을 알고, 말을 사랑하고, 말을 만들 줄 알아야" 한다며 시인의 시를 향한 꿈꾸는 정신은 "무의식 속에 숨어 있는 욕망이 빚어 놓은 혼돈이 표현 형상을 구하여 인식망을 벗어날" 때 그리고 "어둠 속에서 꿈꾸는 원리를 시의 세계를 통하여 전개하게 된"다고 말한다. 이 점에서 「꿈꾸는 精神」(≪東亞日報≫, 1940.10)은 윤곤강이 내세우는 현실과 창조를 동시에 살필 수 있으며 "현실과 시간적 실재의 통일인 현존으로서 초월자가 되어야"한다고 주장하는 그의 시에 대한 각성과 시인으로서의 성실을 엿볼 수 있다. 윤곤강은 시가 언어로 된 예술이라는 것을 깊이 있게 자각한다. 그가 언어와 말 그리고 표현에 대해 지속적으로 언급하고 있는 것도 윤곤강 그 자신이 언급하고 있는 구르몽의 "말 속에 시인의 총명이 있고, 그의 기법이, 그의 미학이, 그의 세계관이 살고 있"다는 논리를 기저로 하고 있기 때문이다.

「詩와 言語」(≪한글≫, 1939.6)는 이러한 그의 주견을 무엇보다 잘 살필 수 있는 글이다. 그는 "언어가 불가결의 대상"이라 표현하며 "시란 언어활동의 가장 순수한 순간에서의 기록"이라고 단정한다. 그는 언어의 기능으로 "헤겔의 말처럼 언어는 일반적인 것을 표현하는 오성의 산물"이므로 "일반적인 것을 거쳐 구체적인 것과 개별적인 것과의 종합을 이루는 푸로세스"로 '많은 규정의 총괄' 그리고 '다양의 통일'이 "사유의 과정으로서 나타나는 관념"이라고 인식한다. 이 점은 윤곤강이 시로서의 형식을 갖게 된 언어를 개성의 완전성으로 표현해야 한다는 당위성을 지니고 있는 것이지만 윤곤강이 언어는 사회적인 규정을 가진 표상으로서 시인은 "항상 그 시대의 그 사회의 이념을 노래함으로써" 수단이 아니라 목적으로서, 그리고 우연이 아니라 필연으로서 균형을 지닐 때 창조적 표현이 구현될 수 있다는 것을 의미한다. 아울러 "언어의 함수성이란 개별적인 언어가 갖는 다양성과 외연의 관계에 있어 나타나는 것"으로 말이 진화되고 발전되는 "무서운 생물로서 이로 인해 시인의 고뇌는 항상 태생(胎生)"되는 것이라는 진술 또한 윤곤강만의 언어관을 드러내는 것이었다.

윤곤강이 언어를 영속적이고 필연적으로 인식하고 언어를 통해 자아의 발전적 요소를 갖게 된다는 사유 과정으로서 논급하고 있는 것은 언어에 대한 그의 고뇌에서 비롯된 것이라 할 수 있다. 이 점에서 「聲調論」(≪詩學≫ 제5집, 1940.2)은 시의 형식과 내용인 리듬과 악센트 그리고 음률과 톤(성조 −필자 주)에 대한 요소를 논급하고 있어 주목을 요한다. 그에 의하면 리듬

이란 시적 효과를 의미하는 것으로 자유시가 "내용률이라는 특질을 삼는
것은 무지의 소치"라고 말하며 과거 것으로의 운문에는 리듬이 있지만
산문시인 자유시에는 "존재 가치가 없는 효과만이 있"고 시에는 "리듬보
다는 톤이 있어 생동하는 표정으로 유일한 힘"을 주고 있다고 주장한다.

　　그러나 이러한 주장은 자유시에도 그 길이의 장단에 따라 통사 구조의
변화에 따라 시의 흐름이 장단과 완급을 이룬다는 사실을 고려할 때 그리
고 주체의 감정과 사유의 조절에 따라 연과 행에 리듬이 생길 수 있다는
것을 감안한다면 윤곤강의 이와 같은 주장은 리듬에 대한 불충분한 이해
에서 비롯된 것이라 할 수 있다. 또한 시의 방법에서 톤의 효과를 유일하
게 중요성을 삼은 것은 리듬과 시정신을 구별하고자 한 그의 시론에 의한
것으로 자유시를 산문시로 규정한다거나 신시(新詩)의 정형성을 운문시로
치부하여 청산의 대상으로 삼는 것은 성조에 대한 고착된 의식된 것에서
비롯한다고 볼 수 있다.

　　윤곤강은 시집 『피리』 서문에서 "나는 어느 새 서구의 것, 왜의 것에
저도 모르게 사로잡혔니라. 분하고 애달파라"며 "「정읍사」나 「청산별곡」,
「동동」이나 「가시리」를 돌보지 않고 이백, 두보, 소동파, 도연명, 왕유에
미친듯 나 또한 괴테나 하이네, 푸시킨이나 에세이닌, 바이런, 베를렌느,
보들레르, 발레리나 시마자키 도손(島岐藤村), 이시카와 다쿠보쿠(石川啄
木), 소마 교후(相馬御風), 우에다 빈(上田敏), 하기와라 사쿠타로(萩原朔太郎)
을 숭상하고 본 떠 온 어리석음이여!" 하고 외래의 것에 천착했던 뉘우침
과 허망함을 토로한다. 윤곤강은 「傳統과 創造」(≪人民≫, 1946.1)에서 "혁
신의 염원은 전통을 옳게 파악하고 바르게 계승하는 데에서 실현되고

창조의 기초를 삼는 것을 의미한다"며 혁신은 전통의 계승 속에서 창조된다는 지론을 계속한다.

또한 "창조가 전통의 참된 본질을 파악하여 인습을 타파하고 그것을 보다 더 높은 단계로 고양시킬 수 있다"고 주장하며 이것이 "민족 전체를 바른 길로 이끌어 줄 수 있을 것이다"라고 말한다. 그는 박팔양의 시 「선죽교」와 김상옥의 시조 「선죽교」, 그리고 조운의 시조 「선죽교」를 비교하며 "진실에의 육박미와 생활과 생명의 과감한 진실성을 찾아 육체적으로 돌진하는 인간적 투지를 가지고 있다"며 조운의 시조에 대해 고평하며 조운의 「만월대에서」와 「석류」에 대해 "시신(詩神)도 감히 묵언의 예배를 드리지 않을 수 없을 것"이라 찬탄한다. 윤곤강의 전통 문학에 대한 관심은 옛 시가인 고려가요와 시조에 기울어져 있다. 그 자신 「정읍사」, 「모죽지랑가」, 「동동」, 「서경별곡」, 「정석가」, 「청산별곡」 등을 재해석하며 『피리』(1948)에 재전유하여 수록하거나 3·1절을 맞이하여 이윤재와 한용운에게 바치는 시조를 『살어리』(1948)에 수록하고 있는 것은 과거 「前代人間들의 感情生活」(≪風林≫, 1937.3)에서 시조를 귀족적이며 봉건적 형식이라고 비판한 것을 상기한다면 그의 변화는 놀라운 것이다.

「孤山과 時調文學」(≪藝術朝鮮≫, 1948.9)에서 윤곤강은 "한양조 오백년 동안 정철, 박인로를 비롯하여 윤선도, 김수장, 김천택"을 뛰어난 시조시인으로 꼽고는 "이들 5대가의 시조는 성조(聲調), 풍격(風格), 사조(思藻)가 모두 수음절창(秀吟絕唱)으로 조선의 시조사(時調史)에서 불후 빛"을 내고 있다고 평한 뒤 윤선도의 「산중신곡」 중 만흥 2장의 노래와 「어부사」 중의 춘사 4장의 노래를 "우리 나랏말의 극치"이며 "우리 문학사에 큰 존재"라고 말한다. 윤곤강의 시조에 대한 관심은 두말할 것도 없이 전통과 창조에 관한 관심에서 비롯한다. 이는 혁신과 새로움이 전통의 기반 위에서 가능한 것으로 인식하고 그 스스로 시집 『피리』나 『살어리』에서 고전 시가를 재해석하여 창조의 혁신을 실천한 것만 보아도 알 수 있다.

그러나 윤곤강은 「文學과 言語」(≪民衆日報≫, 1948.2.20)에서 고려가요와 시조의 문학 양식에 대해 시조가 한문과 우리말의 혼동의 극치를 보여주고 있으며 "이러한 한자 혼용, 한문 혼합의 관습이 숭상되고 한문투의 색채가 유입되어 귀족문학으로서의 시조의 성격을 마련해 주었"다고 앞서처럼 비판한다. 하지만 이와 같은 비판은 시조가 계승과 창조의 측면에서는 공감할 수 있는 일이지만, 형식주의와 봉건적인 문투는 쇄신해야 한다는 윤곤강의 당위적 입론이 반영된 것이라 할 수 있다.

윤곤강은 고려가요에 대해서 "부드러운 우리말의 산 리듬이 뛰놀고 있"으며 "흐르는 물처럼 유유(悠悠)하다"며 "민족 염원적 요소인 대중성이 결여되어 있다"는 시조에 대한 평가와는 달리 높은 평가를 내리고 있다. 이러한 윤곤강의 우리것에 대한 애착은 「나랏말의 새 일거리」(≪한글≫, 1948.2)에서도 잘 나타난다. 여기에서 그는 "나랏말이 없으면 나라의 넋도 자랑도 뻗어 나갈 수가 없는 것"이라며 "외래의 것에 치가 떨린다"고 말하고 있다. 그는 말과 글이란 "목숨을 주고도 바꿀 수 없는 값을 가지고 있다"고 주장하며 한자 병용 문체에 반대해 한글 전용을 두둔한다. 이 점에서 「文學者의 使命」(≪白民≫, 1948.5.1)은 말과 글이 민족 언어로서 문학자들에게 그 정신성을 이어가야 한다는 지적과 함께 시인은 "외적인 장애에도 굴사(屈死)하지 않는 불멸의 영혼과 민족적 개성과 전통을 추호도 손실하지 않고 오히려 그것을 고양시키는" 사명을 부여받은 자로 "시대가 깨닫지 못하는 것까지를 생탄시키는 인류애를 기조로 민족 문화 발전의 모체가 되"어야 한다고 강조한다.

「文學의 解放」(『詩와 眞實』(1948))에서 윤곤강은 "근대 문학은 환멸의 비애를 주제로 삼아 절망적인 니힐리즘이나 유물론의 허울을 쓴 소박한 관념론에 떨어져 버렸다"고 회억하며 문학 자체의 본질적 발전을 위해 다음과 같이 말한다.

> 文學은 마침내 한 개의 固定化된 觀念이거나 政堂의 寫字生이거나 商人의 앞잡이가 되어서는 안 된다. 그것은 社會的 衝動의 波紋이 크고 强하면 크고 强할수록 自主的 性格을 嚴然히 갖추어 가지고 온갖 外的 威壓에도 屈하지 않고, 항상 참된 人間性의 回復과 獲得을 志向하여야 된다. 文學의 精神은 온갖 時代的 束縛으로부터 解放되려는 自由스러운 人間性의 本源的 發顯인 것이다. 現實의 온갖 不合理와 矛盾에 대하여 永遠히 妥協하지 않고 屈從하지 않는 不死身의 精神 이것이 文學이요, 이것을 떠받들고 永遠히 邁進하는 것이 文學者인 것이다.
>
> 우선 文學을 온갖 束縛으로부터 解放시키라. 封建的 暗黑으로부터, 資本과 機械의 牙城으로부터, 偏向된 唯物思想으로부터, 陳腐한 唯心思想으로부터 그 밖의 온갖 外的인 것으로부터 文學을 그 獨自的인 本然의 位相으로 還元시키자. 이것만이 文學의 唯一한 使命이요, 進路인것이다.
>
> ―「文學의 解放」 부분

윤곤강은 이 글에서 "문학이 한 개의 고정화된 관념이 되어서는 안 되고 참된 인간성의 회복과 획득을 지향해야 한다"며 문학의 정신은 "시 대적 속박으로부터 해방되려는 인간성의 본원적 발현"으로 "문학을 온갖 속박으로부터 해방"시키라고 주장한다. 윤곤강은 해방 후 전통 시가와 겨레말 그리고 민족 문화와 같은 시대 정신을 본원적으로 파악하고자 문학 자체의 본질적 발전과 시대 정신을 구현하고자 했다. 이런 이유로 그의 시론에서 '시적인 것'과 '비시적인 것', '진짜'와 '가짜'를 직설적으로 논급 하며 근대 문학을 '모방의 시대'라고 규정짓는 것도 새로운 문학을 위한 도전의 충동에서 나온 것이었다. 윤곤강이 혁신을 부르짖으며 시에 있어 창조를 논급한 것 역시 근대시의 과오를 자각시키고자 하는 것이었다.

윤곤강이 정신활동에 속하는 포에지이(시행위)를 바탕으로 실제의 시 작품을 포엠(시)라고 부르며 포에지이(시행위)와 포엠(시)을 분별하는 오 류를 지적한 것은 문학적 인식에 대한 그의 공적이었다. 윤곤강이 포에지 이의 정신성을 시의 혁신으로 자각하고 새로운 시인과 낡은 시인을 구별 하는 조건으로 시의 이데아를 내세운 것도 시의 존재성에 대한 자주성의 발현에서 나온 것이었다. 시가 매너리즘에 빠져 위기에 놓여 있는 것을 지적하고 있는 것도 시의 진부(眞否)를 위한 시와 시인의 임무를 의식하고 매진하려는 그의 의지에서 힘입은 것이다.

「詩의 擁護」(≪朝鮮日報≫, 1939.1)에서 윤곤강이 "전통을 갖지 못한 것, 말의 손재주로 되어 있는 것, 시상의 통일이 결여된 것, 난해성과 무이해 성"을 우리 문학의 문제점으로 지적하며 "여러 조류 속에 수많은 사람들 이 주체를 잃고 방황하였"다고 개탄한 것도 "시정신의 옹호에 대한 임무가 가로 놓여 있었기" 때문이었다. 이는 그가 지속적으로 강조해 온 주체적 태도에 말미암은 바 전통 속에서 새로운 것을 창조해야 한다는 자주의식에서 비롯한다.

5. 시와 진실, 근대시사의 대타적 자리

윤곤강은 30년대 시와 비평 활동을 통해 근대문학을 새롭게 추동하고자 했다. 비록 그의 비평이 임화나 최재서, 백철이나 김기림에 비해 크게 주목받지 못한 것도 사실이나 동시대 상황을 광대하게 살피고 있는 것은 독창적인 통찰에서 비롯된 것이었다. 리얼리즘이 안고 있는 도식적인 기계론의 청산을 강력하게 주장한 것도 유물론적 변증법을 창작 방법의 혁신으로 인식하면서 프로문학이 겪고 있는 빈곤을 극복하고자 하는 것이었다. 그리고 그가 부르조아 문학을 예술의 퇴화로 받아들이며 당대의 주류를 이루고 있던 모더니즘에 대해 비판자의 입장을 고수하고 있는 것은 시를 본연의 위상으로 환원시키고자 하는 그의 노력이었다. 말하자면 프로시에 대해 노동 조합의 방침서나 계급의 당면 과제나 강령 등이 끼어드는 일이 있어서는 안된다며 이데올로기를 청산할 것을 주창한 것은 프로문학에 대한 명확한 인식에서 발현된 것이다. 또한 김기림을 자본주의의 사생아로 치부하며 '모던쏘이의 변태적 감각'이라 몰아붙이고 있는 것은 근대시에 대한 그의 열정에서 나온 것이었다. 비록 모더니스트에 대해 병적 분리를 일으키는 형식 혁명주의자라고 비판하고 있지만 그

배경에는 현실을 꿰뚫는 자각과 생의 원형과 시의 본질에 다가설 때 시가 생탄하고 있다고 믿는 믿음 때문에서 나온 것이었다.

그가 현실을 중시하고 세계 형성을 포용하려는 것은 시의 무한과 방법의 새로움에 대한 기대에서 비롯한다. 윤곤강은 유물론적 리얼리즘과 사회주의적 리얼리즘 그리고 주지주의에 이르기까지 폭넓은 안목을 통해 시적 과정을 위해 비판을 멈추지 않았다. 현상 속에 부여된 것에 맹종하지 않고 비속한 에피고넨과 생활이 없는 시에 대해 극도의 혐오를 보이고 있는 것과 오성적 방법과 이성적 직관의 힘을 강조하는 것은 시적인 것을 찾고자 하는 노력에서 출발한 것이었다. 또한 자극을 감지하여 통일하려는 의지와 그것을 비시적인 것과 구별하며 시인적인 것에 이르러야 한다고 주장하는 것을 통해 시의 창조와 혁신적인 태도를 지니고자 한 것은 정신활동을 아푸리오리(a priori)로 규정할 때 가능한 것이었다.

윤곤강이 포에지이와 포엠을 질서 있는 집합으로 보는 것도 이 두 항의 깊이 있는 해석과 주장을 갖는 것이었다. 시를 문학의 근원이라고 평하며 휴머니즘을 내세운 것은 시를 쓰고 문학을 하는 것을 세계를 창조하는 동인으로 바라보는 데에서 비롯되는 것이었다. 이 점에서 언어를 사회적 규정을 가진 표상으로 완전한 미를 표현할 수 있다는 그의 언어관은 시어의 한계성과 가능성을 열어 두고 지적하는 것이었다. 언어를 기호로 인식하며 심리적 과정을 거친 끝에 말이 생기고 시가 생긴다고 하는 생성론적 인식은 당대에는 보기 어려운 진보적인 언어관이었다. 윤곤강은 시집 『피리』(1948), 『살어리』(1948)에서 시와 시론이 상면하며 전통 속에서 창조의 실마리를 찾는 것은 혼란한 해방 정국에 있어 이정표를 세우는 것이었다.

아울러 역사가 낡은 것의 부정을 통해 새로운 것을 창조하려는 혁신사(革新史)라고 말하는 그의 진의는 전통과 창조가 서로 독립한 것이 아니라 전통의 참된 본질 속에서 출발하고 있음을 뜻하는 것이었다. 이 때문에 윤곤강은 민족 의식을 노래했으며 편주서『近古朝鮮歌謠撰註』(1947)와 찬주서『孤山歌集』(1948)을 통해 민족 공동체를 위한 윤곤강만의 자주시론(自主詩論)을 내세웠다.

참고문헌

1. 기본자료

윤곤강, 『大地』, 풍림사, 1937.
_____, 『輓歌』, 동광당서점, 1938.
_____, 『動物詩集』, 한성도서주식회사, 1939.
_____, 『氷華』, 명성출판사, 1940.
_____, 『피리』, 정음사, 1948.
_____, 『살어리』, 정음사, 1948.
박주택 외, 『윤곤강 문학 연구』, 국학자료원, 2022.
≪批判≫, 비판사, 1931~1940.

2. 논문 및 단행본

김기림, 「詩에 잇서서의 技巧主義의 反省과 發展」, ≪조선일보(朝鮮日報)≫, 1935.2.10~
14.
_____, 「모더니즘의 歷史的 位置」, ≪인문평론(人文評論)≫, 1939.10.
_____, 「詩壇」, ≪문예연감(文藝年鑑)≫, 인문사, 1940.
김기진, 「辨證的 寫實主義−양식문제에 대한 소고」, ≪동아일보(東亞日報)≫, 1929.2.25~
3.7.
김남천, 「創作方法에 있어서의 轉換의 問題」, ≪형상(形像)≫, 1934.
권 환, 「現實과 世界觀과 밋 創作方法과의 關係」, ≪조선일보(朝鮮日報)≫, 1934.6.24~29.
박영희, 「文藝運動의 理論과 實際」, ≪조선지광(朝鮮之光)≫, 조선지광사, 1928.
_____, 「最近文藝理論의 新展開와 그 傾向」, ≪동아일보(東亞日報)≫, 1934.1.2~11.
백 철, 「文藝時評」, ≪조선중앙일보(朝鮮中央日報)≫, 1933.3.2~8.
안 막, 「푸로藝術의 形式問題−프로레타리아의 리아리즘의 길로」, ≪조선지광(朝鮮之
光)≫, 조선지광사, 1930.3~6.
_____, 「創作方法問題의 再討議를 爲하야」, ≪동아일보(東亞日報)≫, 1933.11.29~12.7.
안함광, 「創作謗法에 對하여」, ≪문학창조(文學創造)≫, 1934.
이기영, 「創作方法問題에 關하여」, ≪동아일보(東亞日報)≫, 1934.5.4~10.
임 화, 「技巧派와 朝鮮詩壇」, ≪중앙(中央)≫, 1936.
최재서, 「現代主知主義 文學 理論의 建設」, ≪조선일보(朝鮮日報)≫, 1934.8.2~15.

_____, 「批評과 科學」, ≪조선일보(朝鮮日報)≫, 1934.9.1~7.

한설야, 「文藝運動의 實踐的 根據」, ≪조선지광(朝鮮之光)≫, 조선지광사, 1928.

한 효, 「우리의 새 課題-方法과 世界觀」, ≪조선중앙일보(朝鮮中央日報)≫, 1934.7.7~12.

김기림 시의 근대와 근대 공간 체현

1. 서론

30년대는 전년대보다 문학적 상황뿐만 아니라 식민지 조선을 둘러싼 제반 여건이 비약적으로 달라지는 시기였다. 문학적으로는 ≪백조≫의 낭만주의적 색채가 퇴조를 보이고, 카프의 경향문학 역시 모더니즘에 밀려 약화 일로에 있었으며, 정치적으로는 수탈과 동화, 전쟁과 같은 제국주의적 혼란기가 자리 잡고 있었다. 이 시기 김기림은 「詩에 잇서서의 技巧主義의 反省과 發展」[1]에서 기교주의 발생과 환경을 이야기하면서 감상과 시를 혼동하는 로맨티시즘을 구식(舊式)이라 비판하고, 이것의 복장을 바꿔 입은 카프의 내용주의 역시 소박한 사상이나 감정의 자연적 노출에 불과하다고 갈파한다. 또한 '순수시파'·'형태시(포말리즘)'·'초현실주의

---

1   ≪조선일보≫, 1935.2.10~2.14.

시'가 '한 개의 혼돈한 상태'를 편향되게 시화(詩化)하는 '야만(野蠻)'이라 규정하고, 기술과 정신의 각 부분이 통일되고 종합된 전체시론(全體詩論)을 주장한다.

이에 임화는 「技巧派와 朝鮮詩壇」[2]에서 김기림이 제기하고 있는 기교주의와 전체시론에 대해 30년대 이전의 프로시가 내용 편중 공식주의(公式主義)에 있었다는 주장은 정당하며, 내용과 형식의 통일이 등가적으로 균형되어 있는 것이 아니라, 변증법적으로 통일을 이루어야 한다며 완성을 향해 가는 '푸로레타리아 시'를 조선 근대시의 가장 옳은 계승자라고 주장한다. 이에 대해 박용철은 「技巧主義說의 虛妄」[3]에서 김기림 자신의 시가 자신이 규정한 기교주의에 속하는가 아닌가에 대한 명확한 표시가 없다고 비판하고, 임화에 대해서도 일반 문학사에서 구체적인 역사를 갖지 않은 기교주의라는 개념을 자명한 개념으로 통용하는 것은 온당한 것도 아닐뿐더러, 기교라는 것은 수련과 체험의 결과로 얻어진 목적과 완성에 도달하는 도정(道程)의 충동이라 주장한다.

그러나 김기림이 이제부터 시인은 기교주의를 탈피하고 새로운 방법들을 종합하여 한 개의 전체로서의 시를 파악하여야[4] 한다고 주장했을 때, 그것은 종합이라는 것이 단순히 기술의 문제에 그치는 것이 아니라, 능동적인 시 정신과 생활 속의 행동 속에서 발견할 수 있는 인간 정신에 있다[5]

---

2   ≪中央≫, 1936.2.
3   ≪동아일보≫, 1936.3.18~3.25.
4   김학동 엮음, 『김기림 전집 2』, 심설당, 1988, 107쪽.
5   위의 책, 107쪽.

는 것을 의미했다. 김기림이 주로 활동했던 30년대 조선은 '근대'의 지속 과정 중에 있었다. 근대가 국민국가의 성립이나 자본주의 발전과 체제의 공고화 등 정치 경제의 영향뿐만 아니라, 인간의 자율성이나 시민 정신의 발양과 같은 문화적 속성을 지니고 있다면 일제 강점기의 근대는 보다 복잡한 양상으로 식민지적 근대 혹은 반식민지적 근대가 착종되는 시기였다. 이 시기 '경성'으로 대변되는 도시화와 문명화는 새로운 환경에 대한 발견으로부터 출발했다. 시간적으로는 속도가 빨라짐에 따라 전통적 시간관과는 단절되고, 공간적으로도 전통 건물과 대비되는 새로운 양식의 건물들로 채워지기 시작했다.

전근대와 근대가 혼재한 경성은 이제 새로운 삶의 가능성과 기대로 가득 차게 되었고 이는 근대문학과 근대시에 있어서도 예외가 아니었다. 김기림이 지성과 객관을 바탕으로 과학주의를 내세우고 임화가 계급분화에 따른 자본과 노동의 세속화와 대립해 새 국가 건설을 위한 해방의 정치를 내세운 것도 바로 '근대'의 얼굴을 발견하고자 했던 결과였다. 이 같은 시기 세계정세나 국내정세에 밝을 수밖에 없었던 기자로서의 김기림은 경험이 개인에게 그치는 것이 아니라 사회를 계도하고 변화시킬 수 있는 위치에 있었다. 말하자면 식민지 근대 속에 겪게 되는 식민지 주체의 고민과 가능성을 거느렸던 것이다. 두 번에 걸친 일본 유학과 일본 경험은 이 같은 체증의 결과로서, 조선을 바라보는 근대 주체의 시선이 기자와 시인으로서의 교양이 복수적으로 겹쳐 서양과 일본·일본과 조선·근대와 전근대·전통과 모더니티 등의 대립적 개념들이 김기림의 의식 속에 가치의 분화를 일으켰던 것이다.

이 과정에서 미처 김기림이 깨닫지 못한 것은 '식민지 근대성'에 대한 특수성이었다. 일본의 근대가 서양을 본질화했듯, 조선에 대한 일본의 근대 이식은 일본 내의 서양에 대한 반성만큼 조선에 있어서도 저항의 담론이 필요했다. 조선의 근대(성)의 수용은 서양을 본질화하지 않고, 일본 근대에 대한 모방과 창조가 이루어졌다는 점에서 보다 복잡한 구도에 놓여 있었다. 이 점에서 지식인으로서, 시인으로서, 기자로서의 악전고투 (惡戰苦鬪)에도 불구하고 과연 시 속에 그가 상상하는 '근대'가 잘 형상화되어 있는지와 그리고 그의 비평문을 비롯한 산문에서 이 같은 근대(modern)에 대한 의미가 자각되고 체득(體得)되었는지는 복잡한 문제에 속한다. 그가 내세우고 있는 지성(이성)·진보·과학과 같은 보편적 규범들이 이미 모더니즘(모더니티)의 극복의 대상이 시작되는 시기였고 포괄적인 의미에서는 '근대' 역시 극복의 대상이 되었기 때문이다. 그러나 이러한 점을 염두에 두고서라도 근대문학 이행기에 김기림의 역할은 근대시로서의 모더니티를 확인할 수 있는 계기와 발판을 마련하고 미래의 문학을 구성하려했다는 점은 중요하게 평가될 수 있다. 더욱이 '근대'와 '공간'의 모범들을 자신만의 상상으로 구축하려 했다는 점은 선구적이라 할수 있겠다.[6]

김기림의 '공간'에 대한 인식은 '근대'와 관련한 것이었다. 그에게 있어 모던(근대적)은 하나의 태도였다. 시에 있어서 과학과 지성을 강조한 것도

6　그럼에도 불구하고 유기체·통일·종합과 같은 전체성을 강조하는 것에 비해 예술과 개인이 지닐 수 있는 개별화에 대해서는 소홀히 한 감이 없지 않은데 이는 아방가르드에 속하는 시파에 대해서 일관되게 부정하는 비판적 태도에서도 드러난다.

'경성(도시-조선)'이라는 의미 공간을 문화적인 공간으로 채우려는 의지에서 비롯했고 모더니즘을 옹호하는 근대적 주체의 미적 표명이었다. 인간이 구역·장소·곳·위치·자리 등과 같은 공간 영역과 삶을 관계 맺는 방식으로 존재한다[7]고 할 때, 김기림이 근대 질서 속에 시 속에, 자신이 상상한 근대를 미적으로 형상화시키고 있는 것도 '근대'와 '근대 공간'에 대한 자각에서 비롯됐다. 이 과정에서 김기림이 식민지 근대의 특수성을 모더니즘 문학과 깊이 있게 매개하지 못한 것은 과도한 계도 의식과 모더니즘에 대한 포괄적인 이해 부족에서이다. 유기체·통일·종합과 같은 전체성을 강조하여 예술과 개인이 지닐 수 있는 개별화에 대해서 소홀히 한 것과 아방가르드에 속하는 시파에 대해서 일관된 부정과 비판이 단적인 예다.

비록 김기림이 내세우고 있는 진보와 과학과 같은 보편적 규범들이 상실된 공간 속에 제대로 투영되고 있는가는 의심의 여지를 남기고는 있지만, 식민지 지식인으로의 근대 공간 체현은 모더니즘 형성기에 중요한 의미를 지닌다. 이런 의미에서 '조선'은 하나의 공간이 아니었다. 공간이 수많은 관계들로 이루어진 다양체라고 할 때[8] '조선'은 '근대 공간'의 생활 터전으로 자리 잡고 있었기 때문이다. 이에 본고는 김기림의 시에서 '근대'와 '근대 공간'이 어떻게 투영되어 나타나는지를 살펴보고자 하는 데 있다. 이를 위해 김기림이 펴낸 4권의 시집[9]의 시와 산문을 통해 시적

---

7   오토 프리드리히 볼노, 이기숙 옮김, 『인간과 공간』, 에코리브르, 2011, 17-21쪽.
8   마르쿠스 슈뢰르, 정인모·배정희 옮김, 『공간, 장소, 경계』, 에코리브르, 2018, 25쪽.
9   『氣象圖』(1936), 『太陽의 風俗』(1939), 『바다와 나비』(1946), 『새노래』(1948).

주체가 공간을 어떻게 표상하는지에 주목하고자 한다.

2. 『太陽의 風俗』: 속도와 근대 풍경

김기림은 근대시사에서 자신의 시론을 바탕으로 시를 쓰고 평론집과 문학 이론서 등의 논저를 펴내며 왕성하게 활동했다. 문학의 르네상스라 불러도 좋을 만큼 많은 시인들의 활약이 두드러졌던 30년대는 정지용, 김광균, 김영랑, 이상, 백석, 임화, 이용악, 오장환, 서정주, 윤곤강, 신석정 등과 같은 시인이 전 시대와는 다른 양상으로 다양하게 시적 세계를 펼쳐 보였다. 이 가운데 정지용은 김기림과 함께 모더니즘 시를 선명하게 각인 시켰다. 김기림이 시를 언어의 한 형태로 인식하고, 시의 미적 인식에 천착한 것과 마찬가지로, 정지용 역시 언어의 감각을 통해 문명과 현실의 문제를 환기하고 있었던 까닭이다. 김기림을 논급함에 있어 정지용을 주목하지 않을 수 없는 이유는 모더니즘이 최재서, 이양하, 백철, 김기림 등에 의해 소개되기는 했지만 26년 일본 유학생 잡지인 ≪학조(學潮)≫ 창간호에 그의 시 「카페 쯔란스」에 의해 모더니즘의 서막이 시작되었다 고 볼 수 있기 때문이다.

20년대가 감상적 문학과 프로시의 편내용주의적 경향이 주를 이루었고, 이들 문학이 각각 감정과 재현의 문제에 착목하고 있었기 때문에 본격적인 모더니즘은 30년대에 이르러서라고 할 수 있다. 특히 주지주의 를 비롯한 30년대 모더니즘의 이론을 주도적으로 소개하고 있는 최재서는 「現代 主知主義 文學理論의 建設」(《朝鮮日報》, 1934.8.31~9.5)에서 영국 비평의 주류를 살피며, 리챠즈, 엘리오트, 리이드, 루이스를 광명과 길을 찾는 건전하고 진지한 비평가라 칭하며, 흄의 불연속적 실재관을 살핀다. 그에 따르면, 흄은 과거 전통에 대한 시대적 불만을 이론적으로 인식하고, 현대시가 낭만주의에 대한 대립적 시각으로 과거의 종교성에 대응할 만한 과학적 절대 태도와 반인본적 경향을 띠고 있다고 명언한다. 엘리오트에 대해서도 최재서는 「전통과 개인의 재능」에서처럼, 낭만주의와는 정반대의 이지적 경향의 문학관을 건설을 기도하고 있다고 설명한다. 즉 최재서는 객관적 규준에 의해 개개의 작품을 판단할 것을 언명하며 사실(事實)에 대한 감각을 문명의 진보로 등치시킨다.

「現代 主知主義 文學理論의 建設」의 속편에 해당하는 「批評과 科學」(《朝鮮日報》, 1934)에서도 최재서는 현대 정신이 과학에 기대를 가지고 있다고 진단하며 리이드와 리챠즈의 이론을 소개하고 있는데, 이 글에서 리이드의 정신분석학 비평을 살피며, 시인이란 보편적 환상을 창조할 능력을 가진 사람이며, 예술은 원시적 이메지와 본능적 감정의 샘물과 외부 세계의 현실기구를 생명의 통일적 흐름 속에 용해시키는 것이 예술이라는 것을 강조한다. 또한 리챠즈의 「시와 과학」을 논급하며 시와 과학은 결코 대립하는 모순개념이 아니라 가장 밀접히 연관되는 개념이며 이 두 개념을 연관시킴으로써 현대의 혼돈은 위대한 질서를 획득할 수 있다고 말한다. 결국 최재서는 서구 문학의 이해를 바탕으로 시에 있어서 김기림과 마찬가지로 지성과 과학을 주장하고 있다.

김기림이 미적 가치를 내세우며 언어에 그 시적인 의미를 부여하고 있다면 그것은 전 시대의 문학에 대한 반성에서 비롯한다. "한 시대의 시대정신 즉 그 시대의 '이데'(이데아—필자 주)는 그것에 가장 적응한 구상 작용으로서의 양식을 요구한다"[10]라고 했을 때 이것은 '이데'와 양식이 불가분의 관계를 맺는 것이며, 시대정신을 올바르게 획득했을 때 시의 혁명이 완성될 수 있다는 믿음에 기초한 것이었다. 그렇다면 그가 말하는 시의 혁명은 무엇일까? 많은 논자들의 이견에도 불구하고 이 문제는 의외로 간단하다. 그것은 의식에 떠오르는 (주관적)상념을 정돈하여 목적에 맞게 선택하여 객관화시키는 것이다. 다시 말해 언어를 통해 현실의 숨은 의미를 부단히 발굴하여 새로운 현실을 창조하는 시의 기술[11]인 것이다. 그렇다면 그가 내세우고 있는 시의 방법으로서 기술은 무엇일까? 그것은 발생적 동기로서의 미를 "한 개의 목적=가치의 창조로 향하여 활동하는 것이"[12]다. 즉 센티멘탈한 리듬이나 현실을 재생하는 리듬이 아니라, 섬광 (太陽)이 있는 엑스터시에 따라 움직이는 것이며 주지적 태도에 입각한 의식과 목적적 방법에 의한 가치 창조. 이 점은 김기림이 아폴리네르의 입체시 「비」를 형태에 치우친 시로 취급하거나, '다다이즘'을 파괴가 목 적이라고 언명하거나 '쉬르리얼리즘'을 인공적 분열로 몰아세우거나 하 는 것에서도 확인된다.

이런 의미에서 『太陽의 風俗』(1939)은 김기림 자신이 세운 시작 상의 입론에 의해 창작된 시라고 해도 좋을 것이다. 이 시집에서 드러난 언어적

---

10   『김기림 전집』, 앞의 책, 73쪽.
11   위의 책, 75쪽.
12   위의 책, 78쪽.

감각은 도시(경성)의 '전문명의 역학(力學)'[13]과 수평을 통해 의식을 확장하는 공간의 넓힘이다. 언어는 그것이 환기하는 공간을 가지고 의미 연상을 통해 의식을 지배한다. 즉, 언어는 언어 그 자체뿐만 아니라 언어의 관계들 속에서 의미 공간을 생성한다. 시인은 언어를 사용할 때 정향(定向)을 지니며 미적 가치를 구성한다. 이런 점에서 김기림에서 빈번하게 나타나고 있는 외래어와 문명어는 김기림이 시가 그려내는 지형학이다. 그러나, 그에게 모더니티란 '근대'를 상상하고, 세련된 지적 이성을 강조하는 것이었지만, '경성'을 기반하고 있던 자본과 소비에 대해서 관대했다는 점에서는 '근대성'에 대한 인식이 부족했음을 드러내는 것이었다.

김기림이 "조선에 있어서 지금까지의 신문화의 코스를 한마디로 요약한다면 그것은 '근대'의 추구"[14]라고 했을 때 그것은 변경의 가능성을 내재한 것이었다. 모더니즘·휴머니즘·행동주의·주지주의 등이 구라파의 하잘 것 없는 신음이었고, '근대'의 말기적 경련이었으며 파산의 국면에 소집되었을 뿐[15]인 까닭이다. 뿐만 아니라 근대와 근대정신(근대성)이 동양의 후진성에서 비롯한 비정상적 근대화 과정[16]이었던 까닭이다. 그가 30년대 신문학 운동을 "르네상스" 운동이라 평가하며 구라파라는 현란한 표본을 끌어들이고 우리(자신)가 문화주의자요 이상주의자[17]가 되어야 한

---

13   『김기림 전집』, 앞의 책, 81쪽.
14   위의 책, 43-52쪽.
15   위의 책, 43-52쪽.
16   위의 책, 47쪽.
17   위의 책, 121쪽.

다고 설파하고 있는 것도 바로 이 같은 시대적 통찰에 기인한다.

①

하느님 단한번이라도 내게 성한 날개를 다고. 나는 火星에 걸터앉어서
나의 살림의 깨여진 地上을 껄껄껄 웃어주고 싶다.

하느님은 원 그런 재주를 부릴 수 있을가?

-「午後의 꿈은 날줄을 모른다」 부분

②

사람들은 이윽고 溺死한 그들의 魂을 噴水池 속에서 건저가지고 분주히
분주히 乘降機를 타고 제비28와 같이 떨어질게다 女案內人은 그의 광을 낳은
詩를 암닭처럼 수없이 낳겠지.

「여기는 地下室이올시다」

「여기는 地下室이올시다」

-「屋上庭園」 부분

③

오늘

어두운 나의 마음의 바다에

힌 燈臺를 남기고간

── 불을 켠 손아

— 불을 끈 입김아

갑자기 窓살을 흔드는 버리떼의 汽笛.

배를 태여 바다로 흘려보낸 꿈이 또 돌아오나보다.

–「첫사랑」 부분

④

食堂……

「샨데리아」의 噴水밑에

사람들은 제각기

수없는 나라의 記憶으로 짠

鄕愁의 비단폭을 펴놓습니다.

「테불」우에 늘어놓는

國語와 國語와 國語와 國語의

展覽會

수염이 없는 입들이

「뿌라질」의 「커피잔」에서

푸른 水蒸氣에 젖은

地中海의 하눌빛을 마십니다.

–「호텔」 부분

『太陽의 風俗』은 언어를 통해 기획된 조선 내의 '근대'와 '근대 공간'의 구상물이다. 그것은 ①의 "살림의 깨어진 地上"이나 ②의 "地下室"은 언어가 만든 조선의 현실 공간을 환기하기도 하지만 그러나,『太陽의 風俗』에서 보이고 있는 공간은 비탄의 공간이 아니다. 그것은 ③의 "窓 살을 흔드는 汽笛"이 울려 퍼지고, ④의 "'뿌라질'의 '커피'잔에서 푸른 水蒸氣에 젖은 地中海의 하눌빛을 마시며 世界의 모-든 구석으로 向하야 날아" 가는 전진과 비행의 속도가 있는 공간이다.

속도는 관계들의 장소인 시간의 연속성 속에서 느리거나 빠르거나 하는 운동성을 지니며 삶의 가능성과 관계한다. 그러나 속도는 시간이 그렇듯 객관적인 것이 아니라 상대적인 것이다. 문명적인 길에 해당하는 도로·레일·천로(天路)·바닷길과 같은 길의 탄생은 다른 장소로 이동하는 공간의 열림을 통해 새로운 속도를 경험하게 한다. 30년대는 시·공간을 압축하는 기기(機器)들이 경성을 중심으로 급속하게 보급되었으며, 이는 공간의 고립성을 해결하고 사고의 고립성을 해결하는 것이었다.

①

작은 등불을 달고 굴러가는 自轉車의 작은 등불을 믿는 忠實한 幸福을 배우고싶다.

萬若에 내가 길거리에 쓸어진 깨어진 自轉車라면 나는 나의 「노-트」에서 將來라는 「페이지」를 벌-서 지여버렸을텐데……

대체 子正이 넘었는데 이 미운 詩를 쓰노라고 벼개로 가슴을 고인 動物은 하누님의 눈동자에는 어떻게 가엾은 모양으로 비췰가? 貨物自動車보다도 이쁘지 못한 四足獸.

차라리 貨物自動車라면 꿈들의 破片을 걷어실고 저 먼– 港口로 밤을 피하야 가기나 할터인데…….

–「貨物自動車」 전문

②

금방 날개가 겨우 돋힌 飛行機의 병아리는 裁縫師가 志願인가 봅니다.
그러기에 할닥할닥 숨이 차서도 이슬에 젖은 葡萄酒의 하늘을 분주히
돌아댕기며 도망하는 구름의 치마자락을 주름잡습니다.
아이 어느새 저녀석이 물 속에 뛰여들어가서 고기를 몰고댕기네.

–「飛行機」 전문

김기림이 "차라리 貨物自動車라면 꿈들의 破片을 걷어실고 저 먼-港口로 밤을 피하야 가기나 할 터인데 ……"라고 했을 때 그것은 속도를 동반하며 종착지에 닿는 것이었다. 이때 ①의 자전거와 기차와 자동차가 달리는 속도와 관계하며 시·공간의 압축을 하는 것이라면, ②의 비행기는 천상의 공간을 통해 시·공간을 압축한다. 근대가 속도와 매개하며 시·공간의 압축을 통해 새로운 세계를 만나는 것이라 했을 때 자동차와 비행기는 특별한 의미를 지닌다. 특히 비행기는 근대 문물의 상징이자 편의성과

속도를 표상한다. "할닥할닥 숨이 차서도 이슬에 젖은 靑葡萄의 하눌을 분주히 돌아댕기며 도망하는 구름의 치맛짜락을 주름잡"는 '날개 돋힌 비행기'는, 김기림이 근대를 상상하는 은유이자 근대 표상을 의미한다. 도보가 길을 통해 경관과 위치·지역과 장소를 경유하며 공간을 살피며 걷는 것이라면, 자동차와 비행기는 속도를 동반하며 앞쪽이라는 방위적인 전진을 의미한다.

김기림이 『太陽의 風俗』에서 시선을 앞쪽에 고정시켜 놓고, '가다', '오전', '해상', '새로운'과 같은 어휘를 많이 등장시키고 있는 것은 앞으로 나아가고자 하는 진취와 속도의 욕망과 관련한다. 이런 의미에서 김기림의 '오전의 시론(午前의 詩論)'은 문명과 시의 출발을 의미하는 것이었다. 김기림이 공간을 살피며 '깃발'·'분수(噴水)'·'오전(午前)'·'행진곡'과 같은 '새로운 생활(生活)'과 '출발(出發)'을 꿈꾼 것은 그의 근대를 향한 욕망이라는 것은 말할 것도 없다. 이와 마찬가지로 "우리는 世界의 市民 世界는 우리들의 '올리피아-드'"(「旅行」)라며 언술하고 있는 것 역시 김기림이 근대를 어떻게 인식하고 있는지를 보여준다. 「스케이팅」에서 "太陽의 느림을 비웃는 두 칼날……"이라며, 나는 "全혀 奔放한 한 速度의 騎士다"라고 했을 때 그것은 전진을 향한 속도의 선언이었다. 이처럼 김기림은 자신이 딛고 있는 중심 공간에서 상상의 경관을 펼치며 근대 공간을 열고자 했다.

3. 『氣象圖』: 전파(電波)와 게시판(揭示板)

김기림이 과학적 태도를 중시한 것은 전체에 대한 관찰과 분석[18]을 요구하는 것이었다. 기교주의 논쟁에서도 드러나듯이 그는 특정 경향에 맞춰 쓰는 일면적 편향을 부정하며 '시문학파'를 형이상학적 관념론으로 치부해버린다거나 '낭만주의'와 '경향파'의 문학을 유기적 전체성을 이루고 있지 못하다는 점에서 비판한다. 김기림이 주장하고 있는 과학은 실재에 대한 인식을 주관적 경험과 결합하여 일반적 정식(定式)으로 종합하여야 한다는 보편론에 입각한 것이었다. 시인이 현실을 뚫어지게 노려보고 각각으로 변하는 현실에 예리한 비판자가 될 때 과학자 이상의 냉철한 분석과 인과 관계의 추구가 가능하다는 것을 요구하는 것이었다. 결국 김기림이 말하는 과학이란 '통일된 현실의 정체(停滯)'[19]를 가리키는 것이었다.

그는 "사물을 공간적으로 인식할 때 평면적임에 그치는 것은 인식의 不具"라고 비판하며 "평면 저편에 숨어 있는 비밀"[20]을 파악하기 위해서는 변화의 가능성을 발견하는 인식의 시선이 중요하다는 것을 강조한다. 이 점에서 『氣象圖』는 현실을 바라보는 김기림의 시선이 잘 드러난다. 『氣象圖』(1936)는 『太陽의 風俗』(1939)보다 뒤늦게 씌어졌음에도 불구하고 먼저 발표된 시집이다. 따라서 『氣象圖』는 김기림의 의도와 기획이

---

18   『김기림 전집 2』, 앞의 책, 127쪽.
19   위의 책, 125쪽.
20   위의 책, 169쪽.

잘 드러나는 시집이라 할 수 있다.

'시선'은 의식을 반영하고 무한성과 마주한다. 김기림은 내부보다는 외부, 잠듦보다는 깨어남, 거주보다는 활동에 더 무게를 두고 '바깥과 먼 곳'으로 시선을 향한다. 시에 동사(動詞)가 많이 등장하는 것도 이와 무관하지 않다. 『氣象圖』의 공간은 광활한 공간이다. 『氣象圖』의 국제 열차·비행기·여객선 등은 이 공간을 넘나드는 속도의 도구들이다. 라디오·전파·수화기 등은 근대 매체로서 공간과 공간을 이어주며 뉴스·통신과 같은 소통의 연결망을 표상한다. 그런가 하면 아라비아·스마트라·이태리(伊太利)·파리(巴里)·화란(和蘭)·남미(南米)·아시아(亞細亞)·맥도날드 등과 같은 어휘는 『氣象圖』가 세계를 공간으로 삼고 있음을 보여준다. 『氣象圖』에서 화자는 지도를 바라볼 때처럼 위(上)에서 아래(下)로 내려다보는 시선을 취한다. 앞과 뒤, 옆과 밑의 각도가 아니라, 위(上)에서 아래(下)를 내려다보는 시선이라는 점은 주체의 위계로 전이된다.

『氣象圖』는 태풍이 몰아쳐 난파되기 직전의 배처럼 폭우에 휩싸여 있는 위태로운 지구 공간이 등장한다. 이는 국제 정세나 김기림이 처하고 있는 현실이 불안정하다는 인식에 기인한다. 정상성의 측면에서 불안정은 시선의 뒤틀림이나 의식의 뒤틀림을 뜻한다. 즉 광활한 세계의 공간은 종교·인종·계급 등이 균형을 이루지 못하는 곳이며, 전쟁과 분쟁이 있는 곳으로 "등불도 별도 피"지 않는 "썩은 歎息"이 있는 「病든 風景」[21]만이 있는 곳이다. 세계는 태풍에 휩싸인 채 기상 상황을 살펴볼 수밖에 없는

---

21   『김기림 전집 2』, 앞의 책, 143쪽.

형국에 놓여 있다. "中央氣象臺"가 "世界의 1500餘 구석의 支所에서 오는 電波를 번역하기에 분주"할 정도로 세계는 위기에 처해 있다.

김기림에게 있어 서구는 그다지 호감 가는 것이 아니었다. 일본에서와 마찬가지로 서구에 대한 반성으로 아시아(亞細亞)의 단결과 결속을 강조하는 '근대초극(近代超克)'의 논리가 조선 내에서도 발아되고 있을 때, 『氣象圖』가 서구 현실을 비판하고 있는 것은 이상할 것이 못된다. 『氣象圖』가 김기림의 치열한 현실 인식 끝에 얻어진 것이 아니라, 시사적(時事的)인 의미가 짙은 인식의 부족을 드러내는 것이었지만, 세계의 공간을 조망하고 미래를 가늠해본다는 측면에서, 『氣象圖』는 새로운 공간의 구축을 요구하는 것이었다.

『氣象圖』에서 <電波>와 <揭示板>은 각각 알림과 경고의 뜻을 지닌 공간이다. 공간의 확대와 축소의 기능을 하고 있는 <전파>는 가시적인 것이 아니다. 그러나 <전파>는 저기압(低氣壓), 북상(北上) 중인 태풍 등 세계가 처한 현실 공간과 마주하게 한다. 공간의 정체성을 구성하고 있는 <전파>는 속도·양·배분 등과 관련하며 의식 공간을 결정짓는다. 정보를 운반하고, 정보를 공유하여 근대 주체로서 인식을 가능하게 한다. 이는 『氣象圖』가 근대의 위기와 서구 근대에 대한 비판적 시각을 이른바, "지구호(地球號)"라는 배를 통해 경계·책임·의지 등을 반영하는 것이라 볼 때, 세계(世界)의 위험을 경고하고 있는 근대 산물인 <전파>는 체계의 공간을 인식하고 있는 김기림의 현실 인식을 드러낸다.

<揭示板>은 <電波>와 달리 고정된 공간을 통해 인식을 전달한다는 점에서 보다 공간적이다. <게시판>은 태풍 상황과 같은 전 지구적 위험에

서 취해야 할 행동과 지침 사항을 알려주며 상황과 결과를 <게시판>을 통해 고시한다. 『氣象圖』에 나타난 두 개의 <게시판>이 바로 그것이다. 두 개의 <게시판>은 각각 경고(颱風)와 해제(太陽)의 의미를 지니고 있다. 그러나, 『氣象圖』는 세계가 안고 있는 복잡한 문제들을 며칠 간의 기상 상태에 비유함으로써, "우울과 질투와 분노와 끝없는 탄식과 원한의 장마" 에서 보는 바와 같이 근대의 문제를 감정의 문제로 치환하고 있다는 약점 을 안고 있다. 현실을 단순화시켜 <게시판>을 통해 세계의 문제가 해결되 었다고 공고하는 단순화의 논리에서 벗어나지 못하고 있다는 것이다.

김기림은 "시 속에서 시인이 시대에 대한 해석을 의식적으로 기도할 때 비판이 나타난다. 나는 그것을 문명비판이라 불러 왔다"며 "이 비판의 정신은 '새타이어(satire)'의 문학을 배태할 것"[22]이라고 주창한다. 이 발언 의 바탕에는 인간과 근대 문명에 대한 비판이 깔려 있다. 김기림이 "시인 에게 호흡하고 있는 현실에 肉迫하기를 요구하며, 현실의 순간을 입체적 으로 이해하는 것을 명령한다"[23]고 했을 때 그것은 현실 공간을 통찰하고 종합하는 지성이 필요하다는 것을 역설하는 것이었다. 이 점에서 『氣象圖』 는 언어를 통해 개진하고자 하는 세계와 공간의 풍경으로 이 풍경은 새로 운 인식을 발견하여 질서를 구체화하는 것이었다. 이와 마찬가지로 김기 림이 "시는 언어의 건축이다"[24]라고 했을 때 그것은 언어를 공간적으로 인식하고 있는 시적 인식을 드러내는 것이었다.

---

22 『김기림 전집 2』, 앞의 책, 157쪽.
23 위의 책, 157쪽.
24 위의 책, 162쪽.

4. 『바다와 나비』: 텅 빈 공간의 공동체

『太陽의 風俗』과 『氣象圖』는 단적으로 그의 시 「첫사랑」과 「아츰 飛行機」와 같이 출발을 꿈꾸는 것이었다. 비록 현실을 '파선(破船)'으로 인식하며 죽음으로 대변되는 비극적 현실을 간파하고 있었지만 죽음 그 자체를 노래하지는 않았다. 김기림이 그의 시에서 극도로 경계한 것이 허무와 비탄과 같은 감상적 충동이었기 때문이다. 또한 김기림에게는 모더니즘 시 혹은 모더니즘 예술에서 볼 수 있는 '소외'를 거의 찾아볼 수 없다. 고독, 허무, 분노 등과 같은 감정의 탐닉을 극도로 적대한 개인적인 성격에서 기인한 것을 감안하더라도 과학·객관·전체 등에 대한 공리적인 태도는 그를 계몽의 수호자로 보이도록 한다.

이처럼 김기림이 모더니티를 지니고 있었던 것은 실재성에 대한 의구를 드러내는 것이었다. 지적 계몽을 드러내고 있는 것 또한 미적 감응을 소홀히 하고 있지 않다는 것을 예증하는 것이었다. 김기림의 시가 주거 상실이나 고향 상실과 같은 정치성이 드러나지 않는 것은 그의 시가 출발에 의미를 두기 때문이다. 그가 근대에 대한 인식과 미적 주체로서 근대성을 드러내는 것 역시 간접적으로는 국민국가를 염원하는 것이었다. 이와 같은 김기림의 태도는 해방이 되어서야 정치성을 언급하고 있는데, 이는 46년 2월 <전국문학자대회>의 다음과 같은 발언에서 확인된다.

민족문화의 가장 적절 유효한 전달표현의 수단이었던 우리말은 다시 우리 손에 돌아왔다. 적의 무장과 압력이 하루아침 결정적으로 무너진 이 땅 위에는 우리들의 자유와 행복과 정의의 실현을 약속하는 새로운 공화국의 희망이 갑자기 찾아왔던 것이다. 정치도 산업도 문화도 모든 것이 우리들 앞에 새로운 건설의 영야로서 가로놓여지게 되었다. 지식인과 평민과 학생은 이 위대한 창의와 이상의 무한한 가능성에 대하여 말할 수 없는 흥분과 감격에 휩싸였으며 적의 무모한 침략전쟁의 노예였던 대중은 그들의 팔 다리에 감겼던 쇠사슬이 녹아 물러남을 따라 막연하나마 그들의 끝 모르던 굴욕과 착취의 역사는 벌써 끝났고 새로운 희망에 찬 시대가 시작되면서 있다고 하는 것을 느꼈던 것이다.[25]

김기림은 이 강연 원고 초입에 문화의 침략과 말의 약탈, 시정신의 학살과 같은 희생을 말하며 자신이 정치를 기피한 이유에 대해 "시의 피해를 될 수 있는 대로 적게 하기 위하여, 정치로부터 대피와 퇴각을 결행하는 일을 가졌다"[26]라고 주장한다. 이유야 어떻든 김기림이 왕성하게 활동했던 30년대는 국가 사회주의의 전면적 등장과 일본의 대륙 침략, 세계 공황과 전쟁의 시기였다. 이 시기 김기림의 논리는 미적 근대성과 같은 선취(先取)를 통해 '근대'와 '주체'에 대한 인식을 드러내는 것이었다.

임화가 계급적 관점에서 민족과 주체, 자유와 해방의 논리를 펼치는 것에는 '근대'가 개인을 넘어 공동체적 '주체'와 관련하는 것이었다. 이 점은 임화가 국가 사회주의의 등장과 함께 좌절을 겪는 데에서도 확인할

---

25   「우리 詩의 方向」, 『김기림 전집』, 앞의 책, 136쪽.
26   위의 글, 136-137쪽.

수 있다. 이에 비해 김기림은 문명·진보·과학·지식과 같은 서구 모델을 받아들이는 한에서 '근대'와 '주체'를 논급해 왔다. 이 과정에서 그가 할 수 있는 일은 계몽의 빛을 비추는 일이었다. 『太陽의 風俗』을 공간 속에 채우는 일이었고, 『氣象圖』를 확인하며 태풍을 대비하는 일이었다. 결국 그는 '근대'의 이름으로, '과학'의 이름으로, 변화 가능성을 위해 보호자를 자처했던 것이다.

『바다와 나비』(1946)에서 김기림은 "'非'近代的 '反'近代的인 雰圍氣와 作詩上의 風俗(센티멘탈리즘과 카프의 편내용주의－필자 주)을 휩쓸어버리지 않고는, '近代'라는 것에조차 우리는 눈을 뜨지 못한 시골띠기요 半島의 개고리가 되고 말 것"이라며 두려움을 드러내고 있다. 이 두 가지의 "低氣壓과 不連續線을 휩쓸어 버리기 위한 가장 힘 있는 武器는 다름 아닌 知性의 太陽이 필요하였던 것이다"라며 "黎明의 前哨에 눈을 뜬 사람 또 먼저 먼 기이한 발자취에 귀가 밝은 사람들의 꾸준하고도 끈직한 努力만이 새로운 世界의 門을 열어 제낄 수 있을 것이다"라며 발언하고 있다. 이와 같이 김기림은 일본 근대이든, 서구 근대이든 간극을 동질화하려는 노력을 타자 인식을 통해 구현하고자 하였다.

『바다와 나비』에서 김기림은 "찬란한 自由의 새나라 첩첩한 가시덤불 저편에 아직도 머"니 "가시冠 달게 쓰"고 "즐거히 거러가"(「모다들 도라와 있고나」)자고 부르짖고 있지만 김기림이 꿈꾸는 새 나라의 모습은 이 시집에서 구체적으로 형상화되어 있지 않은데 이는 이 시집이 『太陽의 風俗』(1939)이 발간된 후 이 시집에 수록되지 않은 39년까지 쓴 시를 대부분 싣고 있기 때문이다. 따라서 『바다와 나비』에는 김기림이 상상한 성취된 공간이 잘 드러나 있지 않다. 공간이 인간의 정체성과 관계하는 것이라면, 공간의 회복은 안도감과 안정감을 준다. 이것은 위치의 회복이며 방위(方位)의 회복이다. 다시 말해, 주체와 타자가 분리된 낯선 곳이 아니라, 근원으로서의 평온과 삶의 중심이 있는 공간이다.

그러나 김기림이 그리고 있는 것은 휴식과 기쁨을 맛보기 전, 다시 더 먼 곳으로 떠나야 하는 정처 없음의 길 위의 공간이다. 인간이 떠남과 돌아옴, 만남과 헤어짐을 계속할 수밖에 없는 길 위의 존재라면 이곳은 '벌거숭이'와 '눈물'과 '착한 마음'이 있는 '곳'이었을 것이다. 이처럼 김기림의 공간 인식은 그것을 긍정적 인식으로 환원시키는 데 있다. "거짓 많은 고약한 都市"(「전날밤」)처럼 추악이 북적거릴지라도, 새나라라는 공간은 회복되었지만 의미 있는 공간이 아니었을지라도 미래를 담보한 과정으로서의 낙관적 공간이었다. 이는 그 스스로 책임과 윤리에 말미암는다.

김기림 시의 공간이 존재 내부의 공간보다는, 외부를 향해 열린 공간이 많다는 것은 공간의 확장성을 환기한다. 공동체적 관계로 통합하고자 하는 신념은 '전체시론(全體詩論)'을 역설했음을 상기할 때 분명해지는데, 이는 그의 시적 인식이 사회적 관계로서의 시적 공간에 투사되고 있음을 의미한다. 『바다와 나비』는 공적 정체성으로서 열린 외부성에 관여한다. 김기림에게 전체는 관계 속에 있는 존재로 인간은 개별적인 것이 전체의 보편과 조화를 이룰 때 보다 안전한 공간성을 갖는다. 김기림의 '앞쪽'과 '오전(午前)'을 향한 전진의 행보도 안전한 이상 공간을 향한 것이었다. 이런 뜻에서 『바다와 나비』에서 많이 보이고 있는 '간다', '솟아오른다', '일어나다' 등의 운동성이 강한 시어들은 그의 충동을 반영하며 새로운 세계로의 공간 진입을 시도하는 것이라 하겠다.

부정을 통해 새로운 인식에 도달하고자 하는 것은, 존재하지 않은 방향이지만 존재해야만 하는 미래의 방향과 연결된다. 김기림의 시가 회상하는 시가 드물고, 앞으로 기대되는 공간에 천착한 시가 많다는 것은 보다 나은 세계에 관한 믿음에서 비롯한다. 이에 따라 『바다와 나비』에 나타난 공간은 민족·국가·공동체 등과 같은 내용들과 결합하여 완전성을 향하는 인식에서 출발한다. 그가 "황량한 「근대」의 남은 터"(「知慧에게 바치는 노래」)라고 했을 때 그것은 근대 공간에 대한 부정을 동반하는 것이었다. 뿐만 아니라 "그늘에 감춰온 마음의 財産/ 우리들의 오래인 꿈 共和國이어/ 음산한 「근대」의 葬列에서 빼앗은 奇蹟"(「어린 共和國이여」)이라고 했을 때, 그것은 근대 공간의 우울과 부정에서 비롯하는 것이었다. 그러나 「殉教者」, 「두견새」, 「共同墓地」 등의 시에서 알 수 있는 바와 같이 성찰을 통해 미래를 예견하고자 하는 것이었다. 이런 의미에서 「쥬피타 追放」은 '근대'를 절망적으로 살다간 이상을 애도하는 제의(祭儀)를 통해 새로운 공간을 시작할 수 있다는 믿음을 보이고 있는 것은 미래의 방향성을 견고히 제시하는 것이라 할 수 있다.

5. 『새노래』: 틈과 사이, 견고한 바닥

김기림의 4권의 시집 중 '『太陽의 風俗』(1936)'과 '『氣象圖』(1939)'가 해방 전에 펴낸 것이라면 『바다와 나비』(1946)와 『새노래』(1948)는 해방 이후 펴낸 것이다. 해방을 기점으로 나눌 수 있는 김기림 시집의 전·후기는 양단(兩斷)식의 편의성을 고려하지 않더라도 시세계에 있어 확연한 차이를 느낀다. 우선 앞의 두 시집이 '근대'에 착목하여 조선 내의 이상적 공간을 지성화하고 있다면, 뒤의 두 시집은 전망이 도래한 공간을 견인하며 새로운 세계의 도래를 형상화한다. 다시 말해 식민지 체제하에 근대의 문제를 "태양"과 "오전"을 통해 전진하고자 했다면, 해방 후에는 국민국가의 실질적 건설을 위해 실천하고자 하는 정치성을 드러낸다.

이에 따라 『새노래』는 그간 김기림이 견지하고 있던 냉정하고 차가운 시선과 어조 대신, 감정을 분출하는 감각을 드러낸다. 이는 그가 주장해 온 지적 태도와는 다른 실재로 원근법의 측면에서도 앞의 두 시집과는 달리 정지된 공간의 세계를 보여준다. 공간이 심리와 존재의 정체성과 상관한다고 볼 때 '여기'와 '오늘'은 공간이 처한 상황과 주관성에 관계한다.

『새노래』의 두드러진 특징 중의 하나는 조국·나라·인민·백성 등과 같이 시대를 반영하는 어휘들이 빈번해졌다는 점이다. 인간이 특정한 입장을 중심으로 제한된 시야에 갇혀 벗어날 수 없는 지평에 묶여 있다는 면에서 본질적이다[27]라는 지적은 김기림이 '근대'와 관련하여 그 자신의 위치를 스스로 규정하는 시선에서도 발견된다. 해방 후 현실에 자신을 위치시켜 놓고, 자신을 둘러싸고 있는 공간을 이해하고 해석하고 있는 점은 그가 끊임없이 공간을 주시하고 있음을 보여준다. 김기림은 『새노래』 후기에서 "저 野獸的인 時代에 살기가 싫었고 좀 더 透明하게 살고 싶었"

---

27   오토 프리드리히 볼노, 이기숙 옮김, 앞의 책, 101쪽.

다고 고백하고 있는데, 이는 "實踐의 慧知와 情熱 속에서 統一하는 한 全 人間의 소리"이며 "떳떳하게 살아갈려는" 방향 감각에서 나온 것이었다. 비록 김기림이 '쎈티멘탈 로맨티시즘'과 '편내용중심주의'를 공격하고, 기교주의 논쟁에서 드러나듯 독단에 흐르기 쉽다는 가능성을 내포하고는 있었지만 『새노래』에서 보여준 정치적 실천과 「이데(이데아)」에 대한 희망은 간과할 수 없는 것이었다.

공간은 실제로 경험되고 인지되기도 하지만 상상으로 이루어지기도 한다. 김기림이 「午前의 詩論」(《朝鮮日報》, 1935)에서 주장하고 있는 것도 건강하고 활기찬 공간을 통해 현실의 정체를 응시하고, 새로운 방향까지를 모색하는[28] 것이었다. 이와 같은 인식은 인간과 육체가 협동에 의해, 생명적인 것에로 앙양되어야 한다는 모든 가치들의 종합을 확신[29]하는 것에서 비롯했다. 말하자면, 30년대를 둘러싸고 있는 조선 내의 현실을 자각하고, '새로운 것에 대한 정열'을 조감하고자 했다는 것이다. 이 점에서, 『새노래』는 상상된 현실이 어떻게 시 속에 현현되었는지를 살필 수 있고, "歷史를 만들어가는 民族의 노래를 부르고 싶었다"[30]라는 그의 고백처럼 김기림의 윤리를 가늠할 수 있는 것이었다.

①

서투룬 내노래 속에서

---

28 『김기림 전집 2』, 앞의 책, 166쪽.
29 위의 책, 165쪽.
30 위의 책, 264쪽.

헐벗고 괄시받던 나의 이웃들

그대 우룸을 울라 아낌업시 울라

憤을 뿜으라

내 목소리 무디고 더듬어

그대 앓은 사연 이루 옮기지 못하거덜랑

내 아둔을 채치라

목을 따리라

-「나의 노래」 부분

②

들을 보아라 그러고 바다를

海棠花 수놓은 白沙場

넘실거리는 보리이삭 벼초리

아청 바다에 연이은 초록빛 벌판은

아– 英의 것도 蘭의 것도 아닌

우리들 모두의 것이 아니냐

하루ㅅ밤 무엔가 한없이 아름다운

꿈을 꾸다가 눈을 떳더니

무슨 眞珠나 잃은 것처럼 몹시도 서거품은

모두 즐겁고 살지고 노래하고 나물하지 않는 곳이었기 때문

아- 그것은 蘭의 것도 英의 것도 내 것도 아닌

우리들 모두의 꿈이었고나

-「우리들 모두의 꿈이 아니냐」 부분

③

거리로 마을로 山으로 골짜구니로

이어가는 電線은 새나라의 神經

일홈없는 나루 외따른 洞里일망정

빠진곳 하나없이 기름과 피

골고루 도라 다사론 땅이 되라

어린技師들어서 자라나

굴뚝마다 우리들의 검은 꽃무꿈

연기를 올리자

김빠진 工場마다 動力을 보내서

그대와 나 온백성의 새나라 키어가자

-「새나라頌」 부분

①의 시에서 "서투른 내노래 속에서/ 헐벗고 괄시받던 나의 이웃들/ 그대 우름을 울라 아낌없이 울라/ 憤을 뿜으라"는 한 인간으로서의 음성 이자, '수직'에서 '수평'으로 이동하는 열정의 각도이다. 또한 ②의 "海棠 花를 수놓은 白沙場", "넘실거리는 보리이삭", "바다에 연이은 초록빛 벌

판"은 우리(민족) 모두의 것이었고 우리 모두의 꿈이었다. 이와 같은 인식과 각오는 새로운 공간에 대한 인식을 바탕으로 ③에서처럼 "다사론 땅"을 만들어, "아모도 흔들 수 없는 새나라를 세워가"기 위해, "녹쓰른 軌道에 우리들의 機關車"를 달리고자 하는 것이었다.

일찍이 김기림의 '우리'에 대한 인식은 '바닥 공간이 없는 현실'이었다. 그러나 "支配와 屈辱이 좀먹던 部落"에다 "새나라 굳은 터 다져가자" 했을 때 그것은, '바닥 공간이 있는 현실'이었다. '바닥'은 이런 의미에서, 삶의 희망이자 노래이며, 실천하는 공간이었다. 바닥없는 삶에서, 바닥 있는 삶으로 변화는 그가 꿈꾸었던 '우리들 노래'가 울리는 곳이다. "아스팔트 고루다저 물을 뿌려" 두고 "노래 부르며 / 어깨걸고 나가기 좋은 길"에는 "支配者의 軍隊와 그들의 앞재비" 대신 "人民의 行列"과 "백성의 行列"이 "勝利로 가는"(「부풀어 오른 五月달 아스팔트는」) 길이다. 서 있는 '곳'과 어디로 가야하는 지의 '방향'을 선택할 수 있는 것은 '지표'라는 의미를 갖는다. 땅의 견고함과 수평의 안정은, 집을 세우거나 건물을 세우는 물질적인 안정감뿐 아니라, 안도의 감정을 갖는다.

따라서 바닥 공간이 없는 삶은 불안을 동반한다. 동시에 지표면의 부재는 추락의 공포를 동반한다. 이런 뜻에서 '새나라' 회복은 공간의 획득이자, 내부 공간의 획득이다. 이 공간은 "신기한 音樂, 장미꽃과 眞珠, 가슴마다 기른 노래"(「다시 八月에」)가 돌아오는 공간이다. 실제적 여기의 공간을 감각하는 『새노래』는 부재하였던 곳이 노래로 돌아오고 공간을 자기 공간으로 인식하게 한다. 김기림이 "八月"을 경이와 기쁨을 지닌 출발의 "旗빨"로 묘사하고, 장미(薔薇) 빛깔로 인식하고 있는 것도 '바닥이 있는 공간'에서 가능한 것이었다. 이런 측면에서 '바닥없는 공간'에서 '바닥 있는 공간'으로의 변모는 김기림의 시가 지성에서 정치성으로 이동하는 변화를 보여준다.

'근대'를 사유함에 있어 김기림은 과학과 기술, 지식과 문화와 같은 지(知)적인 표상과 함께 '르네상스'적인 것에 관심을 기울였고, 시 또한 구성의 상호 관계 속에 통일을 이루고자 했다. '근대의 위기'를 인식할 수밖에 없었을 때, 그가 할 수 있었던 것은 친숙한 공간일지라도, 거기에는 틈을 일으킬 수밖에 없는 공간성이 존재했다. 이는 현실과 실재의 차이에서 오는 것이었다. 『새노래』에서 빈번하게 보이고 있는, '가다', '오다'라는 시어는 복잡하게 얽혀 있는 현실태를 상정한다. 그리고 이 위상적(位相的)인 공간은 "萬 가슴 萬萬 가슴을 견딜 수 없이 구루는 것은/ 未來로 뻗은 두 줄기 빛나는 鋼鐵/보랏빛 未明에 감기운 길"이 "기우러지는 것들의 運命"(「우리들의 握手」)과 부딪치는 공간을 예기하는 일이었다.

그러나 "民族과 歷史와 원한과 소원을 한 데 묶은 터질 듯"한 "것잡을 수 없는 소리"(「萬歲 소리」)가 공간을 충격하는 것은 "민족 공동 복리의 실현"[31]의 가능성을 잠재하는 것이었다. 진정한 시작은 현실에 대한 자각에서 출발한다. 이럴 때 "壁을 헐자/ 그대들과 우리들 사이의/ 그대들 속의 작은 그대들과 또 다른 그대들 사이의/ 우리들 속의 작은 우리들과 또 다른 우리들 사이의// 아마도 그것은 金과 銀과 象牙로 쌓은 恥辱의 城일지라도/ 모른다 그러면 더욱 헐자"(「壁을 헐자」)라는 각오를 통해 "가

---

31   『김기림 전집 2』, 앞의 책, 150-151쪽.

난과 不潔과 懷疑와 연기/ 모두가 倭敵이 남기고 간 상채기"(「아메리카」)를 치유할 수 있을 것이다. 그리고 이 속에서 김기림이 "별"과 "薔薇와 무지개"(「오늘은 惡魔의 것이냐」)를 바라보았던 것은 노래가 울려 퍼지는 공간에 대한 성장을 믿었기 때문이었다.

6. 결론

김기림은 근대의 이행기인 30년대에 '근대'의 의미를 자각한 시인이었다. 이 과정에서 그는 근대에 대한 자신의 확고한 인식을 '시론(詩論)' 곳곳에 편재(遍在)하고, 문명에 대한 가치를 우선적 가치를 두며 서구 근대를 상상하고 있었다. 『氣象圖』(1936)와 『太陽의 風俗』(1939)에서 보여주고 있는 세계는 여전히 서구 근대를 상기하는 주체 인식을 보여주고 있지만 근대성으로서 현실에 대한 비판이 잘 보이지 않는다는 점에서 근대를 인식하는 김기림의 한계를 드러내는 것이었다. 그가 '센티멘탈 로만티시즘'을 단순화하여 민족 감정이나 정념(情念)을 외면시 하거나, 신경향파를 '편내용주의'라고 몰아붙이며 『새노래』(1948)까지 지속적으로 부정하고 있는 것은 인식의 편협성 또한 드러내는 것이었다.

그럼에도 불구하고 김기림의 시와 시론이 근대시사에 두드러지게 기여한 것은 '근대'를 기제로 공동체에 대한 자각이 있었고 사회의 지도를 그리려 했다는 점이다. 뿐만 아니라 미적 주체로서 언어에 대한 감각적 이해와 모더니티로서의 아포리아를 양식(養殖)했다는 점에서 시의 근대적 감수성을 확증하는 것이었다. 『太陽의 風俗』은 전진의 욕구를 멈추지 않았고 진보와 과학 문명과 인간 등의 '근대'를 향한 의지를 '오전'의 시간을 통해서 보여주며 미래를 향해 나아가고자 했던 것이다.

이 점은 『氣象圖』에서 서구 근대의 쇠락을 냉소하며 새로운 세계의 도래를 설계하고자 한 것에서도 발견된다. 해방 이후 『바다와 나비』(1946)에서 보여주고 있는 세계는 역사의 공간을 투시하는 것이었다. 이 공간이 보여주고 있는 것은 민족과 국가의 현실이다. 이러한 층위에서 공간의 내부를 새롭게 채우고자 하는 의미에서 재건과 건설이라는 『氣象圖』의 공간을 상기시킨다. 다시 말해 『氣象圖』의 빈 공간을 다른 공간으로 채우고자 했던 『바다와 나비』는 또 다르게 유예되는 공동체의 공간을 발생시킨다.

내부 공간이 외부 공간과 결합을 이루고 그 흔적들을 묶은 『새노래』(1948)는 '지금'이라는 의미를 획득하는 공간 지정(指定)을 통해 '바닥의 견고함'을 형상화한다. 이런 의미에서 『새노래』는 공간의 정신성을 획득하며 파토스를 담지한다. 다시 말해 현실의 차이가 공리(公理)가 될 때 성취는 불가역적인 것이 되지만 이 간극에 의해 공간은 다시 공간의 연가(「戀歌」)가 되는 것이다.

참고문헌

1. 기본 자료

김기림, 『氣象圖』, 창문사, 1936.

_____, 『太陽의 風俗』, 학예사, 1939.

_____, 『바다와 나비』, 신문화연구소, 1946.

_____, 『새노래』, 아문각, 1948.

김학동 엮음, 『김기림 전집 1·2』, 심설당, 1988.

2. 단행본 및 평문

≪동아일보≫, 1936.3.18~3.25.

≪조선일보≫, 1935.2.10~2.14.

≪中央≫ 제28호, 1936.2.

최재서, 「현대 주지주의 문학이론의 건설」, ≪조선일보≫, 1934.8.7~8.12.

마르쿠스 슈뢰르, 정인모·배정희 옮김, 『공간, 장소, 경계』, 에코리브르, 2018.

오토 프리드리히 볼노, 이기숙 옮김, 『인간과 공간』, 에코리브르, 2011.

≪三四文學≫의 아방가르드 구현 양상 연구

1. 서론

아방가르드 예술은 고한용의 짜짜이즘(≪開闢≫, 1924.9)을 통해 다다이
즘이 소개되고 고한용과 일본의 초현실주의 시인인 다카하시 신키치(高橋
新吉)와의 개인적 교우에 의해 그 서막이 열렸다고 할 수 있다. 고한용과
다카하시 신키치와의 친분은 「서울 왔든 짜짜이스트의 이약이」(≪開闢≫,
1924.10)와 같은 글에서도 드러나는 것으로 이는 조선 문단과 일본 문단과
의 상관성을 제시하는 것이었다. 일본의 다다이즘의 수용은 서구의 영향
에 힘입은 바가 크고 20년 전후 '지(知)'의 문학과 프롤레타리아 문학의
내용·형식 논쟁을 거치면서 예술의 자율성을 강조하는 <신감각파>가 등
장한 것은 낭만주의와 사실주의 그리고 자연주의 문학을 극복하는 새로
운 사조를 예고하는 것이었다. 근대 주체로서의 일본은 제국주의적인 일
본인의 표상에 대해 서구 이식에 대한 반성적 기제를 민족적 특성인 '국수

(國粹, nationality)'와 '유럽문화'와의 융합을 내세우며 문명과 과학에 대해 감수성을 드러내는 것이었다.[1] 우리 근대문학은 일본의 근대문학과의 교섭을 통해 전개되었고 ≪泰西文藝新報≫와 이하윤·김진섭·손우성 등 <해외문학파>의 서구문학 도입에 의해 그 발전 과정이 형성되었다.

아방가르드가 우리 문학에 끼친 영향은 방법뿐만 아니라 관념을 바꿔 놓는 획기적인 것이었다. 이미 러시아의 포말리즘적인 낯선 형식 (defamiliarization)과 소쉬르의 기표와 기의에 관한 기호학적 이론이 일본 문학에서 그 실험적 가치를 평가받았고, 서구문학 역시 프로이트에 기초한 인간 심리 영역을 탐구한 것[2]은 우리 근대문학의 수용 측면에서 중요한 영향력을 발휘했다. 그러나 서구문학이 이성과 과학을 배격하는 문명사적 토대 위에 세워지고 일본 문학이 근대 정신 내지는 근대 주체를 찾아가는 과정에서 발생한 것이라면, 우리의 아방가르드는 문명에 따른 정신사를 생략한 채 방법만을 모방한 한계를 드러내는 것이었다. 그럼에도 불구하고, 이상(李箱)과 ≪三四文學≫이 보여준 것은 동시대 문학의 적대적 태도를 뛰어넘으며 주체와 대상 사이에서 '새로운 보기'에 의해 '새로운 사유'를 꾀하는 것이었다.

서구에 있어 아방가르드는 비단 문학에 그치는 것이 아니라 예술 전반에 걸친 전위적인 운동의 성격을 띠는 것이었다. 그 어원적 의미가 제기하듯 전위(前衛)는 '앞으로 나아가는 것'으로 과거주의와 결별하는 미래주의

---

1   카메이 히데오, 김춘미 옮김, 『明治文學史』, 고려대 출반부, 2006, 143-148쪽.
2   앙드레 브르통, 황현산 옮김, 『초현실주의 선언』, 미메시스, 2012, 65쪽.

였다. 다시 말해, 대중성과 비대중성 사이에서 새로운 예술을 선도하는 실험적 성격의 예술로서 문자적 관습을 넘어 인간의 사유를 과격하게 보여주는 "혼란스러운 복합체"였다.[3] 아방가르드가 '추상예술' 내지는 '급진적인 수사학'을 보여준 것은 이성과 문명에 대한 통렬한 반성이 제1차 세계 대전의 상흔으로 남아있고 신의 죽음을 목격한 이후 허무와 소외에 놓여 있었기 때문이다. 아방가르드가 종래의 예술적 인식에 이의를 제기하며 인식 지평을 확대하고자 한 것은 무정부적인 실험을 도모하는 것이었다. 이런 점에서 아방가르드는 성상 파괴(iconoclasm)적이다. 이는 이상(李箱)이 「오감도」를 ≪朝鮮中央日報≫(1934.7.24~8.8)에 발표하면서 대중들에게 비난을 받고 연재가 중단된 사실에서도 확인되듯이 시에 대한 관습적 우상을 공격하는 것이었다.

이에 따라 아방가르드는 반과거적 성격과 예술적 관습에 대한 투쟁적 성격으로 말미암아 정치적 성격으로 변모할 가능성을 지닌다. 앙드레 브르통이 공산당에 가입하여 ≪혁명에 봉사하는 초현실주의≫(1930) 잡지를 창간한다든지 「초현실주의 정치적 입장」(1935)과 트로츠키와 공동으로 「독립 혁명 예술」(1938)을 쓰고 그의 말년이라고 할 수 있는 60년 블랑쇼와 함께 알제리 전쟁에 반대하고 불복종을 호소한 「121인의 선언」을 작성한 것[4]은 이를 잘 예증하는 것이라 하겠다. 임화·김화산·니콜라이 김(박팔양)·유완희·오장환 등이 초기에 다다이즘인 시를 쓰다 유물론적

---

3 레나토 포지올리, 박상진 옮김, 『아방가르드 예술론』, 문예출판사, 1999, 18-23쪽.
4 앙드레 브르통, 앞의 책, 283-285쪽.

130 문학과 존재의 현상학

정치성을 띤 것도 이와 무관하지 않다.

34년 9월에 창간된 ≪三四文學≫은 6호까지 발간되었으나 일본에서 발간된 6호는 그 전모가 전해지지 않고 있다. ≪三四文學≫은 연희전문 출신이었던 신백수·이시우 등이 주축을 이루며 다다이즘과 초현실주의적 문학을 띠며 실험성을 담지하고 있으나, 이들이 아방가르드 문학을 본격적으로 수용하고 있다고 보기는 어렵다. 아울러 ≪三四文學≫이 지닌 종합지적 성격을 띠고 있음에도 불구하고 '동인지' 혹은 '동인'으로 일컫는 것에 대해서도 재고가 필요하다.

이 글은 이와 같은 전제를 바탕으로 ≪三四文學≫에 나타난 미적인 방향과 아방가르드가 지향하는 예술관이 어떻게 구현되고 있는지를 살펴보고자 하는 데 그 목적이 있다. 이를 위해 먼저 다다이즘과 초현실주의 선언을 살펴보고 그 선언에 나타난 예술관이 ≪三四文學≫에 어떤 양상으로 반영되었는지를 수용적 측면에서 논의할 것이다.

2. 아방가르드 선언문에 나타난 예술관

2.1. 다다이즘의 혁명성과 초현실주의의 자유 정신

1916년 7월 14일 스위스 취리히에서 처음으로 다다이스트의 밤이 열린다. 이 밤에서 트리스탄 쟈라는 「안티피린 씨의 선언」을 낭독한다. 이 선언에서 다다는 "자유롭지 않기 때문에 자유를 외치고, 원칙도 필연성도

없는 준엄한 필연성이며, 그렇기 때문에 인류에게 침을 뱉는다"[5]고 말하며 예술을 하나의 유희로 취급하며 엘리트와 부르주아를 공격한다. 18년 3월 취리히에서 읽히고 18년 ≪다다≫지에 실린 「1918년 다다 선언」에서는 '최고의 단순성―새로움―이라 할 수 있는 충격을 예술에 부여함으로써 사람은 유희에 대해 진실할 수 있고, 다다는 관념을 축출하는 어휘로 아무것도 의미하지 않는 예술'[6]이라고 선언한다. 여기에서는 정신분석학이 부르주아 계급을 조직화하고 변증법 또한 기계로서 진부한 의견을 이끌고 있다면서 객관성과 조화를 이루는 과학과 도덕을 부정한다.

모두들 외쳐라, 우리가 완성해야 할 파괴적이며 부정적인 대사업이 있다고! 깨끗이 소제하고 청소하여라! 광기, 공격적이며 완벽한 광기의 상태, 또한 여러 세기를 찢고 부수는 산적들의 손아귀에 매달린 이 세계의 광적 상태가 있은 다음에야, 개인의 결백이 입증되는 것이다. 목적도 계획도 없이, 또한 기구조차 없는 제어할 수 없는 광기―해체이다.[7]

다다는 '편리한 타협과 예절의 순결한 성(性), 방법의 인식, 논리, 모든

---

5 앙드레 브르통, 송재영 옮김, 『다다, 쉬르레아리슴 宣言』, 문학과지성사, 1987, 11쪽.
6 이후 다다 선언은 1919년 4월 8일 「편견 없는 선언」, 20년 2월 5일 「반철학자 aa씨의 선언」, 20년 2월 19일 「트리스탄 쟈라」, 20년 5월 22일 「반철학자 aa씨가 우리들에게 이 선언을 보낸다」, 20년 12월 12일 「연약한 사랑과 쓸쓸한 사랑에 대한 다다 선언」, 20년 12월 19일 「어찌하여 나는 매력적이고 호의적이며 우아하게 되었는가」 등으로 이어진다.(위의 책, 13-54쪽.)
7 위의 책, 23쪽.

가치관과 사회적 등식, 고고학, 예언자의 패기, 미래의 폐기' 등을 주장하며 '고통의 울부짖음, 상반되고 모순된 전체, 기괴함과 자가당착의 뒤얽힘'을 선언한다.[8] 이는 우연성과 비합리성에 근거를 둔 독해의 허무함과 무체계적인 일체의 회의를 동반하며 반인간주의적이고 반정신적인 역설 곧 역사를 추동해왔던 정신·제도·국가·장르·문자 등에 대한 일체의 단절과 부정을 통해 혁명적인 예술을 지향하는 것을 주창하는 것이었다. 추상시·음향시 그리고 퍼포먼스를 동반한 시낭송 등과 함께 "기사를 오려 푸대 속에 넣고 흔들다 다시 꺼내 순서대로 베껴라"며 "무한히 독창적이며 매혹적인 감수성을 지닌, 그러면서 무지한 대중에게 이해되지 않는 시인이 되라고"[9] 부추긴다.

다다가 "문학 유파가 아니다"[10]라고 선언하는 것은 결속을 통해 예술적 과제를 해결하고자 하는 것이 아니라, 각자의 자유와 다양성 속에서 활동하겠다는 것을 의미한다. "예술이란 연속적인 차이의 행렬이며 가변적인 힘을 순간적으로 나타내는 힘, 그것이 곧 작품이며 원인 모를 압력으로 생산되는 용량"[11]이기 때문이다. 이러한 다다이즘이 그 전위적 영향성을 초현실주의에 의해 흡수된 것은 22년 무렵[12]이다.

---

8   『다다, 쉬르레아리슴 宣言』, 앞의 책, 23-24쪽.
9   위의 책, 45쪽.
10   위의 책. 50쪽.
11   위의 책, 76쪽.
12   이와 같은 근거로 앙드레 브르통이 초현실주의 제 2차 선언에서 다음과 같이 밝히고 있는 것에서 확인된다. "1922년 초 운동으로서의 '다다'가 청산될 무렵 우리들과 공동으로 활동하기에는 실제적인 면에서 더 이상 우리들의 의견을 같이할 필요성이 없다고 판단한 쟈라는 분명 우리들이 이 사실로 미루어 그에게 품고 있었던 극단적인

초현실주의의 창시자라 할 수 있는 앙드레 브르통은 16년 레지스의 『정신의학 상론』을 읽고 프로이트의 무의식에 관심을 갖는다. 이후 아폴리네르와 아라공을 알게 되고 18년 아폴리네르의 유작 희극 『시간의 색깔』의 첫 공연에서 엘리아르를 만난다. 그리고 19년 그의 나이 23세 때 필립 수포와 함께 초현실주의 최초의 작품인 『자기장(磁氣場)』을 펴낸 후, 24년 그의 나이 28세 때 자신들의 미학적 원칙을 정의하고 이론적 저작을 계획으로, 「제1차 초현실주의 선언」이 그해 10월 『녹는 물고기』 뒤에 수록되어 발간된다. 이어 12월 초현실주의 기관지인 《초현실주의 혁명》의 창간호가 발간된다.[13]

하지만, 다다이즘 선언문이 짧은 글의 형태를 지니면서 대중들의 관심을 사로잡으려는 혁명적 의지에서 비롯했다면, 이 선언문은 하나의 시론서의 성격을 띠는 것이었다. 이는 29년에 발표된 「제2차 초현실주의 선언」과 42년 「초현실주의 제3선언 여부에 붙이는 전언」도 마찬가지다. 다다가 팸플릿 정도의 분량으로 과거 예술에 반기를 들고 미적 전복을 꾀하고자 했다면, 초현실주의 선언은 보다 완전한 이론적 결정체를 지니고 있었다. 입체파의 간딘스키, 달리, 마리네티 등의 동시주의(同時主義, simultaneism)적인 다면성과 속도 등과 같은 역동적인 감각을 주로 채택하고, 시간과 공간 속의 독특한 역동성을 받아들였다. 또한 17년 볼세비키 혁명과 같은

편견의 희생자가 될 수 있었던 것"이다.(앙드레 브르통, 앞의 책, 205-207쪽.) 여기에서 브르통은 쟈라가 "인간을 탐구해야 한다. 그 이상은 아무것도 없다."라고 쓴 글을 회상시켜 주어야 한다며 쟈라에 대한 불만을 드러낸다.

13   앙드레 브르통, 앞의 책, 281-282쪽.

정치적 전위 운동을 한 <미래파>의 혁명적 전위성을 이어받은 다다이스트를 수용하여 초현실주의자들은 그들의 예술 운동을 보다 광범위하게 대중들에 각인시키고자 했다.

즉 다다이즘이 전통적 예술 향유층인 엘리트와 부르주아 계급들을 공격하며 혁명적인 예술 기반을 확산시키고자 한 것에 비해, 초현실주의는 의식의 흐름이나 내적 독백과 같은 보다 확대된 시·공간을 통해 종래의 예술과 결별을 꾀하고자 했다. 「제1차 초현실주의 선언」에서 그들은 가장 위대한 정신의 자유를 강조하며 지식과 진리·진보에 대한 탐험·이성에 대비되는 신비성과 환상·꿈과 광기 그리고 불가사의에 대해 옹호하는 태도를 취했다. 이는 초현실주의가 "마음의 자연 현상으로서 참된 움직임을 표현하는 것이고, 이성에 의해 어떠한 감독도 받지 않는 윤리적인 관심을 완전히 떠나서 행해지는 사고의 구술"[14]이라고 말하고 있는 것에서도 알 수 있다.

브르통이 말하고 있는 마음의 자연 현상이란 의식을 떠난 무의식적 기록이다. 그는 "주제를 생각하지 말고 빨리 쓰고 마음이 시키는 대로 계속해서 쓰며, 속삭임의 그칠 줄 모르는 특성을 신뢰하라"[15]며 초현실적 마술의 특성을 말한다. 가짜 소설을 쓰는 방법에 대해서는 "어울리지 않는 거동을 하는 작중 인물이 나타나도록 하며 이 작중 인물은 작자가 관계할 아무런 필요성도 없다"[16]고 말하고 있다. 이는 진짜 소설이 지니고

---

14 앙드레 브르통, 앞의 책, 281-282쪽.
15 위의 책, 137쪽.
16 위의 책, 138-139쪽.

있는 정상성의 제형식과 제내용에 대한 반미학적 서술을 의미하는 것으로 "어떠한 계획도 갖지 않"은 사유의 해방만이 순수 정신에 이를 수 있다고 하는 이론에 근거하는 것이었다. 바로 이 점 때문에 "프로이트에 대해 감사해야 한다"[17]고 말하고 있다.

1차 선언이 예술운동에 대한 새로운 정신의 혁명적 전위를 내세우고 있다면 2차 선언은 마르크스적 계급성을 내세우며 그간의 초현실주의 운동에 대한 반성과 방향을 모색한다. 예컨대, 이 선언에서 브르통이 "예술의 구실 아래 혹은 반예술의 구실 아래 단순히 파괴만을 동기화하는 것이 아니라 현재의 생활 속에 뿌리를 내려야 한다"고 했을 때 그것은 깊이 있는 정신 속에 깊이 있는 예술을 요구하는 것이었다. 하지만 이는 초현실주의자들의 내분과 과오에 대한 일종의 변론적 성격이 크다.[18] 이 선언에서 브르통은 "초현실주의를 파멸시킬 것이라고 주장하는 사람들의 유치한 반론에 굳이 답변할 필요성을 느끼지 않는다"면서 그들의 주장은 "타성이며 제적(除籍)하고자 하는 욕망"이라고 비난하며 다음과 같은 헤겔의 말을 인용한다.

"참다운 확신이란 무엇보다도 사회생활에서 생긴다."[19] 브르통은 헤겔

---

17 앙드레 브르통, 앞의 책, 118쪽.
18 26년부터 초현실주의 그룹은 내분을 겪게 된다. 아르트가 반감을 품고 브르통과 결별하고, 필립 수포는 저널리즘 활동으로 타락했다는 이유를 들어 브르통에 의해 축출된다. 또한, 데스노스와도 갈등 관계를 형성하고 30년 브르통을 공격하는 비방문집인 『어떤 시체』가 발간된다. 여기에는 이탈하였거나 축출된 초현실주의자들, 데이노스, 레리스, 프레베르, 비트락, 모리즈 등의 비방문이 함께 실렸다.(앙드레 브르통, 앞의 책, 282–283쪽.)
19 위의 책, 172쪽.

이 말하고 있는 의미의 성실성을 '실제적 생활에 의한 주체적 생활의 침투로서의 역할'이라고 이해한다. 그러면서도 사회생활의 외적 조건을 철저하게 변혁시킬 것을 주장하는 마르크스와 의욕의 낙관론적인 단정을 끌어낸 하르트만, 그리고 초자아(sur-moi)를 주장하는 프로이트가 서로 다른 길을 걷고 있지만 초현실주의와 관련성을 갖고 있을 것이라고 확신한다.[20] 확실히 2차 선언은 1차 선언에 비해 헤겔적이고 마르크스적이다. 그러나 이는 브르통도 지적하고 있듯이 의식과 무의식 그리고 부르주아와 프롤레타리아와 같은 이원론적 도식을 분식시키기 위함이다. 이것은 "초현실주의가 현실과 비현실, 이성과 몰이성, 숙고와 충동, 지식과 치명적인 무지, 유용성과 무용성 등 이러한 제개념이 사적유물론의 변증법과 유사한 경향"[21]을 나타내고 있다고 주장하는 데에서도 드러난다.

브르통이 사적유물론의 원칙에 동의하고 이데올로기의 문제에 천착하는 것은 초현실주의가 봉착한 실재와 현실의 문제를 해결하고자 함이었다. 이 과정에서 초현실주의자들의 의견이 나누어지고 소송(訴訟)과 성명(聲明)이 오간 것은 브르통의 공산당에 대한 우호적 태도와 초현실주의의 정치적 입장 때문이었다. 이는 "노동자 계급의 열망을 표현하고 있는 문학과 예술이 현재에 있다고 생각하지 않는다"[22]고 비판하며 프롤레타리아의 계급을 두둔하는 것에서도 발견된다. 조르주 바타이유가 초현실주의 그룹에서 이탈했던 데스 노스·레리스·랭부르·마송·비트락 등을 개인

---

20   앙드레 브르통, 앞의 책, 173쪽.
21   위의 책, 173-174쪽.
22   위의 책, 189쪽.

적으로 결속하고 있다고 비난하며, 조르주 바타이유에게 규합하고 있는 이들에 대해서도 브르통은 "엄격한 규율을 싫어했던 사람들이 새로운 엄격한 규율에 얽매이고 있다"[23]고 비난한다. 2차 선언이 1차 선언과 달리 변절과 축출·항명과 소송 등 갈등 관계 속에서 방부(防腐)조치를 취하고자 하는 것이며 "한계를 극복하고 절망적으로나마 여전히 뻗어나가야만 되는"[24] 절박함을 담고 있었기 때문이었다.

2.2. 일본의 아방가르드 수용과 우리 근대문학

아방가르드가 일본에 활발하게 소개된 것은 ≪詩와 詩論(詩と詩論)≫ (1928~1931)에 의해서이다. 종래의 자유시의 타성을 비판하고 <미래파>, <다다이즘>, <초현실주의> 등 새로운 전위 예술을 도입한 이 잡지의 중심인물은 하루야마 유키오(春山行夫)이고, 안자이 후유에(安西冬衛), 이이지마 다다시(飯島正), 우에다 도시오(上田敏雄), 기타가와 후유히코(北川冬彦) 등 10여 명이었다.[25] 창간호(1928.9)에 실린 목록을 살펴보면 「미래파의 자유어(自由語)에 논함」(간바라 다이(神原泰)), 「쥬르 로망에 관한 각서」(이이지마 다다시(飯島正)), 「Test Surrealiste(루이 아라공)」(우에다 도시오(上田敏雄)), 「현대의 해외시단」(도야마 우시부로(外山卯三郎)), 「프랑스에 있어서의 시의 현상」(기타가와 후유히코(北川冬彦)) 등 해외 아방가르드 문학을

---

23   앙드레 브르통, 앞의 책, 217쪽.
24   위의 책, 222쪽.
25   김윤식, 『이상연구』, 문학사상사, 1987, 273쪽.

소개하는 글과 기타가와 후유히코, 우에다 도시오, 하루야마 유키오 등의 시가 실려 있다.[26]

일본의 근대문학은 중세적 질서가 강한 에도시대를 지나 근대 국가의 변혁기인 메이지유신(明治維新, 1868)을 기점으로 기타무라 도코쿠(北村透谷) 등을 중심으로 낭만주의가 수용되고, 쓰보우치 쇼요(坪內逍遙)에 의해 사실주의가, 시마자키 도손(島岐藤村)과 다야마 가타이(田山花袋)에 의해 자연주의가 도입되었다. 그런가 하면 나카노 시게하루(中野重治)를 중심으로 ≪文芸戰線≫이 프롤레타리아 문학을 주도하는 한편 탐미파, 백화파(白樺派), 가와바타 야스나리(川端康成) 등의 신감각파 등이 문학의 주류를 형성하고 있었으며 잡지로서는 ≪詩와 詩論≫, ≪四季≫, ≪歷程≫ 등이 신흥예술파의 모더니즘과 아방가르드 문학 등을 기치로 내세우고 있었다. 이것은 일본 근대문학이 서구의 문학을 받아들이는 데에 있어 우리의 근대문학과 마찬가지로 유럽의 문예사조가 한꺼번에 유입되는 과정을 도정하는 것이었다.

일본 문학은 단절과 지속·저항과 창조라는 계보학을 이어 오며 장르와 형식뿐만 아니라 국어와 관련한 문장 개조론, 번역과 출판의 생산과 조건, 지(知)의 내면화와 주체론에 이르기까지 광범위하게 전개되었다. 이 과정에서 일본은 '자기 본위의 능력을 외부로부터 외발적(外發的)으로 억지로 떠밀려 아무런 판단 기준도 없이 진행되어 온 근대화 과정을 비판'[27]하며

---

26   김윤식, 앞의 책, 276-277쪽.
27   미요시 유키오, 정선태 옮김, 『일본문학의 근대와 반근대』, 소명출판, 2002, 117쪽.

"서양이라는 가면을 의장(意匠) 혹은 장식으로 아로새겼던 근대가 서구와 동질성을 획득하기 위해 근대를 모색하고 확립하는 데 소홀히 하여 결국 주체로부터 배반당하여 '가장(假裝)한 근대'가 찢기고 말았다"[28]는 반성에 이르게 된다. 아방가르드의 문학은 가와바타 야스나리(川端康成), 요코미쓰 리이치(橫光利一) 등이 이끌던 신감각파의 잡지 《文藝時代》(1924)를 발간하며 '가치판단의 반역을 내세우며 새로운 시대에 새로운 인식론을 수립'할 것을 주장했다. 30년 신흥예술구락부(新興藝術俱樂部)는 일본 내에 오랫동안 문단을 형성하고 있던 마르크스주의에 반발하여 프루스트·조이스·말라르메와 같은 유럽 20세기 문학의 새로운 예술이론이나 작품을 잇달아 소개하고, 아베 도모지(阿部知二)의 주지주의 문학론(1930)과 이토 세이(伊藤整)의 「신심리주의 문학」(1932) 등의 문학론을 《文學》, 《詩와 詩論》 등에 소개하고 있다.[29]

우리 근대문학의 일본과의 관련성은 24년에 이미 다다이즘이 고한용에 의해 소개된 바 있고 김창술이나 임화 등에 의해 이에 대한 모작이 이루어졌다.[30] 이상(李箱)이 출현하기 전 이미 화단(畫壇)에서 입체파나 야수파의 기법이 수용되었고, 일본을 유학한 해외문학파는 표현주의에 대한 본격적인 논의를 펼치기도 하였다.[31] 이는 임화가 「폴테쓰派의 宣言」

28　미요시 유키오, 앞의 책, 192-206쪽 참조.
29　이에나가 사부로, 연구공간 '수유+너머' 일본근대사상팀 옮김, 『근대일본사상사』, 2006, 300-308쪽.
30　김용직, 『한국현대시사』, 한국문연, 1996, 372쪽.
31　이상과 일본 문학과의 상관성은 "그의 안상(案頭-책상)에는 노상 《詩と 詩論》, 《文學》 등 일본 문단에서 신심리주의 문학 수용의 창구 역할을 한 잡지들이 꽂혀 있었고

이라는 글에서 서구 전위 예술의 일파인 보티시즘(Vorticism)을 소개하면서 미래파의 특징을 무선택·역동성·경과성(經過性, 단편의 묘사가 아니라 시간적인 진행—필자 주)으로 들며 이 운동이 '광적이며 기기(奇技)하며 극히 추상적이고 국경과 민족을 초월하는 세계인적(世界人的) 과학에 의한 현재 이후의 미래주의(Futureism)'라고 정의하는 데에서도 확인할 수 있다. 그리고 이 "미래파의 예술에 대한 해석이나 논의가 종종 일본에도 있었으나 복잡과 몽롱에 극에 있다"[32]라고 말하며 노구치 요네지로(野口米二郎)의 「歐洲文壇印象記」를 언급하고 있다.

일본에서 주지주의 용어를 도입한 최재서 역시 「現代 主知主義 文學理論의 建設」(≪朝鮮日報≫, 1934.8.7~1934.8.12)이라는 글에서 흄, 리차즈, 엘리오트, 리이드를 언급하며 "새로운 정신을 지시할 만한 표현 상의 변화"[33]로 무의식을 언급하고 있다. 또한 「비평과 과학」이라는 글에서 리이드를 '정신분석학의 발명을 응용하여 문학창작의 과정을 분석하고 설명하는 동시에 가치판단에 과학적 규준을 주는 비평가'로 소개하며 리이드의 『정신분석과 비평』에 나타난 정신분석과 문학과의 관련성을 언급하고 있다. 이 과정에서 그는 "무의식이란 자기 자신은 의식이 되지 않으면서

이상이 요코미쓰 리이치(橫光利一)와 같은 심리주의 소설가를 언급하거나 김문집이 『날개』를 비판할 때 이 정도의 작품은 지금으로부터 7, 8년 전에 신심리주의 문학이 구성한 동경 문단의 신인 작단에 있어서는 여름의 맥과모자 같이 흔했다."(김용직, 앞의 책, 426-439쪽 참조)라는 말에서도 일본 문학과의 상관성을 유추할 수 있다.

32 김윤식 엮음, 『한국현대 모더니즘 비평선집』, 서울대학교 출판부, 1995, 1-9쪽.(≪每日新報≫, 1926.4.4~11.)

33 위의 책, 12-14쪽.(≪朝鮮日報≫, 1934.8.5~12.)

도 정신 가운데에 보통 관념과 동일한 효과를 나타낸다"[34]는 융의 말을 소개하고 있다.[35] 이렇게 본다면 20년대 중반에서 30년 중반에 이르기까지 일본의 아방가르드 문학을 수용하고 있음을 알 수 있다.

3. ≪三四文學≫과 초현실주의와의 관련성

3.1. ≪三四文學≫의 유파적 인식과 「絶緣하는 論理」

30년대의 문예잡지[36]는 30년 3월 5일 창간된 ≪詩文學≫으로부터 출발한다. 박용철·김영랑·정지용·이하윤·신석정 등이 참여한 ≪詩文學≫은 카프에 대항하며 "한 민족의 언어가 어느 정도에 이르면 구어(口語)로서의 존재에 만족하지 않고 문학의 형태를 요구한다. 그리고 그 문학의 성립은 그 민족의 언어를 완성시키는 것이다"(「편집 후기」)에서와 같이 순수한 정신에 바탕을 둔 언어와 민족어의 발견에 뿌리를 두고 있다. 해외문학파로 구성된 ≪文藝月刊≫(1931.11)은 종합문예지로서 김진섭·이

---

34 김윤식, 앞의 책, 24-27쪽.

35 최재서가 프로이트를 언급하며 융에 대해 논평하고 있는 말을 옮기면 다음과 같다. "지능인의 무의식적 감정은 특히 환상적이어서 의식의 합리적 지능과는 흔히 기괴한 대조를 보인다. 의식적 사고의 합목적성과 통제성에 대하여 이 감정은 야만인의 감정과 같이 충동적이고 무통제하며 음참(陰慘)하고 비합리적이고 원시적이고 무정부적"이다.

36 최덕교 편, 『한국잡지백년』, 현암사, 2005, 330-379쪽 참조.

하윤·이헌구·함대훈 등이 참여하는 데 다음과 같은 이하윤의 창간사는 30년대의 문학적 경향을 단적으로 드러낸다. "이제 모든 문예운동은 세계를 무대로 하여 진전해 나간다. 일 개인 유파의 문학은 그것이 일 국민문학이 되기도 하는 동시에 또한 세계문학의 권내로 포괄되어야만 하는 것이다"라며 세계문학으로의 방향성을 분명히 한다. 이는 27년 창간된 ≪海外文學≫의 창간사에서 "무릇 신문학의 건설은 외국 문학의 수입으로 그 기록을 비롯한다. 우리가 외국 문학을 연구하는 것은 결코 외국 문학 그것만이 목적이 아니요, 첫째 우리 문학의 건설, 둘째 세계문학의 호상(互相) 범위를 넓히는 데 있다."라고 하는 데에서도 알 수 있듯 30년대 문학은 다양한 사조의 혼류 속에서 외국 문학과의 관련성이 그 어느 때보다도 활발했음을 알 수 있다.

30년대 문예잡지와 그 주요 내용을 살펴보면 다음과 같다. 먼저 ≪海外文學≫창간호에는 「표현주의 문학론」(김진섭)과 미래파 연극인 마리넷치의 「월광」을 소개하고 있는데 이는 소개와 번역이 일본이라는 여과 장치 없이 직접 원전(原典)을 모본으로 삼고 있다는 점에서 의의가 크다. ≪文學建設≫(1932.12)은 통권 1호에 그치고 있으나 한설야·이기영·이북명·임화·김기진·권환·안막·권환·이찬 등 프로문학인이 그 중심을 이루고 있고 ≪文友≫(1932.12)는 연희전문학교 문우지로서 박영준·설정식·이시우 등이 참여하고 있는데 후에 ≪三四文學≫에 참여했던 이시우의 시가 실려 있어 이시우의 문학적 경향과 행보를 살피는 데 중요한 단서가 된다.[37]

---

37   시를 소개하면 다음과 같다. "총각 때에 그가 그리던 아름다운 결혼의 꿈이/ 하나

≪三四文學≫이 발간된 34년에는 ≪形像≫, ≪文學創造≫, ≪新人文學≫ 등의 잡지 발간이 있었고, 동경 유학생들이 중심이 된 문예잡지인 ≪創作≫ (1935.11)이 37년 통권 3호로 종간되었다. ≪探究≫(1936.5)는 종합문예적 잡지로 표지는 정현웅이 맡았고 신백수의 소설 「무대장치」, 이시우의 평론 「비판의 심리」 등이 실려 있다.

이러한 30년대 잡지 발간의 분위기 속에서 ≪三四文學≫은 34년 9월 1일 창간되어 35년 12월 통권 6호로 종간되었다.[38] ≪三四文學≫은 20년 대의 카프와 민족주의 문학 속에 그리고 30년대의 시문학파 그리고 정지용, 김기림 등의 모더니즘 경향 속에서 새로운 예술의 기치를 내걸고 출발하였다. 그러나 1호에서 드러나듯이 이들의 출발은 우리가 알고 있는 것처럼 초현실주의에서 출발한 것이 아니었다. 이는 여타의 잡지가 창간 사나 편집후기에서 그들이 지향하는 문학적 성향이나 목적을 밝히고 있는 것과는 대조를 이룬다. 정현웅의 그림과 조풍연의 필사로 장정된 1호의 경우 시(11편), 소설(3편), 희곡(1편), 수필(1편) 등을 싣고 책 맨 앞에 필자 명단을 가나다 순으로 밝힌 뒤 「「3 4」의 宣言」이라는 제목으로 다음과 같이 그들의 언명을 대신한다.

둘 씩 모조리 깨어졌을 때와 같은 쓰디쓴 쓸쓸함을/ 옆에 누운 그의 처는 밤새도록 울고 있을 것입니다. 봉건(封建)의 깊은 방속에서/ 이도령을 그리며 자라나던 그이 처는/ (……)과도기의 젊은 부부는 오늘 저녁도 또 제각기 깨어진 꿈을 울며 새는 것입니다."(이시우, 「過渡期의 젊은 夫婦」 부분)

38 ≪三四文學≫에 대한 원전은 『원본 三四文學』(간호배 편, 이회문화사, 2004)을 모본으로 삼았다.

모듬은 새로운 나래(翼)이다.

— 새로운 藝術로서 힘찬 追求이다.

모듬은 個個의 藝術的創造行爲의 方法統一을 말치않는다.

— 모듬의 動力은 끌는 意志와 섞임의 사랑과 相互批判的分野에서 結成될 것이매.

이 한쪽의 묶음은 모듬의 낯이다.

이 묶음은 質的量的經濟的……의 모든 的의 條件 環境에서 最大値를 年二 回에 둔 不定期刊行이다.

聲援과 鞭撻을 앞세우고 이 쪽아리를 낯선 거리에 내세운다.

「3 4」는 1934의 「3 4」이며 하나 둘 셋 넷……「3 4」이다.

— 신백수, 「「3 4」의 宣言」 전문

이 선언의 주요한 내용은 다음 세 가지로 요약될 수 있다. 새로운 예술을 추구하겠다는 것과 개개인의 예술적 창조 행위의 통일을 말하지 않겠다는 것 그리고 최대 연 2회의 무크지를 간행하겠다는 것이다. ≪三四文學≫은 1호의 이 선언 이후 5호까지 그 어떤 문학적 성향이나 이념 등을 밝혀 놓고 있지 않는데 이는 '새로운 藝術'이 곧 초현실주의를 뜻하는 것이라는 데에 부정적 인식을 동반한다. 우선 '새로운 藝術'이라는 말 자체가 지극히 추상적인 것으로 예술의 목적 자체가 과거의 예술과는 다른 새로움을 추구하는 반미학의 성격을 띠고 있고 그 지위 내에서 미적 인식을 새롭게 하고자 하는 욕망과 그 표현물들이 동시대적 미학적 범주를 넘어서고자 하는 부정성을 토대로 하기 때문이다.

창작의 주체는 새로운 예술의 주체를 띨 수밖에 없다. <선언>이 대중에 대한 약속을 전제한다고 할 때 그것은 예술적 형식·스타일·원칙·내용 등을 강령의 형태로 가시화한다는 것을 뜻한다. 여기에 대해 ≪三四文學≫의 「宣言」에는 미적 인식을 범주화하는 예술적 목적이나 문학적 목적이 배제된 채 '새로운'이라는 말로 추상화하고 있을 뿐 구체적으로는 그것이 어떤 것인지에 대해서는 함구하고 있다.

유럽의 초현실주의 선언이 운동으로서의 예술을 총체적으로 보여주며 그 목적성과 가능성을 확장시키며 '3차'에 걸쳐 책 한 권 분량에 미칠 방대한 저술로 예술 운동을 사회적 맥락 속에서 미적 실험을 구성하였다면 ≪三四文學≫의 「宣言」은 열 줄 정도의 초라한 분량을 하고 있다. ≪三四文學≫에 '동인'이라는 이름을 붙이고 있는 것은 2호에서이다. 여기에는 김원호, 신백수, 유연옥, 이시우, 이효길, 정현웅, 조풍연, 한천 등 8명을 동인 명단을 적시하고 동인 이외에도 장서언, 최영해, 홍이섭 등의 글을 싣고 있는 일종의 <책임 편집 동인>의 형태를 하고 있다.

'동인'은 말 그대로 같은 뜻을 모인 사람으로 풀이된다. 그러나 ≪三四文學≫은 우리가 알고 있는 것처럼 초현실주의 문학을 지향하고 있는 작품으로 이루어지지도 않았고, 초현실주의를 주도하고 있는 이시우, 신백수, 한천의 작품에서조차 초현실주의 작품이라고 부를 수 있는지에 대해서 이론(異論)이 확인된다. '동인'이나 '동인지'가 동일한 문학적 운동성을 지닌 것은 아니지만 적어도 지향성의 측면에서 유사성이 발견되어야 한다. 이는 ≪三四文學≫이 "모딤은 個個의 藝術的 創造行爲의 方法統一을 말치않"고 "相互批判的分野에서 結成"된 "섞임"을 강조한 바 '개개의 방법 통일'을 부정하고 있다는 것은 이미 그들 자신이 예술과 문학적 목적을 동일하게 지향하는 동인에 대한 뚜렷한 인식이 없었다는 것을 뜻한다.

동인이라는 말이 처음 등장한 것은 2호 이 외에도 3호에 문인들에게 「1. 同人誌에 對하여, 2. 三四文學 에 對하여」라는 설문지 란에서 처음으로 그들 자신을 '동인' 또는 '동인지'라고 부르고 있다. 이에 김진섭, 함대훈, 김동인, 유치진, 김광섭, 이태준, 이헌구, 이하윤 등이 ≪三四文學≫을 격려하는 메시지와 함께 '동인' 혹은 '동인지'라고 대응하여 부르고 있고, 3호 「편집후기」에서 "三四文學은 二輯에 이르러 同人誌가 되었지"만 "決코 友誼와 流派를 强要하지 않는다"에서처럼 스스로 '동인지'라고 규정하고 있고, 4집 후기에서도 ≪三四文學≫을 '동인지'라고 지칭하며 "남모른 努力을 하지만 여러 가지 不幸한 條件들이 못살게 군다"라고 밝히고 있다.

그러나 이와는 별개로 ≪三四文學≫이 초현실주의를 표방하는 문예지라고 했을 때 필자 간에나 잡지의 구성 면에서 동인지가 지니고 있을 통일성이나 동인 의식이 결여되어 있다[39]는 것은 중요한 지적이라 할 수 있다. 지향하는 예술이 갖는 배타적 태도나 동인들이 갖추고 있는 미학적 공통성이 일관되지 못한 채 각기 다른 경향들을 보이고 있다는 점은 집단적 연대 의식이 결여되어 있음을 의미한다. 즉 문학의 친연성이

---

39   조연현, 『한국현대문학사』, 성문각, 1980, 510-511쪽.

떨어질 때 ≪三四文學≫이 그들 자신을 '동인'으로 인식하고 있거나 ≪三四文學≫을 '동인지'로 부르는 것과는 별개로 근간과 형성의 원칙이 갖는 집단적 운동이나 유파로 부를 수 있는가에 대해서는 여전히 의문이 남기 때문이다.

유럽의 초현실주의가 3차에 걸친 선언을 통해 스스로를 정의하려는 경향을 지니고 있었던 상황을 상기한다면 "유파적 동인 그룹이 같은 성격을 띠게 되는"[40] 것은 당연하다. 우리가 <신경향파>, <시문학파>, <생명파>라고 부를 수 있는 것은 특성들의 외적 표명이 기능했을 때 가능하다. 이 점에서 ≪三四文學≫은 동인지라기보다는 부정기 종합문예지로서 ≪三四文學≫지(誌)라고 부르는 것이 마땅하다. 운동의 창설을 공표하고 교리를 만들어 내고 대중에게 새로운 경향이나 작품을 선보이는 것은 바로 선언과 발표의 목적이 분명하기 때문이다.[41]

그러나 이보다 문제시되는 것은 ≪三四文學≫과 초현실주의와의 관련성이다. ≪三四文學≫에 초현실주의라는 용어가 처음으로 등장하는 것은 35년 3월에 발간된 3호에 이시우의 「絶緣하는 論理」에서이다. 이 글에서 이시우는 "한 個의 事物에 對하여 한 個의 文字가 選出되"는 것을 「레아리즘」이라고 부른다는 프로베르(Frauber)를 소개하며 "한 개의 문자가 갖는 수많은 聯想은 다른 문자의 聯想으로 말미암아 制限"되는 "문자 「이메이지」의 算術"을 "虛無의 世界의 假設"이라고 부르고 있다. 아울러 "自然그

---

40 레나토 포지올리, 앞의 책, 44-45쪽.
41 위의 책, 47쪽.

自身의 絶對의世界, 完全의 세계의 假說이야말로, 完全의自然, 絶對의自然이『슐레아리즘(방점, 필자)』의 본체설(本體說)"이라며 초현실주의에 대해 언급하고 있다. 이 짧막한 논급은 그러나 본격적인 평문이나 이론이라기보다는 이시우 자신의 사유를 파편적으로 나열하고 있는데 그치고 있음을 보여준다. <푸로레타리아> 시를 '사상의 현실성'으로, <초현실주의> 시를 '문학의 현실성'으로 구분한 뒤 '사상의 현실성'이 초현실주의를 부정하고 자유시를 거절한다고 주장하는 것에서도 발견되듯이 <사상의 현실성>이 무엇인지 그것이 어떻게 <문학의 현실성>과 다른지에 대해서는 맥락을 동반하지 않은 채 "變化하지 않은 詩人을 進步하지 않는 詩人과 마찬가지로 우리들은 認定할 수 없다"는 입장을 취한다. 새로운 것이 무엇인지 형식이나 내용이 제시되어 있지 않은 채 자신과 다른 경향의 동시대 문학을 배타적으로 부정하는 것이라면 이는 자신들의 입장과 입지를 위한 공격에 불과하다. 다시 말해 "自然그自身의 絶對의世界, 完全의 세계의 假說이야말로, 完全의自然, 絶對의自然이『슐레아리즘』의 본체설(本體說)"이라는 짧은 이 문장이 초현실주의를 이해하는 것의 전부라면 이시우 자신, 나아가 ≪三四文學≫이 지니고 있는 초현실주의에 대한 문학적 신념은 빈약할 수밖에 없다.

전제들·상황들·문학적 견해나 입장은 주의(ism)를 내세울 때 필연적으로 동반하는 출발의 이론들이라는 점에서 '오오케스트라라가 끝이 나도 아직까지 「라팔」을 불고잇는者'처럼 '얼마나 많은今日의 小說家나 批評家가, 이發展에 뒤떠러진것인가'라며 이시우가 이들을 공격할 때 발언했던 '工夫의 不足함에 있다'라는 말은 이시우 개인에게 되돌려주는 것이라

하겠다. 이시우는 "固定된『레아리테』는『이마아쥬』의 切斷이며 죽엄"이라고 하면서 "絶緣하는 語彙. 絶緣하는『센텐스』, 絶緣하는『이메이지』의 乘인 複數的인『이메이지』"를 주장하고 있는데 이는 초현실주의에 대한 입장을 드러내는 것으로 그 단적인 것이 '絶緣'(dépaysement)이라는 용어이다. 이 용어는 이 글에서 "絶對의 自然, 聯想의 結合, 文學의 現實性, 秩序의 破壞, 純粹한『意味』의 새로운 出發"과 같은 추상적인 어휘를 거느리며 초현실주의가 무엇인지를 설명하고자 한 것으로 해석된다. 이는 브르통이 24년 「제1차 초현실주의 선언」에서 밝히고 있는 다음과 같은 문장과 관련이 있다.

> 쉬르레아리즘: 초현실주의 남성명사. 마음의 순수한 자연 현상으로서, 이것
> 으로 인하여 사람이 입으로 말하든 붓으로 쓰든 또는 다른 어떤 방법에 의해
> 서든 간에 사고의 참된 움직임을 표현하는 것, 이것은 또 이성에 의해 어떤
> 감독도 받지 않고 심미적인, 또는 윤리적인 관심을 완전히 떠나서 행하는 사고
> 의 구술.[42] (고딕−원저자)

브르통이 말하고 있는 초현실주의는 정신의 해방이며 사고의 허약성과 거짓·현실과 상상·가능한 것과 불가능한 것의 모순을 감지하는 참된 움직임을 추구하는 예술이다. 자동기술·무의식·몽환적인 환상·무정부적인 것이 초현실주의의 목적들이라면 이시우의 「絶緣하는 論理」는 일관성과

---

42   앙드레 브르통, 앞의 책, 133쪽.

개념을 포괄적으로 추상하고 있는 진술에 의해 드러내고자 하는 의미가 무엇인지 분명하지 않다. 이와 같은 점을 고려해 볼 때 ≪三四文學≫과 초현실주의의 관련성은 사후적으로 구성된 것이라 하겠다.

3.2. 「SURREALISME」의 미적 방향

이시우의 또 다른 초현실주의에 대한 글은 36년에 발간된 5호에 실린 「SURREALISME」이다. 이 글은 「絶緣하는 論理」보다 난삽하고 맥락을 통해 무엇을 말하는지에 대한 논지가 불분명하다. 그러나 이 글은 제목과는 달리 어디에도 초현실주의를 드러내는 논리나 이론·입장과 목표가 드러나지 않는다. 김기림의 전체주의(全體主義) 시론을 공격하는 가운데 언급하는 "要컨대 슈르레아리즘을 通過하지못한 金氏가"에서와 같이 초현실주의라는 용어만이 등장할 뿐 정지용, 임화 등을 공격하기 위해 썼다는 인상이 다분한데 이는 주관에 따른 희박한 근거를 내세워 공격 일변도의 태도를 취하고 있기 때문이다. 정지용의 경우 "衰弱한逆說, 교만, 성공한 작품이 2, 3편에 불과, 餘白의 難解" 등과 같이 모욕적인 수사를 나열한다.

> Amateur,Amateur들에게는 浪漫主義라는말과 浪漫主義的이라는 말을區 別하지못하는모양같다. 鄭芝溶氏는 각금아름다운抒情詩를잘쓰신다. 林和等 은 각금 鄭芝溶氏보다도 잘못쓴다. 또 金起林氏의 全體主義는 常識的으로내라 도 생각할 수 있으니까 Amateurish이며此種의折衷說은如何한境遇를勿論하 고 合理性이라고하는 幻想에사로잡힌 停止이며 죽엄이다.

인용문에서도 확인되듯 '浪漫主義'·'抒情詩'·'全體主義'라는 용어가 공격에 동원되고 있을 뿐 판단에 대한 논리가 생략되어 있다. 결국, 일관되게 논리가 전개되지 못한 것은 '푸념' 내지는 '충동'에 기인하고 있다는 인상을 준다.

文中에, 여기에내가 李箱이를 들었지만……以下, 即李箱이는 Amateur가 아니다까지의云云은, 납부게解析하면, 李箱이에게對한卑劣한辨明같에서不愉快하나, 實相은조금도李箱이에게對한 卑劣한辨明이아니라는點을 李箱이에게 對하여와는또달니, 나의純白性에對하야 다시한번辨明하고싶다. 즉李箱이는 Amateur가아니다. 여기서내가말하고자하는 것은, 따라서以下는Amateur라던가, Amateurish라던가, 或은亞流……이라던가의說明的인若干의考察이다.

초현실주의가 근대유럽을 반성하고 강력한 교리와 강령을 바탕으로 조직적인 이론을 끊임없이 강화하며 권력을 요청하는 실천적 미학을 목표로 하였다는 것을 상기한다면 이시우의 초현실주의에 대한 이해는 극히 소략하다.[43] 초현실주의가 그 정신의 무제한성으로 인해 난해하다는 것은 익히 알려진 사실이다. 그럼에도 불구하고 이시우가 정지용 시에 대해 '여백의 난해'를 공격하며 "鄭氏의 無詩함에 그 責任을轉嫁시키고싶

---

43 다음과 같은 초현실주의에 대한 이해는 이시우가 과연 초현실주의에 대한 이론을 습득하고 시를 쓰고 있는가에 의문을 제기한다. "外國의누가 精神은 運動에不過하다고하얏으므로 運動이나習慣等도 亦是運動일넌지모른"다. 주지하듯 '정신이 운동이다'라고 말한 사람은 브르통이다. 이른 바 초현실주의 운동을 하고 초현실주의 시를 쓰고 초현실주의 이론을 소개하는 글이라면 이처럼 방관적인 어법은 쓰지 않을 것이다.

다"고 말하는 것은 초현실주의가 지닌 속성을 담지하지 못한 것에서 나온 것이라 생각할 수 있다.[44] ≪三四文學≫에는 심리주의 소설이나 부조리극과 같은 글에서도 아방가르드적인 면모를 찾아보기 힘들다. 뿐만 아니라 시 역시 유럽의 초현실주의와는 방법과 내용에 있어 많은 차이가 있다. 이 점은 ≪三四文學≫ 1호에서 5호에 실린 시조를 포함한 78편의 시가 서정적인 시가 주류를 이루고 있고 그나마 초현실주의라고 일컫는 몇 편 되지 않는 시도 초현실주의 시와는 거리가 있는 까닭이다.

4. ≪三四文學≫과 아방가르드 구현의 실제

4.1. 다다이즘의 미적 형식

≪三四文學≫과 아방가르드의 관계는 익히 알려진 바와 같다. 그럼에도 불구하고 ≪三四文學≫이 아방가르드의 이론을 습득하고 이를 체득화했는가에 대해서는 자세히 밝혀진 바가 없다. 정지용의 경우 기타하라 하쿠슈(北原白秋)의 영향[45]과 25년에 창간된 동인지 ≪文藝時代≫의 신감각파 운동과의 관련성을 표명한 바가 있고 「카뻬—쯔란스」・「슬픈 印象畵」・「爬蟲類動物」(≪學潮≫ 1호, 1926) 등이 다다이스트인 다카하시 신키치(高橋新

---

44 이 점에서 그간 초현실주의 시론이라고 알려져 있는 「絶緣하는 論理」나 「SURREALISME」 은 에세이에 가깝다.

45 김윤식, 『한국근대문학사상』, 서문당, 1974, 182쪽.

吉), 아나키스트인 하기와라 교지로(萩原恭次郎), 미래파의 히라토 넨키치 (平戸廉吉) 등의 영향[46]이 있었다는 지적과는 다른 양상이다. 일본 문단에서 아방가르드 운동은 24년만 해도 ≪MAVO≫, ≪담담≫, ≪게. 김김가. 푸루루루.김겜≫, ≪亞≫ 등이 발간되었고 26년에는 ≪近代風景≫, 28년에는 ≪詩와 詩論≫이 발간되어 표현기술·시형의 변혁·감각적 조형·언어와 공간성 등의 변화를 이끌었다. 모더니즘과 아방가르드를 이끌고 있었던 안자이 후유에(安西冬衛), 무라노 시로(村野四郎), 이토 시즈오(伊東靜雄) 등을 비롯하여 일본 문학 내에서 지적·문화적 변혁과 같은 미적 저항의 한 형태로 신주류를 이끌고 있었던 기타가와 후유히코(北川冬彦)의 다음과 같은 발언은 이러한 문학의 방향을 잘 지적해 준다.

> 오늘의 詩人은, 더 이상, 결코 靈魂의 記錄者가 아니다. 그는, 尖銳한 頭腦에 의하여 散在한 無數 한 言語를 周密하게 選擇하고, 整理하여 一個 의뛰어난 構成物을 築造하는 技士이다.[47]

시인이 영혼의 기록자가 아니라는 말은 시가 시정(詩情)으로 풀어내는 것이 아니라는 것을 의미한다. 영혼을 드러내는 것이 아니라 산재한 언어의 파편을 축조하는 기사에 해당하는 것이 시라고 하는 것은 곧 기존의 문학에 대한 도전이자 저항이다. '築造'은 김기림의 시론에서도 발견되는

---

46 문덕수, 『한국모더니즘 시연구』, 시문학, 1992, 136쪽.
47 위의 책, 136-138쪽 참조.

것으로 이는 우리 근대문학과 일본 문학과의 관계를 상기시켜주며 영향 관계에 있는 예술을 내적인 힘 안으로 끌어들여 주형(鑄型)으로 삼으려 하는 문학에 대한 자각에 기초한다.

다다이즘이 공식적으로 그 모습을 드러낸 것은 16년 7월 14일 스위스 쮜리히에서 처음으로 열린 다다의 밤에서 「안티피린 씨의 선언」[48]을 발표 한 이후부터이다. 이 글에서 다다는 배타적이며 자유롭지 않기 때문에 자유를 외치고, 원칙도 필연성도 없는 준엄한 필연성으로 인류에 대하여 침을 뱉는다고 선언한다. 다다는 엘리트와 부르주아를 조롱하며 예술이 그 누구를 위해 존재하는 것이 아니며 광기도, 예지도, 아이러니도 아니라 고 말한다. 「1918년 다다 선언」에서 새로움이라는 충격을 예술에 부여함 으로써 사람은 유희에 대해 인간적이며 진실할 수 있다고 선언하며 무한 하고 무형의 변동체를 구성하고 있는 혼돈을 질서 있게 만드는 원칙과 유토피아를 위선이라고 규정한다.

자립의 욕구와 공동체의 불신으로부터 다다가 태어났으며 신과 과학· 지식과 진리·윤리와 논리를 해체하라고 외친다. 길고 시적 문체로 가득 차 있는 다다 선언과 함께 『램프 제조 공장』에 실린 20여 편의 쟈라의 에세이는 예술에 관한 개성 있는 시각을 잘 보여주며 그간의 질서를 근본 적으로 뒤집는다. 뿐만 아니라 표현주의, 인상주의, 야수파, 입체파, 미래 파의 운동을 보다 결집하며 허무주의와 무정부주의적 혁명을 꾀한다. 언

---

48 안티피린은 해열제를 뜻하지만 여기서는 짓눌린 정신 상태를 진정시키고 고도의 신열(身熱)을 가라앉히는 상징적, 가정적 대상이다.(앙드레 브르통, 『다다, 쉬르레아리슴 宣言』, 앞의 책, 11쪽.)

어는 파괴되고 의사소통이 중지될 때 무한한 자신과 만난다는 것을 예기하며 경험적인 창조 행위로서의 문학이 아니라 우연에 의해 상상되는 무작위적 구성을 주장한다. 이와 같은 독창성으로 초현실주의와 서로 동맹적 관계를 유지할 수 있었다.

≪三四文學≫에는 다다이즘과 초현실주의 이론은 물론 아방가르드의 성격을 드러내는 글이 존재하지 않는다. ≪三四文學≫과 아방가르드에 대한 연관성이 부족함에도 불구하고 관련성에 대해 규정하는 시각을 갖는 것은 무엇일까? 그것은 신백수, 이시우 등의 시에서 초현실주의 경향을 띠고 있었고 동경(東京)에 있던 이상(李箱)과 유학 중이었던 신백수 등이 만나 문학적 교류를 나누다 이상이 ≪三四文學≫ 5호(1936.10)에 「I WED A TOY BRIDE」라는 시를 발표하고 있는 것에서 기인하고는 있지만 ≪三四文學≫에 발표된 시가 낭만성을 드러내는 시가 대부분을 차지하고 있고, 그나마 초현실주의라고 일컬어지는 시조차 초현실주의가 채택한 수단들―자동기술, 꿈의 기록, 몽환의 이야기, 무질서한 결과로 산출된 시와 그림, 역설과 꿈의 영상―등과 같이 세계 자체에 대한 변혁을 위해 고안[49]되었는가에 대해서는 회의적이다. ≪三四文學≫ 3집 이후에서 다다이즘과 초현실주의 시가 다수 발견되는 바 이를 분류하면 다음과 같다.

---

49   C. W. E. Bigsby, 박희진 역, 『다다와 초현실주의』, 서울대학교 출판부, 1980, 56쪽.

다다이즘	1호	없음
	2호	없음
	3호	없음
	4호	이효길 「어느日曜日날의 話題」, 정병호 「수염·굴관·집신」, 「憂鬱」, 이시우 「驪駒歌」
	5호	주영섭 「거리의 風景」, 「달밤」, 정병호 「여보소」, 이상 「I WED A TOY BRIDE」

초현실주의	1호	이시우 「アール의 悲劇」
	2호	이시우 「第一人稱詩」
	3호	이시우 「房」, 김정도 「보름달」, 신백수 「12月의 腫氣」
	4호	신백수 「Ecce Homo後裔」, 한천 「城」, 최영혜 「아모것도없는風景」
	5호	신백수 「잎사기가뫼는心理」

근대문학에 아방가르드가 소개된 것은 현철의 「獨逸藝術運動과 表現主義」(≪開闢≫, 1921.9)를 비롯하여 최학송의 「近代獨逸文學概要」(≪朝鮮文壇≫, 1925.2), 김진섭의 「表現主義文學論」(≪海外文學≫ 창간호, 1927.1) 등에 의해서이고, 다다이즘 역시 이와 같은 시기에 김기진의 「本質에 關하야」(≪每日申報≫, 1924.11.23)와 양주동의 「歐洲現代文藝思想槪觀」(≪東亞日報≫, 1929.1~16)과 같은 글에서이다. 대체로 이와 같은 글에서 나타나는 다다이즘의 이해는 다다이즘이 일체의 형식과 기존의 질서를 부정하고 해체하는 허무적 인식에 바탕한다는 것이었다. 이 점에서 ≪三四文學≫ 5호에 실려 있는 주영섭(朱永涉)의 시는 시각적 효과와 잔상·사유와 관념의 모호한 추상성과 같은 형식적 차원을 드러내고 있어 다다이즘 시에 가까운 것이라 할 수 있다.

○두팔을벌리고 들어오는사나이 (畵面을덮는다)

   (O・L)

○다러나는사나이의잔등(멀어지면서)

○앞으로달려오는 電車

○앞으로달려오는 自動車

   (크랙숀의交響樂)

○앞으로달려드는 삘딍

○軌道中央에너머지는 사나이

○스하톺는 自動車・電車・오토바이・

○몰려드는 군중

   (O・L)

○거리에나온金漁항──옥작복작숨쉬는고기떼・입 (大寫)

   (O・L)

○森林같은이겹치는삘딍・크레-인

   (O・L)

○圓을그리는線路・돌아가는벨트・山같이쌓이는物品・

○사나이가슴우로거러가는다리

   (O・L)

○사나이가幻想할수있는모-든 것(敎會堂鍾소리)牧場과푸른하늘"森林・
시냇물・빨내하는女人네・빙글빙글돌아가는風車・寺院・鐘閣・乘天하는
裸體"

   (싸이렌交響樂)

○다시, 鐵橋·삘딩·軌道·거리·軍衆·

○사나이의가슴을짚고거러가는구두——커다란발바닥

○둘러싼삘딩中央을뚫고 에레베-타가全速力으로올나간다

(O·L)

－ 주영섭, 「거리의 風景──세루로이드웅에쓴詩」 부분

이 시는 근대문학에서 보기 힘든 영화적 기법을 사용하고 있다. 시행들
이 문명과 관련되어 있다는 점에서 김기림의 『氣象圖』(1936) 속 「市民行
列」의 풍경과 비슷하다. 『氣象圖』가 국제 열차·세계지도·비행기·외국지
명과 같은 세계의 풍속을 조감하며 시대적 환경에 대해 지성적 인식을
드러내고 있듯이, 이 시 또한 '전차와 자동차·삘딩과 山같이 쌓이는 物品·
乘天하는 裸體와 에레베-타가 全速力으로 올 나가'는 모습들이 영화 컷처
럼 나타났다 사라지는 오버랩을 통해 현실에 도시적 시선을 입체적으로
보여주고 있다.

다음과 같은 주영섭의 시 역시 무의식에 기반한다기보다는 형태 파괴
적인 새로운 양식을 보이고 있다는 점에서 다다이즘의 시에 속한다고
할 수 있다.

●停場車

달빛이 軌道를쫓어간다

　軌道는 曲線을그리고 倉고앞으로다러난다

倉고 건너편에서 고양이가 軌道를밟고온다

그림자도 없는 달밤에 汽車가떠난다

달도 고양이도 軌道도 아-무것도없어졌다

機關車·郵便車·貨物車·食堂車·寢臺車·

　　　　　　등불킨三等客車

시그낼이파-란등을키구있는동안

긴-列車가지내간다──허리를구

　　피고그믐날森林같은다리ㅅ속으로들어갔다

　　　　　　　　　　　　　- 주영섭, 「달밤」 부분

　≪三四文學≫은 아방가르드적인 인식이 출발부터 뚜렷하지 않았을뿐
더러 이시우가 3호의 「絶緣하는 論理」와 5호의 「SURREALISME」에서
초현실주의를 부분적으로 언급했다 하더라도, 이는 본격적인 시론의 성
격의 글이 아니고, ≪三四文學≫에 실려 있는 시들이 유파에 무관하게
다양한 경향을 보이고 있다는 점은 이 잡지의 방향성을 드러내는 것이다.
이 점은 ≪三四文學≫의 핵심이었던 신백수에게도 드러나는 것으로 「얼
빠진」, 「떠도는」, 「어느혀의재간」 등의 작품에서는 서정성이 짙은 감상
(感傷)의 형태를 띠고 있고,[50] 3호의 「12월의 腫氣」에 와서 비로소 초현실
주의적인 면모를 보이고 있어 ≪三四文學≫과 초현실주의의 관계를 보여
준다.

50　이는 단적으로 2호의 장서언과 김해강의 시, 3호의 유치환과 4호의 이찬의 시, 그리고
　　　5호의 황순원의 시가 서정성의 경향이 강하게 보인다는 점에서도 확인할 수 있다.

이와 같은 점은 ≪三四文學≫의 문학적 경향과 태도를 결정하는 데 중요하다. 서구의 아방가르드가 예술의 운동사적 측면에서 강한 미학적 기준을 채택하고 자신들의 목적 자체인 미학을 무장하려고 했다면 ≪三四文學≫은 전통 시가인 <시조>까지 참여시킨 것을 감안하지 않더라도 새로운 미학에 대한 목적 자체의 기준이 희박했다고 볼 수밖에 없다. 오히려 ≪三四文學≫이 서정 지향적인 근대 주체의 낭만성이 주류를 이루고 있다는 것은 초현실주의를 막연하게 받아들였다는 것을 의미하고 유럽의 초현실주의가 예술적 혁신을 통해 사회의 변화를 꾀하려고 했다는 점을 간과하고 있는 것 또한 예술을 통한 삶의 변화에 대한 철저한 인식이 부족했다는 것을 드러내는 것이었다.

4.2. 초현실주의 실천과 윤리

초현실주의가 현실에 대한 회의와 과거의 예술을 부정하는 반작용으로 정신의 실체를 무의식에서 찾고자 했다면, 환상과의 접촉은 필연적일 수밖에 없고 내면으로 침잠할 수밖에 없었다. 이는 이상(李箱)이 환상의 땅에 안착하고자 했던 것처럼 ≪三四文學≫ 역시 주관주의적인 모험을 하지만 유럽의 초현실주의가 조직적인 의식(儀式)을 집단적인 유행과 예술적 혁명을 이끌어낸 것에 비한다면 ≪三四文學≫은 문명사적 이해를 생략한 채 기법적 차원만을 추수(追隨)하는 것에 그치고 있었다. 김기진이 '말초 신경적 관능의 무도'[51]라고 비판하는 것과 김억이 '사상까지도 파괴하는 멘털리즘'[52]이라고 부정적 견해를 드러낸 것은 이를 반증하는 것이라 하겠다. 이런 의미에서 당시 <新興文藝>에 대한 거부감이 문단 내에서 주류를 이루고 있었고, 유럽과 달리 전반적인 예술운동으로 확산되지 못하였던 것을 감안한다면 이상(李箱)이 초현실주의의 위력을 과시한 것은 극히 이례적인 것이다.

말하자면 일본에서 ≪詩와 詩論≫을 중심으로 브르통의 <초현실주의 선언>과 관련한 주장과 강령들이 연이어 소개된 것에 반해 "파괴자"나 "世紀兒의 고질"[53] 혹은 "보편성의 缺如"[54] 등과 같은 부정적인 시각이 주를 이루었던 것이다. 그나마 이시우가 ≪三四文學≫ 1호에 「アールの 悲劇」(R의 비극-필자 주)을 발표한 뒤 지속적으로 초현실주의 시를 발표하고 있고, 신백수가 3호에 「12月의 腫氣」와 같은 초현실주의 경향의 시를 발표한 것은 그들의 가능성을 드러내는 것이었다.

앞서 언급한 것처럼 ≪三四文學≫은 다양한 경향성의 작품들을 수록함으로써 선명한 운동이나 유파로 귀결된 것이 아니다. 이와 같은 점의 근본적인 이유는 이들이 초현실주의 이론에 대한 깊이 있는 습득이 없었고 서구의 반성적 기제들이 우리 근대에 형성되지 못했기 때문이다.[55] 그러나 무엇보다 ≪三四文學≫의 성취가 높지 못한 것은 이상(李箱)이 이룬 성취도를 넘어서지 못한 채 6호로 끝낸 결집력 부족 때문이었다. 초현

---

51 김기진, 「'本質'에 關하야」, ≪每日申報≫, 1924.11.23.
52 김억, 「다다? 다다!」, ≪東亞日報≫, 1924.11.24.
53 이헌구, 「佛蘭西文壇縱橫觀」, ≪文藝月刊≫, 1931.11.
54 김기림, 「詩의 技巧, 認識, 現實 등 諸問題」, ≪朝鮮日報≫, 1931.2.11~2.14.
55 이는 이상에게도 해당된다. 이상 자신이 집단의식에 대한 자각이 없었고, 아방가르드 운동이 전(全) 문화적으로 확산되기도 전에 죽음을 맞이했기 때문이다.

실주의가 미학적으로 잘 구현된 시라고 할 수 있는 신백수의 「12月의 腫氣」를 살펴보자.

젓내를퍼트리는귀염둥이太陽

입김엔近視眼이보여준돌잽이의꿈이서린다

hysteria徵候를띄운呼吸器의嫉妬

또할

나의心臟이太陽의白熱을許容하면

熱帶가故鄕인樹皮의分泌液이rnbber質의悲鳴을낳다

어제의方程式이適用될1934年12月14日의거품으로還元한나

하품

기지개는太陽의存在를認識치않는다

- 신백수, 「12月의 腫氣」 전문

이 시를 초현실주의 시라고 할 때 수반되기도 하는 띄어쓰기가 무시되어 있다. 한자·영어·한글·숫자 등이 시각적으로 혼용되어 있고 과감히 띄어진 행간 역시 초현실주의 시의 특징을 드러내는 것이라 할 수 있다. 뿐만 아니라 '젓내를퍼트리는귀염둥이太陽'에서와 같은 시구에서 그간 '태양'이 거느리고 있는 관습적인 사유들을 불식시켜 버린다거나, 행과 행의 이어지는 구문들과 이미지들이 연쇄적으로 파편화되고 있는 것은 분열된 주체를 드러내는 것이었다. 예컨대 "어제의方程式이適用될1934年 12月 14日의거품으로還元한나"에서처럼 '어제의 방정식' 그것과 '1934년 12월 14일' 그리고 그것이 다시 '거품으로 환원한 나' 사이에는 아무런 인과 관계가 없다는 것이 바로 그것이다. 이것은 실재가 아니라 현실 너머의 세계인 까닭이고, 현실의 실재를 공격하고 있는 무의식의 세계인 까닭이다. 이 시는 신백수의 또 다른 시인 4호에 실려 있는 「Ecco Homo 後裔」와 5호에 실려 있는 「잎사기가뫼는心理」와 함께 그의 초현실주의 시의 성격을 잘 드러낸다.

그러나 이와는 별개로 브르통이 내세운 초현실주의 시가 자동기술법에 의한 무의식의 기술이라고 했을 때 문면 상으로 가시화되어 있는 띄어쓰기의 무시나 이미지의 무질서한 연합 관계 그 자체가 초현실주의라고는 할 수는 없다. 다다이즘과 초현실주의 시가 모두 형태 파괴나 구문의 파괴를 하기 때문이다. 초현실주의는 그 어떤 사조보다 강령적이고 교조적이다. 이 때문에 초현실주의자들은 집단적인 유파를 형성하며 투쟁성과 혁명성을 내세우며 강령에 위배되는 예술가들을 축출하기도 하고 이를 관철하기 위해 소송을 불사했다. 이렇게 본다면 《三四文學》의 경우

브르통의 <초현실주의 선언>에서 드러나는 정신과 방법에 의해 쓴 것이 나에 대한 것은 전적으로 시인 자신의 윤리에 속하는 것으로 미적 구현을 위해 의식적이고 의도적인 노력과 의지에 구현된 작품이라면 초현실주의 작품이라고 단정 지을 수 없다(방점 – 필자). 초현실주의가 자유로운 정신의 유희를 내세우는 '심리적 자동성'[56]과 뗄 수 없는 관계에서 비롯하기 때문이다. 이런 점에서 4호에 실려 있는 이효길의 「어느 日曜日날의 話題」나 정병호의 「수염.굴관.집신」, 5호에 실려 있는 정병호의 「여보소」, 이상의 「I WED TOY BRIDE」는 미적 인식을 자각한 의식에 의해 형상화되어 있고 이미지들 역시 의도적인 미적 인식이라는 점이 짙어 다다이즘 시라고 할 수 있다. ≪三四文學≫이 초현실주의에 관심을 가진 것은 분명하다. 그렇다고 해서 ≪三四文學≫에 수록되어 있는 시가 곧 초현실주의 시가 되는 것은 아니다. ≪三四文學≫에 실려 있는 소설이나 희곡에서도 확인되듯이 심리주의 작품이라고 평가할 수 없는 작품이 실려 있다는 것이 바로 그 예이다.

초현실주의는 인간을 억압하고 있는 논리와 형식으로부터 고의로 떨어져 나와 무의식의 내적 탐구를 추상적으로 보여준다. 이 점에서 정돈된 의식에 충동하는 운문(韻文)보다는 무의식의 연속적인 산문(散文)에 더 적합할 수 있다. 이시우의 다음과 같은 시는 미적 구현을 위한 의식적인 노력을 의도하고 있다는 점에서 다다이즘 시라고 평가할 수 있다.

---

56   마르셀 레이몬드, 김화영 옮김, 『프랑스 현대시사』, 현대문학, 2007, 447쪽.

幸福에對한우리들의이야기속에서, 不幸의全部를뺀댓자, 남는것은決코幸
福은안이다. 그女子를탠幸福의汽車는, 十年같은山너머로떠나는날이다. 幸福
은, 다른이에게도없는것이닛가, 필연코나에게도없는것이겠지. 나는그女子
의生日날을외이고, 솔밭에는바람이부는날이다. 幸福과같은. 不幸과같은.

– 이시우, 「驪駒歌」 전문

'털빛이 검은 말의 노래'라는 뜻을 지닌 이 시는 만남과 떠남을 노래하
고 있다. 마치 ≪三四文學≫ 5호에 실려 있는 이상(李箱)의 「I WED TOY
BRIDE」에서 "작란감新婦"의 사랑과 미움이 『날개』의 금홍이를 연상시
키며 맥락을 거느리듯이 이 시는 언어의 충돌이나 연상보다는 시적 서사
가 주를 이루고 있다. 사유를 의식과 무의식으로 나누고 이를 구분 짓는
일은 사실상 불가능하다. 이들이 서로 교차하고 지속과 단절을 계속하기
때문이다. 이 점은 브르통도 인정하는 바였다.[57] 그는 "미학적 혹은 도덕
적 관련에서 제외되고, 이성이 행사하는 통제가 없는 곳에서, 사고(思考)가
내리는 명령이었던 것을 명확하게 견지하며"[58] 무의식을 끝까지 견지하
였다. 이는 19년 수포와 함께 『자기장(磁氣場)』이라는 공동시를 쓰면서부
터 69년 그룹의 40여 명이 해체될 때까지 순수한 정신의 자동기술과
프로이트의 기제인 자발성에 의지하는 연상을 지속했던 것에서도 발견된
다. 이런 관점에서 이시우의 「驪駬歌」는 "사고의 논리가 명료하고 지적이

---

57   마르셀 레이몬드, 앞의 책, 420-432쪽 참조.
58   위의 책, 444-450쪽 참조.

고 도덕적인 관점에서 아무것도 지향하지 않는"[59] 초현실주의의 기본 입장과는 거리가 있다.

초현실주의는 관습적인 것에 전복을 기도하고 있고, 과거에 대한 처형 방식이 예술적 기호(記號) 또는 강력한 운동으로서 목표가 분명한 실천 행위라는 점에서 아나키즘적이다. 의식의 억압으로부터 인간을 구원하고자 한 초현실주의는 책·잡지[60]·전시회·대중 집회·팸플릿까지도 결합하는 혼합 전략을 사용하며[61] 자신의 주장과 운동을 정당화했다. 30년대는 문학의 폭넓은 수용과 교섭을 통해 그 어느 때보다도 문학의 황금기를 이루었고, 담론 투쟁이 활발하게 진행되었던 시기였다. ≪三四文學≫은 이러한 격류 속에서 그 문학적 위상을 뚜렷이 하고자 했다. 그러나 근대문학 내에서 ≪三四文學≫은 문학 향수층에게 크게 호응받지 못하였고, 초현실주의에 대한 이해와 지적 부족으로 조직적인 예술운동으로 발전하지 못한 것은 아쉬움으로 남는다.

5. 결론

아방가르드는 예술 전반에 걸친 운동의 성격이 짙은 사조로서 표현주

---

59   조르주 세바, 최정아 옮김, 『초현실주의』, 동문선, 2005, 20쪽.
60   ≪리테라튀르≫, ≪초현실주의 혁명≫, ≪혁명에 봉사하는 초현실주의≫, ≪미노토르≫, ≪VVV≫, ≪네옹≫ 등이 있다.(위의 책 36쪽.)
61   위의 책, 37쪽.

의·입체파·미래파·다다이즘 등과 초현실주의를 포함하는 것이었다. 아방가르드가 세계적인 예술운동으로 확산되었던 시기 우리 근대문학도 이와 같은 혁명적이고 전위적인 것에 대한 관심이 수용되었다.

그러나 우리 문학의 아방가르드 수용은 그 이론적 기반에 의해 수용된 것이라기보다는 형식과 기법적인 면에 기울였다는 측면이 강하고 이와 같은 것이 근대 문학 영역 내에서 이론화되고 논의된 것이 아니라 파편적으로 성취되었다는 점과 다다이즘적인 시를 썼던 시인들이 다른 방향으로 문학적 신념을 전회(轉回)했던 것을 상기한다면 그 부족함이 여실한 것이었다.

유럽의 아방가르드나 일본의 아방가르드가 저항과 비순응이라는 불복종의 기억을 만들어 냈다면, 우리 근대문학은 이를 안착시키는 데 필요한 조건을 갖추지 못하였다. ≪三四文學≫은 이와 같은 배경 속에 탄생하여 방법의 문제에만 매달리게 되었다.

근대 문학의 아방가르드 운동은 30년대에 그 면모가 드러나기 시작했다. 유럽에서 <쉬르 리얼리즘 제1선언>을 한 것은 24년이었다. 그리고 이것이 29년 일본 문단에서 ≪詩와 詩論≫을 중심으로 니시와키 준자부로, 기타가와 후유히코, 기타조노 가쓰에, 하루야마 유키오 등에 의해 본격적으로 소개된 후, 우리 근대문학은 이를 수용하면서 그 미적 가능성을 실천하기에 이르렀다.

≪三四文學≫은 과거의 예술을 부정하는 혁명적 의식과 범세계적 사유의 산물인 아방가르드 운동을 구현시키고자 했다. 그러나 '새로운 예술'을 지향하고자 했던 ≪三四文學≫은 그 문학적 방향성을 미적으로 제시하고

자 했지만, 집단적 운동이나 유파로 이어지지 못했고, 문단과 문학의 저항권 내에 있었다. 그럼에도 불구하고 ≪三四文學≫은 미적 혁신을 통해 현실 속에서 모더니티의 문제를 추동하며 인간과 정신을 새롭게 바라보고자 했다.

참고문헌

김기림, 「詩의 技巧, 認識, 現實 등 諸問題」, ≪朝鮮日報≫, 1931.2.11~2.14.

_____, 「'·本質'에 關하야」, ≪每日申報≫, 1924.11.23.

김억, 「다다? 다다!」, ≪東亞日報≫, 1924.11.24.

김용직, 『한국현대시사』, 한국문연, 1996.

김윤식 엮음, 『한국현대 모더니즘 비평선집』, 서울대학교 출판부, 1995.

_____ 엮음, 『이상연구』, 문학사상사, 1987.

_____ 엮음, 『한국근대문학사상』, 서문당, 1974.

레나토 포지올리, 박상진 옮김, 『아방가르드 예술론』, 문예출판사, 1999.

마르셀 레이몬드, 김화영 옮김, 『프랑스 현대시사』, 현대문학, 2007.

문덕수, 『한국모더니즘 시연구』, 시문학, 1992.

미요시 유키오, 정선태 옮김, 『일본문학의 근대와 반근대』, 소명출판, 2002.

간호배 엮음, 『원본 ≪三四文學≫』, 이회문화사, 2004.

앙드레 브르통, 송재영 옮김, 『다다, 쉬르레아리슴 宣言』, 문학과지성사, 1987.

_____, 황현산 옮김, 『초현실주의 선언』, 미메시스, 2012.

이에나가 사부로, 연구공간 '수유+너머' 일본근대사상팀 옮김, 『근대일본사상사』, 2006.

이헌구, 「佛蘭西文壇縱橫觀」, ≪文藝月刊≫, 1931.11.

조르주 세바, 최정아 옮김, 『초현실주의』, 동문선, 2005.

조연현, 『한국현대문학사』, 성문각, 1980.

최덕교 편, 『한국잡지백년』, 현암사, 2005.

카메이 히데오, 김춘미 옮김, 『明治文學史』, 고려대 출판부, 2006.

크리스토퍼 빅스비, 박희진 옮김, 『다다와 초현실주의』, 서울대학교 출판부, 1980.

2부

김동명의 『나의 거문고』, 『芭蕉』, 『三八線』 시 세계 연구

1. 서론

김동명은 23년 ≪開闢≫ 10월호에 「당신이 만약 내게 門을 열어주시면」·「나는 보고 섰노라」·「애닯흔 記憶」 등을 발표하며 작품 활동을 시작한다. 또한 그해 ≪開闢≫ 12월호에는 「회의자들에게」·「祈願」을 발표하여 20년대 문학사 흐름에 참여한다. 20년대는 백조파로 대표되는 낭만적 경향의 시가 세기말적 흐름의 퇴폐주의와 맞물리며 유미적 세계를 표상하는 조류를 20년대 중반까지 이어간다. 박영희·박종화·이상화·홍사용 등 백조파는 개화기의 창가와 신체시의 형식을 극복하고 자유로운 형식에 기초하여 주체로서의 미의식을 유감없이 발휘하였다. 아울러 25년에 출발한 카프는 무산계급의 해방이라는 이념적 기치와 유물론적 세계관에 입각한 현실을 반영하는 정치적 노선에 기울어진 것이었다. 26년 김동명은 ≪朝鮮文壇≫에 「農女」·「追憶」 등을 발표한 뒤 27년에는 ≪東光≫ 3월호에 「길손의 노래」·「瞑想의 노래」·「樂器」·「외로움」 등을 발표하며 백조파의 낭만성과 카프의 정치성 사이에서 김동명만의 시적 세계를 이어간다.

김동명이 활발하게 작품 활동을 하던 30년대는 20년대의 낭만주의적 격정과 유물론적 변증법에 입각한 카프가 퇴조를 보이고 김영랑·박용철·정지용 등의 순수시정을 내세우는 시문학파에서부터 그 문학적 운동이 출발한다. 시문학파가 민족어의 발견을 근간으로 인식하고 서정을 내용 이상의 것으로 파악하며 예술성을 추구하고자 했다면 김기림류의 주지주의는 지성과 이미지를 강조하는 것이었다.

문학이 동시대 흐름과 조건을 반영하고 문학적 영향을 반영하는 것은 당연한 일이다. 김동명의 시에서 현실 인식과 순수서정 그리고 절제된 감정 등이 다채롭게 보이는 것도 바로 이 때문이다. 그러나 김동명은 이러한 조건과 상황에도 불구하고 전 6권의 시집을 통해 자신만의 시 세계를 고집해 오며 현실과 삶 등의 철학적 인식을 보여준다. 말하자면 카프파의 경향문학에도 경도되지 않고 국민문학파가 내세우고 있는 관념적 민족주의 문학과도 거리를 두는 한편 백조파의 낭만성과도 대응하는 것이었다. 이상(李箱)으로 대표되는 아방가르드도 근대시의 영역을 확장하며 환상과 초월의 문제를 환기하는 것이었지만 김동명은 오롯이 자신만의 성채를 쌓아가며 현실과 인간의 문제를 탐구하고자 했다.[1]

첫 시집 『나의 거문고』(1930)는 이러한 시적 세계를 담고 있는 것으로 이 시집은 자연 인식과 현실의식 그리고 개인 기록과 내면 서정이 고르게

---

1   이런 의미에서 김동명·신석정·김상용으로 대표되는 전원시파는 자연을 통해 민족의 시원(始原)을 되살리는 것이었고 생명과 인생의 외경을 통해 민족의 현실을 정면으로 바라보고자 했다.

섞이면서 다채로운 시적 양상을 보인다. 그렇지만 김동명의 진가는『芭蕉』 (1938)에서 발견된다. 이 시집은『나의 거문고』에서 보이고 있던 전원 심상이 더욱 간결하게 주조되어 미와 내용의 심화라는 성취를 동시에 이룬다.『芭蕉』에서 김동명은 30년대 주류를 이루고 있던 모더니즘을 투영하면서 통제된 주체를 통해 현실과의 상동성을 유지한다. 그런가 하면 해방 후 출간된『三八線』(1947)은 역사로서의 이데올로기와 시대적 현실을 보여주며 국가와 민족에 기초를 둔 민족의식을 보여준다.

다양한 시적 체계를 보여주고 있는 김동명은 1900년 강원도 명주군 사천면 노동리에서 태어났다. 20년 영생 학교를 졸업하고 21년 흥남에 있는 동진 소학교와 평안남도의 강서소학교에서 교원을 하다 25년 일본 으로 건너가 동경의 청산학원(靑山學院)의 신학부(神學部)와 일본대학(日本大學)의 철학과(哲學科)를 고학으로 주간과 야간을 동시에 다녔다. 이와 같은 학구열은 교수로서뿐만 아니라 정치 평론집『역사의 배후에서』 (1958), 수필집『세대의 삽화』(1959) 등과 해방 후 흥남시 자치 위원회 위원장, 조선민주당 함경남도 부위원장, 참의원 등에 참여하는 현실 개진 의지로 이어진다.[2]

47년 북에서의 정치적 탄압을 피해 삼팔선을 넘어 월남하기 전까지 그는 명주(강릉)를 떠나 원산과 함흥, 흥남 등지에서 생활하며 고향을 그리는 시편을 많이 남겼다. 이는 장소로서의 고향 의식과 향토애를 보여주며 신석정·김상용과 함께 전원시파의 경향성을 보여주는 것이지만 김동

---

2   김용성,『한국현대문학사탐방』, 국학자료원, 2011, 136쪽.

명의 시는 장소의 기억을 통해 본향(本鄉)을 파악하게 해줌으로써 정체성의 뿌리를 들여다보게 하는 본유적 의미를 지닌다.

　장소의 문제는 정치와 자본뿐만 아니라 같은 공간 내에서 발생하는 다양한 경험을 공유한다는 점에서 강한 연대감과 소속감을 지닌다. 이것은 장소가 장소감을 지닌다는 근본적 속성에서부터 한 국가 내에서 중앙과 지방이라는 구조에 이르기까지 다양한 관계를 맺으며 존재성을 확인할 수 있는 것에서도 확인된다.[3] 문학이 인간의 정신적 층위와 매개하며 다른 어떤 것보다도 지속하는 시간 속에 뿌리내리며 장소의 고유성과 매개하는 것이라면 김동명의 경우 역시 마찬가지다. 김동명 삶의 이동 경로가 명주(강릉)에서 원산, 함흥, 흥남 그리고 서울을 거쳐 다시 명주(강릉)로 귀환하는 구조를 이루고 있는 것은 장소의 측면에서 정신의 중요한 부면을 차지한다. 문학이 보편성보다는 특수성에 기대어 있고 인식과 의지, 실천과 행동 등에 관계하고 주체의 중심성을 살필 수 있는 가능성에 기여할 수 있는 까닭이다. 이와 같은 점에서 김동명이 신학을 전공하고 신에 대한 찬미를 보이는 시편들에서 지상과 천상의 장소 속에 각각 죽음의식[4]과 영원의식의 대립을 형상화한 것 역시 시인의 생애와 장소와의 관련성을 고려할 때 주목할 만한 일이다.

3　이를 위해서는 지역·지역성·지역주의에 대한 차이를 승인하는 태도의 변화와 공간과 공간, 경계와 경계 간의 상호 이해와 협력을 바탕으로 하는 전환적인 시각이 필요하다.

4　김동명의 시는 부활과 영생을 큰 틀로 이해하여, 문학 전반에서 '죽음의식의 정체성'을 불멸, 성취, 향수, 모성애 등으로 확장시켰다.(엄창섭, 「초허의 시적 특이성과 죽음의식 연구」, 『김동명 문학 연구』, 2020 참조.)

김동명은 다양한 유파와 흐름 속에 자신만의 시적 세계관을 구축하며 현실과 이상의 문제를 바라보고자 했다. 이 글은 이 같은 점에 주목하여 김동명의 시집 6권 가운데 전반부에 해당한다고 볼 수 있는 『나의 거문고』 (1930), 『芭蕉』(1938), 『三八線』(1947) 세 권의 시집을 대상으로 김동명의 시에 나타난 자연과 현실 인식이 어떻게 구현되어 있는지를 살펴보고자 한다.

2. 『나의 거문고』의 만물 조응과 낙원 상징

2.1. 보들레르와 자연 인식으로서의 낙토

김동명이 23년 ≪開闢≫에 발표한 「당신이 만약 내게 門을 열어주시면」 은 알려져 있다시피 보들레르의 시를 읽고 난 뒤 그 경향에 심취하여 쓴 것이었다. 보들레르에게 바치는 이 시는 곧 보들레르의 시와 상징 세계에 들어가고자 하는 열망을 드러내는 일종의 신앙 고백과 같은 것이 었다.[5] 보들레르가 시집 계획을 공개했던 1845년 「레스보스섬의 여인들」 은 「지옥의 변경」이라는 제목을 거쳐 1857년 『악의 꽃』이라는 제목으로 시집을 발간한 것은 미적 근대성을 드러내는 것이었다. 보들레르는 이 시집을 통해 미(美)라고 부를 수 있는 고유한 자기 영역을 추(醜)라고 명명

---

5   김용직·김치수·김종철 엮음, 『문예사조』, 문학과 지성사, 1977, 448쪽.

하고 추(醜)가 지닌 미(美)를 발견하고자 했다. 이는 낭만주의와 거리를 두고 인간의 근본적 내면에 우글거리고 있는 추악한 본성을 바로 보고자 함이었다.

산문 시집 『파리의 우울』(1869) 역시 패덕한 인공 낙원의 풍경을 묘사한다. 이렇듯 김동명이 보들레르에게 경사된 것은 자신이 처한 상황과 보들레르의 시적 세계와 서로 '조응'한 것으로 이는 김동명의 마음을 비추는 것이라 할 수 있다. 대상이 인식될 때는 지향을 통해서이고 이 지향은 순수한 가치를 정밀하게 드러내기 위해 내면에 집중한다.

오-님이여! 나는 당신의 나라를 밋습니다.
회색의 둑겁운 구름으로
해와 달과 별의 모든 보기 실흔 蠱惑의 빗츨 두덥허 버리고
定向 업시 휘날리는 낙엽의 亂舞 밋헤서
그윽한 靜的에 붉곳 놉게 타는 강한 리씀의
당신의 나라를.
痲醉와 悲壯 痛悅과 狂喜
沈靜과 冷笑 幻覺과 獨尊의
당신의 나라
구름과 물결 白灼과 精香의
그리고도 오히려 極夜의 새벽 빗치 출넝거리는 당신의 나라를
오-님이여! 나는 밋습니다.

님이여! 내 그립어 하는 당신의 나라로

내 몸을 받읍소서

살 비린내 요란한 魅惑의 봄도

屍衣에 奔忙하는 喪家집 갓흔 가을도

님게신 나라에서야 볼 수 업겟지오

오직 눈자라는 끗까지 놉히 싸힌 흰눈과

국다란 멜오듸에 비장하게 흔들이는 眩暈한 極光이 두 가지가 한데 어우러저서는

白熱의 키쓰가 되며

死의 위대한 序曲이 되며

푸른 우슴과 검은 눈물이 되며

生이 死로 씨와 날을 두어짜내인 쟝밋빗 방석이 되야

버림을 당한 困憊한 魂들에 여읜 발자국을 직히고 잇는

님의 나라로 오오-내 몸을 밧읍소서.

　　　　－「당신이 만약 내게 門을 열어 주시면(쌘드레르에게)」 부분

　보들레르는 '악'을 단순히 '선'에 대한 대비적 의미로 드러내는 것이 아니라 행과 불행, 삶과 죽음이 인간에게 핵심적으로 도사리며 지배하는 '은닉된 본성'으로 파악했다. 김동명은 보들레르에게 바치는 이 시에서 '님'이라 부르며 보들레르의 나라로 들어가기를 소원한다. 김동명이 보들레르에게 경외감을 보이는 것은 보들레르가 성취한 문학과 그의 삶을 선망하는 것에서 출발한다.[6]

이러한 보들레르에 대한 경사(傾斜)는 김동명 시에 있어서 두 가지로 발현된다. 하나는 상상력을 확장하여 현실로부터 멀어진 이상적 자아를 중심으로 삼아 세계와의 통일을 꾀하고자 한 것으로 이는 전원 상징으로 나타난다. 다른 하나는 내면 탐구를 통해 존재의 의미를 밝히고자 하는 것이다. 전자가 공간적 상상력을 통해 김동명이 처한 상황과 시대적 현실과의 대비적 관계 속에서 지향하는 낙원으로서의 전원 이미지를 구현한다면 후자는 내면의 영혼 속을 파고들며 주관적 자아로서의 인식을 겨냥한다.

자연이어
나는 지금 어히앞헤 내 마음의門을 열어노핫노니
바다여 들어오라 길고 싯업는 네 아름다운 곡조를 가지고,
山嶽이어 너도들어오라 그러케길고오랜 네 묵상과침착과강건을 가지고,
네 머리를 써도는 힌구름으로 더부러 함께 오라.

오오, 자연이어
나는 지금 너히 앞헤 내 마음의門을 열어노핫노니
落照여 네 고흠을 가지고, 黃昏이어 네 고요함을가지고 들어오라
섬이어 너는 네 외로움을 가지고들어와 내 마음의바다에 길이잡기라

---

6 헌시가 그 사람의 삶과 족적을 경외하는 것이라면 치열한 삶뿐만 아니라 미적 성취에서도 높이 이룬 것을 흠모하는 것이기 때문이다.

白鷗여 너는네 힌날개를가지고 들어와 내 마음의허공을 훨훨 날으라.

漁村의 저녁연기여 너는녜 속절업슴을가지고 내마음의허공에 사라지라

都會의 불빗이어 인생의 피로운쓺을 내가아노니 함쎄들어와 내 마음의

한구석에 잇스라

나는 지금 너히 앞헤 내 마음의문을 열어노코 손을 드러 불으노니

모도다 들어오라

오오 자연이어!

-「山上에 올라서」 전문

이 시는 보들레르의 시 「상응(Correspondences)」을 연상하게 한다. 「상
응」이 자연 속을 걸어가며 교감을 이루고자 하는 것처럼 「山上에 올라서」
는 "마음의 문"을 연 뒤 자연을 바라보며 그 속에서 자연과의 합일을
꿈꾼다. 이는 감각이 순수하고 영원한 것을 찾고자 하는 인식에서 비롯한
다. 자연은 보들레르가 그랬던 것처럼 이상적 세계를 표상한다. 이 시에서
자연은 김동명 자신이 구축한 세계로 의식 속에서 생성하고 소멸하는
세계의 공간이다. 말하자면 자신을 이질적 존재로 인식하고 선택한 이질
적 세계이다.

의식이 대상과 부딪치는 것 속에서 순수한 자기 인식을 구성한다고
본다면 김동명은 현실에서 순수한 자기 인식으로 이질적 세계를 구축한
다. 이것은 현실의 고립 속에서 고차원적인 것, 좀 더 좋은 것, 미래적인
것에 대한 예감이며 그것을 이해할 수 있는 준비 태세이다.[7]

이 시에서 현실을 이질성으로 인식하여 상상 속에 미래적인 예감을 구현하는 산상(山上)은 우월의 장소로서 이상 공간을 바라보는 지상의 꼭대기로 나타난다. 이것은 김동명이 막연한 동경을 추구하며 우연이라는 마법에 손에 끌려다니지 않는[8] 감각과 세계와의 통일을 구하고자 하는 것에서 비롯한다.

> 서리여 오라, 내 가슴의 골안에도
> 愛慾의 칙줄과 功名의 구름입,
> 과격의 가시덤불과 憂鬱의 엉겅퀴,
> 그리고 쏘 온갖 煩惱와 哀愁의 雜草
> 쎅쎅하게 얼클어진 내 가슴의 골안에도
> 서리여 함쑥 나리라
> 가을의 쌋늘한 바림이어 세차게 불어오라,
> 이리하여 모든 것이 말고 쩌러진뒤에
> 내 영혼으로 하여금
> 막힘업시 빗죄는 낫의 해ㅅ볏과, 밤의 이슬을바다
> 씩씩하게 자라게하라, 자라게하라
>
> ―「서리」 전문

7   『문예사조』, 앞의 책, 52쪽.
8   위의 책, 55쪽.

「서리」는 자아의 공간이 내면으로 펼쳐지고 있다는 점에서 내면의 탐구와 관계한다. 「서리」는 존재와의 상면을 꿈꾸며 자아의 상징 공간을 향한다. 보들레르가 감각과 자연의 상응을 교감하며 "<자연>은 하나의 사원이니 거기서/ 산기둥들이 때로 혼돈의 말을 새어 보내니,/ 사람은 친밀한 눈으로 자기를 지켜보는 상징의 숲을 가로질러 그리로 들어간다"(「상응」에서)와 같이 '자아와 자연(서리)'이 교응하는 일체감을 표현한다. 보들레르가 『악의 꽃』의 구조 속에 고독과 우울, 죽음과 악과 같은 인간의 내면을 그리고자 한 것은 영혼의 문제에 해당하는 것이었다. 이런 의미에서 「서리」는 삶과 인간의 문제를 파고들고 있는데 이는 보들레르의 시 「알바트로스」를 연상시키며 "온갖 煩惱와 哀愁의 雜草"에서와 같이 '고통받는 새'의 모습과 닮아있다. 예컨대 보들레르의 시 「썩은 시체의 향기」, 「흡혈귀」, 「살인자의 술」 등에서 나타나고 있는 보들레르의 심연과 미적 인식에 맞닿는 존재와 상면한다.

김동명은 상징주의 시인인 베를렌느에게도 바치는 시를 수록하고 있는데 여기서 그는 베를렌느의 비극적 삶과 동감하며 "아아 베루렌 베루렌/ 그대의 심장은 임이 땅속에썩어 업서젓슴애/ 모든눈물 모든괴로움, 모든 원한 모든울분/ 그리고또 모든비난도 모든명에도/ 지금에 오니 한묵금 옛이야기"(「베루렌에게」)에서와 같이 뛰는 심장을 공명하며 노래한다.[9]

9   심은섭은 『나의 거문고』에 실린 작품들이 주관적, 또는 감정적 요소와 고통을 동반하는 파토스의 격정을 담고 있다고 진단하며 이와 같은 작품으로 「베루렌에게」, 「몰소래 드르며」, 「乞人」, 「本宮에서」를 예시로 들고 있다.(심은섭, 「초허 첫 시집 ≪나의 거문고≫ 발굴에 따른 諸고찰」, 『김동명 문학 연구』, 김동명학회, 2018, 97-99쪽.)

어떤 대상과 인물에 공감하는 것은 일치에 의한 것으로 이는 개념적 사고와는 근본적으로 다른 감정 활동에 의한 것이다. 김동명이 상징주의에 매료되는 것도 보들레르나 베를렌느에게 자극을 받는 것도 결국 김동명의 의식 속에서 발현되는 공감의 자발성 때문이다. 의식이 대상과 세계에 대해 고립된 존재로 부정적 사유를 동반하기도 하지만 어떤 것에 귀속하려는 일치 욕구를 갖기도 하는 까닭이다.[10] 일치 욕구를 드러내고 있는 보들레르와 베를렌느의 「가을의 노래」와 김동명의 「가을의놀애」 3편을 살펴보자.

①
우리 곧 싸늘한 어둠 속에 잠기리
잘 가거라, 너무도 짧은 여름 발랄한 볕이여!
벌써 돌바닥 뜰 위에 장작 부리는
불길한 충격 소리 들려오는구나.

겨울은 온통 내 가슴에 사무쳐 들라
분노, 증오, 몸서리, 넌더리, 고역,
그리하여, 내 심장 북극지옥의 태양인 양,

---

10   『나의 거문고』는 꽃과 나무와 같은 식물적 상상력과 비와 바다와 같은 물의 상상력이 주조를 이루며 자아의 친근한 시선에 의해 대상과 친밀성을 유지한다.

한갓 얼어붙은 덩어리 되어지리.

– 보들레르 「가을의 노래」 부분

②

가을 날

바이올린의

긴 흐느낌이

단조로운 우울로

내 마음 쓰리게 하네

종소리 울리면

추억하며

눈물 흘리네

– 베를렌느 「가을의 노래」 부분

③

지금 가을은 햇슥한두팔을 펴서

아직도 오히려 달큼한追憶이 남아잇는 갈대를 부여잡고

우리의 즐기는 哀傷가득한 놀애를

가만이 불으고 잇나니

그대여 가지 안으려나 저 바람드설레는 못가으로

가을의 노래를 드르려

– 김동명, 「가을의놀애」 부분

①의 보들레르의 시는 가을의 불길함과 다가오는 겨울이 주는 분노, 넌덜머리, 고역 등으로 인해 자신의 심장을 지옥의 태양으로 인식하는 침울을 드러낸다. ②의 베를렌느의 시는 가을이 주는 우울과 추억으로 눈물을 흘리는 애상적 정조를 드러낸다. 그런가 하면 ③의 김동명의 시는 베를렌느에게 바치는 헌시 「베루렌에게」라는 시 옆에 자신의 시 「가을의 놀애」를 수록하고 있는데 이는 시적 경향과 흐름을 고려할 때 베를렌느의 영향을 받아 쓴 것으로 파악된다.

이렇듯 김동명과 상징주의는 불가분의 관계라 할 수 있는데 "강한 시인은 자신 안에서 "에토스는 악마"이며 "모든 것은 이를 통해서 만들어지고 만들어진 어느 것도 이 없이 만들어지지 않는다"[11]는 말과 같이 김동명은 상징주의 시의 영향을 통해서 독창적인 세계를 이루고자 하였다. 상징주의가 저 너머에 대한 구도로서 세계와의 교감을 절대시하는 것이라면 김동명 역시 정신의 절대에 이르고자 악마의 에토스를 시 속에 배분했다. 이는 김동명이 미지의 것과 신비적인 것이 김동명에 중요한 위상을 지녔고 이상적 세계를 시대 속에 구현하며 세계의 비의(秘義)를 해독하고자 하였기 때문이다.

2.2. 한용운과의 관련성

김동명의 정신의 절대 추구는 신에 대한 조응으로 이어진다. 그가 니혼

---

11   해럴드 블룸, 『영향에 대한 불안』, 문학과지성사, 2012, 179쪽.

대학(日本大學)에서 신학을 전공했다는 것은 김동명의 시가 신과 연결된 의식을 지니고 있음을 알 수 있게 해 준다. 이는 비록 종교는 다르지만 불교적 사유에 기초한 한용운과 닮아있다. 한용운은 김억·이상화·변영로 등과 함께 상징주의 시학을 근대문학에 정착한 시인이다. 그런데 불교의 피안(彼岸) 사상은 초월적이고 신비적인 절대의 경지를 추구한다는 점에서 상징주의 시학과 닮아 있다. 한용운이 『님의 沈默』(1926)을 통해 자연과 신에 대한 외경과 깨달음을 상징화하여 드러냈다면 김동명은 「愛慕」, 「길손의 노래」, 「나의 거문고」, 「幻想의 노래」, 「님이여」, 「노래」, 「나는 眞珠캐는배ㅅ사공」 등 많은 시편에서 신의 절대적인 경지를 추구하고 있다.

타고르가 우리에게 알려진 것은 진학문(秦學文)이 동경을 찾았을 때 그를 만난 후기를 17년 『靑春』 11월호에 수록한 후부터이고 이에 김억은 21년 ≪開闢≫ 2주년에 타고르의 『園丁』의 일부를 번역 소개한 뒤 23년에는 『기탄잘리』를 완역한 후 24년에는 『新月』과 『園丁』을 번역하여 출간하기에 이른다.[12] 한용운의 『님의 沈默』은 알려진 바대로 타고르의 영향에 힘입어 절대자를 향한 자아의 헌신과 다짐 그리고 외경 등의 세계를 상징 언어로 표현하며 '님'의 '색(色)'과 '공(空)'을 노래했다.

김동명이 타고르를 접했다는 것은 전기적 사실에 의해 밝혀진 바 있다.[13] 김동명이 절대자에 대한 향한 찬미와 고백의 형식을 취하고 있는

---

12   김용직, 『한국현대시사 2』, 글나무, 1996, 157쪽.
13   위의 책, 157쪽.

것은 한용운의 경우와 마찬가지로 신비와 구도의 세계, 절대와 초월적 세계를 상징 언어로 제시하는 것이었다. 이처럼 김동명의 절대자를 향한 언어는 상징주의가 현실을 저주받은 곳으로 인식하여 '신의 숲'으로 가기 위해 새로운 비의(秘義)를 발견하고자 했던 것처럼 김동명 역시 초월적이고 구도적인 절대의 경지를 추구하였다.

3. 『芭蕉』의 존재론적 조화와 모더니티

『芭蕉』(1938)는 『나의 거문고』(1930)의 세계를 이어가면서도 간결함이 주조를 이룬다. 시행의 길이와 호흡이 짧아지며 응축을 획득하는데 이는 미적 어조를 유지하면서 감각을 세련되게 운용하는 유연성에서 확인된다. 이와 같은 형식의 완결미는 「芭蕉」와 「水仙花」 그리고 「내 마음은」에서도 뚜렷한 바 이들 시에서는 감각과 정신이 대상에 집중하는 조응의 구체성을 보인다. 이처럼 『芭蕉』는 세계를 '관계'로 파악하고 사고를 대상과 결합하는 의지를 보이며 상징을 한층 더 선명하게 구현한다.

『芭蕉』는 김동명의 시집 중에서 완성도가 높은 시집이다. 이는 김동명이 집중적 태도를 지니면서 존재의 본성에 맞는 의미를 부여할 때 가능하다. 존재가 존엄성을 부여받는 것은 세계가 친밀하게 인식 대상으로 다가올 때이다. 그러나 이와 같은 힘들은 존재와 세계를 간절하게 요청할 때 충족된다. 존재와 세계는 실체적 대상이 아니라 주관적 관념에 의해 가까운 존재로 받아들이는 것이기 때문이다.

그대는 차듸찬 意志의 날개로

끝없는 孤獨의 우를 날르는

애달픈 마음.

또한 그리고 그리다가 죽는

죽었다가 다시 사라 또다시 죽는

가여운 넋은 아닐까.

부칠곧 없는 情熱을

가슴 깊이 감초이고

찬바람에 빙그레웃는 寂寞한 얼골이어.

그대는 神의 創作集 속에서

가장 아름답게 빛나는

不滅의 小曲.

또한 나의 적은 愛人이니

아아 내 사랑 水仙花야

나도 그대를 따라 저 눈ㅅ길을 거르리.

-「水仙花」 전문

이 시에서 '수선화'는 자연적 존재로서 인격성을 부여받으며 대상과의 거리를 유지하면서 '관계들'과 조화를 이루고 있다는 점에서 이 시집에 수록된 시 「芭蕉」와 닮아있다.[14] 「芭蕉」에서 자아가 "나는 즐겨 너를 위해 종이 되리니/ 네의 그 드리운 치마짜락으로 우리의 겨울을 가리우자"라며 대상과 감각의 '조응'을 통해 존재가 충족적인 순간으로 다가오는 것처럼 「水仙花」는 식물적 상상력을 드러내며 내면의 질서를 표상한다.

『芭蕉』에서 김동명은 가족을 등장시킴으로써 공동체에 대한 이상 세계를 꿈꾼다. 특히 '집'과 '고향'은 그 상징으로 인해 구체성을 획득하고 '가족'은 중심을 채우는 정신과 '관계'하며 장소의 내부에 정주하는 평화로운 분위기를 조성한다. 『芭蕉』는 이 존재의 '관계들'과의 연결을 통해 '조응'의 의미가 강화된다. 보들레르가 '조응'을 통해 신과 악마, 천국과 지옥, 영혼과 신체, 영원과 시간 등을 복합적으로 그려내며 낯섦과 신비를 전달한[15] 것처럼 김동명 역시 '감각과 존재'에 밀착하며 시정을 일으키는 미적 모더니티를 확보한다.

> 黃昏
>
> 여긔엔 아름다운 노래의 黃金의 古城이 있고
>
> 거룩한 어머니의 永遠한 모습이 있고
>
> 님을 찾는 무리들의 아름다운 彷徨이 있고
>
> 永遠한 神秘의 고요한 속사김이 있고

---

14 「水仙花」가 대상에 심미적 태도를 취함으로써 존재의 관계를 형성하는 데 반해 「芭蕉」는 '조국'·'향수'·'소낙비'·'밤' 등에 망국의 비애를 이입하며 숭고의 욕구를 자극한다.
15 마타이 칼리니쿠스, 『모더니티의 다섯 얼굴』, 시각과 언어, 1993, 65쪽.

맑은 情調가 있고 恍惚한 陶醉가 있고 끝없는 嘆息이 있고

또한 삶과 죽음의 有情한 訣別이 있나니

이몸이 만일에 죽는다면

원컨대 黃昏의 고요한 품속에 안겨서——

그리하여 내 最後의 숨 한토막을

黃昏의 微風에 부치고 싶으다.

-「黃昏」전문

　이 시는 구체적 존재인 '황혼'을 통해 존재성을 발견한다. 존재성이 존재의 인식을 통해 얻어지는 결과라 한다면 이 시에서에서 '黃金의 古城'·'永遠한 神秘'·'恍惚한 陶醉'·'有情한 訣別' 등을 지각하는 것은 대상을 의미론적으로 환원하는 것이다. 환원은 시선에 따른 의식 작용의 결과로 이는 미지의 것에 대한 매혹에서 비롯한다. 말하자면 과잉을 억제하고 존재성을 발견하려는 집중에 의해 가능한 것이다.

　김동명이 활발하게 활동했던 30년대는 자본주의 양식이 도입되어 근대적 문화 양식이 등장했던 시기였다. 예컨대 20년대의 상징주의가 미적 근대성을 제기했을 때 30년대는 근대 주체의 경험이 긴밀한 '관계'를 형성했다. 주체 조건의 변화는 문화의 변화를 꾀하며 형식이나 실천의 문제 나아가 자율의 문제 등을 야기하며 다양성을 옹호하는 것이었다.

　이와 같은 의미에서 시집 『芭蕉』는 자아와 대상, 주관과 객관이 긴밀한 관계를 유지하며 그 속에서 미적 순환을 이루며 자연과 현실의 이미지를 구성한다. 다시 말해 『芭蕉』는 자연의 문제를 적극적으로 다루면서 현실

중심적인 우위성을 확보한다. 김동명이 '집'과 '고향' 그리고 '가족'을 등
장시키며 '생활과 삶의 문제'를 짚어가는 것도 바로 이 현실의 무게 때문
이었다. 더욱이 『芭蕉』에서 간취되는 '현실 인식'은 '이상'과의 대비적
'관계'를 이루며 개인의 내면을 드러내는 과정에서 더욱 선명하게 드러난
다. 말하자면 고독과 비애, 삶과 죽음의 문제가 '현실 인식'의 보편적 특질
을 이루는 것으로 인간을 불완전성으로 이해하고 여기에서 유래하는 성
찰을 그의 세계관으로 인식할 때 가능한 것이었다.

> 내 마음은 湖水요
> 그대 저어 오오
> 나는 그대의 힌 그림자를 안꼬, 玉같이
> 그대의 뱃전에 부서 지리다.

> 내 마음은 燭불이오
> 그대 저 문을 닫어 주오
> 나는 그대의 비단 옷자락에 떨며, 고요히
> 最後의 한방울도 남김없이 타오리다.

> 내 마음은 나그네요
> 그대 피리를 불어 주오
> 나는 달 아래에 귀를 기우리며, 호젓이
> 나의 밤을 새이오리다.

내 마음은 落葉이오

잠깐 그대의 뜰에 머므르게 하오

이제 바람이 일면 나는 또 나그네같이, 외로히

그대를 떠나리다.

-「내 마음은」 전문

이 시에서 '호수'·'촛불'·'나그네'·'낙엽'은 자아의 내면에 일고 있는
의식에 투영되면서 각각 '고요'와 '열정', '방랑'과 '고독'을 은유한다. 이
는 베를렌느적인 비애와 우수를 담고 있으면서 내면을 사물들과 '조응'하
고 변화하는 운동성 내지는 변화성을 담아낸 것이다. 이 시는 자아와
대상이 거리를 유지하며 미의식을 드러내고 있다는 점에서 완성도를 유
지하며 4연 4행의 정형적 규칙을 유지한다.

1~3연까지의 '정적 조응'이 4연에 이르러 급격하게 '동적 조응'을 이루
며 '사랑을 노래하고 있는 시'인 것처럼 보이는 이 시는 자아의 주관을
대상에 재배열하는 '나'의 호소력으로 인해 '그대'는 '나'의 본유적인 존재
를 다스려 줄 수 있는 존재로 그려진다.

이와 같은 호소력은 절대자에게 드리는 「祈願」에서부터 「聖母마리아
의 肖像畵 앞에서」나 「受難」에서도 드러난다. 이들 시 역시 「내 마음은」
에서 보이는 '현실'의 부정성을 '이상'의 질서로 결합하고자 하는 것에서
도 드러나듯이 초월적 영역에서 정신의 지위를 갖는다. 이처럼 시집 『芭
蕉』는 현실의 질서와 이상의 질서를 결합하며 현실적 자아의 정체성을
확인하며 자연과 생명의 심미성을 드러내며 표현의 명확성과 구조의 완

결성을 확보한다.

4. 『三八線』의 이데올로기로서의 현실인식

『나의 거문고』(1930)와 『芭蕉』(1938)는 전원 심상을 동원하여 이상 세계를 제시한다. 이 과정에서 『나의 거문고』는 자연적 소재의 적극적 활용을 통해 낙원의 문제를 극화시키고 『芭蕉』 또한 이를 강화하며 심미성을 고양한다. 이에 반해 『三八線』(1947)은 '현실'의 문제가 전경화되면서 이데올로기의 문제를 시의 중심으로 내세운다. 여기에는 분단의 비극·살육과 가난과 같은 이념과 시대의 문제가 중요하게 부각되며 분노와 냉소 등의 어조와 신랄한 풍자를 화법의 내용으로 삼는다.

해방 후 좌우의 대립은 정치적 문제에서 문화적이고 생존적인 것에 이르기까지 광범위한 것이었다. 특히 40년대는 암흑기로서 어용문학의 황국신민화 작업과 전쟁을 위한 국책 사업은 견디기 어려운 것이었다. 김동명이 해방될 때까지 글을 쓰지 않은 것도 친일하지 않겠다는 의지와 무관하지 않은데 『三八線』은 이와 같은 '현실'의 연장선 상에서 자신의 입장을 고수하며 시대 인식을 드러낸다.

김동명은 이 시기 조선민주당에서 흥남시당부 위원장을 거쳐 함남도당부 위원장의 직책을 맡고 있었다. 뿐만 아니라 함흥학생의거와 같은 이유와 북(北)에 의한 정치적인 이유로 김동명은 47년 철원을 통과하여 월남한다. 『三八線』은 이런 의미에서라도 해방 후의 상황을 실감 있게 그린 시집이라 할 수 있고 이 점 때문에『三八線』은 르포르타주의 형식을 간직한 시집이라 할 수 있다. 그만큼『三八線』은 김동명의 정치적이고 개인적인 현실 인식이 여과되지 않은 채 드러나 있고 이로 인해 이 시집은『나의 거문고』와『芭蕉』에 비해 미감이 떨어지는 것도 사실이다. 그러나『나의 거문고』(1930),『芭蕉』(1938),『三八線』(1947) 이후『하늘』(1948),『眞珠灣』(1954),『目擊者』(1957) 등의 시집이 모두 '현실'에 깊이 착목하고 있다는 것을 상기한다면 이 시집이 주는 현실에 대한 의의는 크다고 볼 수 있다.

주지하듯 임화(林和)는 해방 다음 날 이원조·김남천과 함께 <조선문학건설본부>를 세운 후 그해 12월 공산당의 승인 아래 카프를 재결집하여 <문학가동맹>을 결성한다. 이에 우익 측은 박종화·오상순 등을 중심으로 46년 3월 <전국문필가협회>를 설립하며 '국가 건설'과 '민족 문학'의 당면성에 대해 견해를 제시하며 좌·우익이 '국가'와 '민족'에 관한 모색을 계속한다. 이와 같은 시기『삼팔선』은 우파 민족주의적 입장에서 '현실'의 리얼리티와 '자유'의 문제를 제기한다.

> 내 말은 네가 모르고
> 네 말은 내가 모르고
> 언제 보던 얼굴인듯 하나
> 다시 보면 딴 사람들이고,
> ≪解放≫≪由自≫≪民主主義≫조차
> 무슨 咀文이나 듣는듯 몸서리 치니
> 아하 魔法使 아저씨!

열일곱해 情드려 놓은 내故鄉은 어데다 감추었소.

—「異邦」 전문

이 시는 직서적 어법을 택하고 있지만 해방 후 북의 상황이 어떠한지를
잘 보여준다. '내 말은 네가 모르고/ 네 말은 내가 모르'는 것에서도 드러
나듯이 이념과 주장이 혼란한 정치적 상황을 드러낸다. 말하자면 '다시
보면 딴 사람들이'고 '정드려 놓은 내 고향'을 감춘 시대에 '해방'이니
'자유'니 '민주주의'는 주문과도 같은 것이다. 시의 제목이 「異邦」인 까닭
도 "正義의 이름으로 同胞"(「祖國」)를 파는 공포스러운 '현실' 때문이다.
이처럼 "宣傳塔에 監禁된/ 文字의 縱列"이 "捕虜 같이 슬"(「文字의 悲哀」)
픈 구호가 난무하는 북에서 목격한 것은 공산주의 이념과 당의 권력이
난무하는 자유가 없는 것이었다.

북에서 말하는 민주주의란 "기겁할만한 호랑이의 발톱!"으로 '아기들
은 피신할 겨를도 없'(「民主主義」)고 목숨이 위태로운 상황이 도처에 난무
할 뿐이다. 임화가 <조선문학가동맹 대회>에서 「조선민족문학 건설의
기본과제에 대한 일반보고」(≪朝鮮日報≫, 1946.2.13)를 통해 말하고자 한
것은 민족문학 건설의 근본적 해결을 위한 단계에 민주주의를 내세우며
민족문화를 성취할 것을 제창하는 것이었다. 물론 임화가 내세우는 민족
문학이란 새로운 '현실'에의 개진을 촉구하는 것으로 이는 과거 프로문학
이 내세우던 대중성과 계급주의에 기초한 논리였다. 우익 진영은 47년
2월에 결성한 <전국문화단체 총연합회>에서 김동리·이헌구·조연현·조
지훈 등이 민족정신과 문학정신의 자주성을 옹호하며 좌익의 정치주의

문학을 배격하고 있다.

특히 조지훈은 「정치주의 문학의 정체-그 허망에 향하여」(≪白民≫, 1948.5)라는 글에서 개성을 무시한 협동은 봉건주의적이며 따라서 좌익의 정치주의 문학은 타율적 노예근성이라고 맹렬하게 비난한다. 이처럼 해방 후 좌·우익의 싸움은 정치적인 것에서부터 문학 내에 이르기까지 첨예한 대립을 이루는 것이었다. 일제 잔재와 봉건 문화의 청산이 주로 좌익 진영에서 내세운 것이라면 우익 진영에서는 순수문학을 내세우며 인간성의 옹호와 같은 휴머니즘을 테제로 내세웠다.

이와 같은 시기 김동명은 좌·우익의 대립 속에서 『三八線』을 통해 그가 지닌 이념이나 자유에 대한 신념 그리고 시대가 안고 있는 인간의 문제에 대해 깊이 고민한다. 그가 관찰자로서의 태도에서 벗어나 목격자로서 증언하는 역할을 맡는 것도 바로 이러한 까닭에서이다.

이 시집이 47년에 발간되었다는 사실은 두 가지 측면에서 의의를 지닌다. 하나는 북의 공산화 과정에서 공산주의를 비판하고 그 허위를 맹렬하게 지적하고 있어 '증언시집'이라고 할 수 있을 정도로 생생하게 북의 실상을 담고 있다는 것이다. 이는 이후에 『적과 동지』, 『역사의 배후에서』와 같은 정치 평론집을 펴내며 정치와 인간·현실과 문학의 문제에 몰두하게 되는 동력으로 작용했다.

다른 하나는 이러한 논리가 김동명의 '민족 문학'적 성격을 드러내고 있다는 점이다. 민족 문학이 역사와 시대 속에 처한 국면을 파헤치며 그 속에 담겨 있는 상황과 진실을 담아내는 것이라면 『三八線』은 좌·우익의 대립 속에서 현실 인식을 눈에 보이듯이 담아내고 있다.

너는 人類가 가진 아름다운 浪漫의 하나,

그러기에 젊은 마음들이 흔히 네게 情熱을 기우림은

하나의 生理的 宿命이기도 한가 보드라.

허나………

아아 世紀의 妖花여! 魅力이어!

우리는 네의 名譽와 榮光을 위하야 가만히 귀ㅅ속하노니

侵略者의 앞자비란 어데 당한 짓이뇨.

–「共産主義」 전문

공산주의를 '人類가 가진 아름다운 浪漫'이라고 상찬한 뒤 '젊은 마음들'이 '情熱을 기울이'는 것을 '生理的 運命'이라고 해석하고 있지만 이는 공산주의가 "世紀의 妖花"라는 것을 조롱하고 비판하기 위한 것이다. 인간이 생명과 재산 등의 자연권을 권력의 자의성으로부터 보호받아야 한다고 할 때 김동명이 『三八線』에서 적시하고 있는 것은 이러한 기본권에 대한 인식에서 출발한 '휴머니즘'에 바탕한다. 이러한 인식은 관념에 의한 것이 아니라 북에서 직접 보고 느낀 것을 실체화하고 있는 '휴머니즘'이라는 점에서 우월성을 갖는다.

개인과 공동체의 자유를 존중하는 김동명의 사유에는 '자유주의'가 자리하고 있다. 이는 공산 정당의 권력과 지도적 권위인 전체주의에 대한 항거라고도 볼 수 있는데 김동명이 『三八線』에서 북의 '현실'을 생생하게 정초하고 있는 것도 강요된 체제에 대한 이데올로기의 허위성을 간파하는 것이었다. 인간의 공통 의지가 강제됨으로써 똑같은 의지를 갖는 것은 복종을 요구하는 전체주의적 지배에 의한 것이다. 이를 직접적으로 비판하고 있는 것은 강제적인 권위에 대항하는 자연권에 대한 김동명의 경험적 분노라고 할 수 있다. 이는 다음과 같은 시에서도 드러난다.

이 地方에 있어서 ≪自由≫는 완전히 禁制品의 하나다.

阿片쟁이 처럼 門을 닫어걸고 조심 조심히 가저 보는일이 있다할지라도

들키기만 하는 날에는 罰보다도 천대가 더 무섭다.

아아 레텔도 華麗한, 저 쇼윈도―안에 陣列되여 있는 自由!

허나 이사람아, 그건 商品이 아닐세 그저 粧飾用으로……

그러기에 손을 대서는 안된다네.

－「自由」 전문

인간이 타인에 의해 지배되는 존재가 아니라 스스로 자신의 삶을 사는 존재라 할 때 자유는 스스로의 권리와 선택에 의한 것이다. 김동명이 공산주의에 대해 비판적 거리를 유지하며 자유에 대한 의지를 보이는 것도 바로 권리에 대한 박해에서 비롯한다. 「自由」는 공산주의가 내세우고 있는 권력의 모순이나 자유의 모순을 지적하며 풍자하고 냉소하고 있는데 이는 단지 공산주의의 이념을 부정하는 것에서 그치는 것이 아니라 공산주의 체제가 갖는 억압과 폭력에 대한 비판과 폭로라는 점에서 「自由」는 『三八線』에서 인권의식의 중요한 부면이다. 현실이 부정되는 것은 현실 그 자체에도 있지만, 현실 속에 사는 인간의 상황이 고려될 때 한층 고조된다. 김동명이 '自由'를 '阿片쟁이'로 비유한 것도 끊을 수 없는 자유의 권리

때문일 것이다. 이 같은 사유는 다음의 시에서도 확인된다.

人權.

이것으로 우리의 위대한 領導者들이, 낡은 世代의 骨董品 처럼 저들의 客
室을 粧飾하는것쯤은 거이 流行이기도 하지마는, 一般 庶民階級에서의 個人
所有는 絶對 拒否다. 그러나 아모도 不平을 느끼지 않는다. 우리들에게 있
어서 이것은 벌서 완전히 한개의 侈奢品이므로……

이제 未久에 벌레들이 우리에게 婚談을 걸어 올른지도 모른다!

－「人權」전문

이 시에서 '人權'은 '骨董品'과 '侈奢品'으로 '一般 庶民階級에서의 個人
所有는 絶代 拒否'되는 물품으로 취급된다. 인권을 물질화시켜 유통품으
로 전락한 현실을 비판하고 있는 이 시는 「自由」와 마찬가지로 권리와
선택을 잃어버린 현실을 직설적으로 폭로한다. 이 폭로가 가능한 것은
김동명이 몸소 겪은 북의 현실 때문이다. 앞서 살펴본 「異邦」, 「共産主義」,
「自由」 등과 더불어 「人權」은 구어적 어법의 '증언'과 '폭로'의 형식을
지닌다.

이처럼 시집 『三八線』은 체험을 사실적으로 묘파하며 민족이 처한 현
실에서 이데올로기의 문제와 자유의 문제 그리고 인권의 문제 등을 폭넓
게 다루는 민족 문학적 성격을 지닌다. 『三八線』이 『나의 거문고』나 『芭
蕉』와 다르게 현실의 문제에 깊이 천착하고 있는 것은 이들 시집에서

보여 왔던 이상적 세계에 대한 열망이 좌절된 것에 기인한다. 『나의 거문고』와 『芭蕉』에서 보이던 '전원' 상징이 소거되고 '현실'에 착목하는 것에 급급하다는 것은 그만큼 절망의 크기를 드러내는 것이기 때문이다. 이 같은 점은 『하늘』(1948), 『眞珠灣』(1954), 『目擊者』(1957) 등의 시집으로 이어진다.

5. 결론

김동명은 신석정·김상용과 함께 '전원시인'으로 널리 알려져 있다. 그러나 역설적이게도 김동명에 대한 이와 같은 범주 규정은 김동명의 시 세계를 폭넓게 바라보는 데 있어 한계를 노정한다. 김동명은 '전원시인'으로서뿐만 아니라 상징주의를 근대시사에 뿌리 내리게 했으며 모더니즘과 리얼리즘의 양상 역시 그의 시 속에 수반되어 있기 때문이다.

김동명은 23년 ≪開闢≫ 10월호에 「만약 당신이 내게 門을 열어주시면」을 발표한 이래 48년까지 전 6권의 시집을 출간하며 해방 후까지 활발하게 시작 활동을 이어갔다. 본 논문에서는 6권의 시집 중 전반부에 해당하는 『나의 거문고』(1930), 『芭蕉』(1938), 『三八線』(1947)을 대상으로 그 변모 양상을 살펴보았다.

김동명이 문학적 성취를 개진했던 20년대는 국내에서도 문학적 소개가 다양하게 이루어졌으며 상징주의 역시 소개가 되어 김억·주요한·남궁벽·이상화·한용운·변영로 등이 이를 시험하고 정착시켰다. 그런가 하면

30년대는 민족어의 발견과 서정의 성취·지적 감각의 성취와 미의 세련된 이미지 그리고 초현실주의와 같은 아방가르드가 근대성의 한 축을 형성하였다.

이와 같은 배경 속에 김동명의 첫 시집 『나의 거문고』(1930)에는 청춘의 격정과 죽음의 문제에서부터 먼 곳을 향한 이역풍정(異域風情) 그리고 슬픔과 꿈·고독과 명상을 각인해 놓았다.

두 번째 시집 『芭蕉』(1938)는 간결한 시행과 심미적 완성도를 바탕으로 공간과 장소가 구체화되어 나타나며 일정하게 미적 거리를 확보하고 있는 모더니즘과 관계한다.

세 번째 시집 『三八線』(1947)은 『나의 거문고』(1930)와 『芭蕉』(1938)에서 보이던 전원 상징이 현실로 옮겨오면서 해방 공간의 좌·우 이데올로기 속에 북의 상황을 냉소하고 풍자한다. 이와 같은 의미에서 『三八線』은 민족문학으로서의 가능성을 담지한다.

김동명은 시뿐만 아니라 삶에 있어도 치열하게 자신의 본분을 다하였다. 해방 후 정치에 참여함으로써 '현실 인식'의 실천을 보여주었다. 아울러 그는 역사와 시대·민족과 삶의 문제를 『하늘』(1948), 『眞珠灣』(1954), 『目擊者』(1957) 등의 시집으로 이어가며 『敵과 同志』(1955), 『歷史의 背後에서』(1958)와 같은 정치 평론집을 통해 그의 신념을 담아냈다. 시인으로서 교수로서 정치인으로서 고통의 격랑 속에 현실을 바로 보려는 김동명의 시가 더욱 새롭게 자리매김하기를 고대한다.

참고문헌

1. 기본자료

김동명,『나의 거문고』, 신생사, 1930.

_____,『芭蕉』, 신성각, 1938.

_____,『三八線』, 문릉사, 1947.

_____,『하늘』, 문릉사, 1948.

_____,『眞珠灣』, 이화여자대학교출판부, 1954.

_____,『目擊者』, 인간사, 1957.

2. 단행본 및 논문

김용성,『한국현대문학사탐방』, 국학자료원, 2011.

김용직·김치수·김종철 엮음,『문예사조』, 문학과 지성사, 1977.

마타이 칼리니쿠스,『모더니티의 다섯 얼굴』, 시각과 언어, 1993.

심은섭,「초허 첫 시집『나의 거문고』발굴에 따른 諸고찰」,『김동명 문학 연구』, 2018.

엄창섭,「초허의 시적 특이성과 죽음 의식 연구」,『김동명 문학 연구』, 2020.

해럴드 블룸,『영향에 대한 불안』, 문학과 지성사, 2012.

김수영 시의 소외 연구

1. 서론

이 글은 김수영 시에 나타난 소외의 문제를 살펴보는 데 그 목적이 있다. 김수영은 45년 ≪藝術部落≫에 「廟庭의 노래」를 발표하며 작품 활동을 시작한 이래 68년 교통사고로 타계할 때까지 자신과의 싸움 속에서 현실에 대항해 고립과 무력감을 드러내며 지식으로서의 정체성을 확인하고자 하였다.[1] 주지하다시피 김수영은 4·19를 기점으로 적극적으로 자유를 노래했다. 김수영에게 있어 자유는 정상성을 부여하는 것으로 김수영이 4·19를 통해서 보다 현실에 밀착했던 것은 공동체 의식 속에서 나온 것이었다. 5·60년대는 전쟁과 극복의 과정 속에서 개인과 사회가

---

[1] 김수영의 시가 주로 진술에 의해 고백적으로 씌어졌다는 데 주목할 필요가 있다. 그는 일기를 쓰듯이 써 내려가며 형식에 구애됨이 없이 내면의 절규를 산문적으로 노래했다.

총체적으로 재편되는 전환의 시기였다. 5·16 이후 사회의 지배구조와 자본주의 생산 방식이 통치의 한 형태로 자리 잡고 있었고, 근대화의 주체 속에서 지식인의 역할이 증대되는 시기라 할 수 있다.

현실 속에서 개인은 능동적인 힘을 갖지 못하고 개인과 사회와의 간격을 좁히려는 노력을 통해 현실과 개인의 욕망이 무엇인지를 직시한다. 김수영이 자유를 열망하고 부정을 추방하고자 하는 것은 자유가 절대정신의 속성을 지니고 있기 때문이다. 또한 김수영이 열등감·무력감·사회적 고립감 등을 변증적으로 전화(轉化)시키고자 하는 것도 자유의 절대성 때문이었다.

소외 역시 비인간화와 함께 인간의 문제를 상정하는 중요한 부면이다. 인간이 자신을 유지해야 하는 것도 바로 이 점에서다. 소외는 소외되기 전의 상황과 소외된 이후의 상황이 다르다. 이는 단지 정서적인 문제에 그치는 것이 아니라 경제·문화·제도·인간관계·자기 동일성과 같은 문제와 상관한다. 따라서 소외의 원인과 과정 그리고 극복의 방법과 양상을 함께 살피는 일은 개인과 현실과의 관계성을 보다 명확하게 밝혀낼 수 있을 것이다.

소외에 대해 누구보다도 주목한 사람은 헤겔이었다. 그는 존재를 개인이 스스로 간직해 온 자기의 본체를 외화(外化)시키는 가운데 현존하는 실체로 보고, 통일을 이루기 위해서는 자신을 확장하고자 하는 정신이 요구되는데 개인이 대상과 동일성을 이루지 못할 때 소외가 발생한다고 말한다.[2] 마르크스는 개인이 노동을 통해 만들어 낸 생산물이나 계급으로 인해 착취와 억압의 관계에 기반하고 있을 때 소외가 동반될 수밖에 없다며 이를 극복하기 위해서는 새로운 생산 양식을 채택하여야 한다고 주장한다.[3] 하이데거는 기술 문명의 상황에서는 허무와 불안에 빠질 수밖에 없다고 보고, 소외를 죽음과 연관지어 파악하고 있다. 그에게 있어 소외란 타락의 존재 양상이며 죽음으로부터 도망치기 위한 종말의 본질이다.[4] 뒤르켐은 사회 공동체와의 애착과 조화가 이루어지지 않을 때 아노미적 현상과 자살이 이루어질 수 있다고 보고, 다른 존재로부터 지나치게 자신을 격리시키면 더 이상 의식의 원천과 소통할 수 없게 되며 의식을 적용할 대상을 찾지 못한다고 지적한다.[5] 프롬은 소외를 이질적인 존재로 인식하며 개인은 사회적 기능을 주관적으로 위장한 것에 불과한 것[6]이라고 주장한다.

김수영에게 소외는 결단을 통해 나아가야 하는 어떤 것이었다. 소외는 후회·죄책감·두려움·신념과 같은 도덕적 가치뿐만 아니라, 정치와 사회 구조 내의 불합리와 부조리 그리고 죽음과 같은 존재의 유한성과도 깊은 상관성을 갖는다. 이 글은 이와 같은 논의를 바탕으로 김수영 시에 나타난 소외의 원인과 양상 그리고 극복의 방법을 중심으로 살펴볼 것이다.

2   프리드리히 헤겔, 임석진 옮김, 『정신현상학 1·2』, 지식산업사, 1988, 597-609쪽.
3   칼 마르크스, 김영민 옮김, 『자본 1·2』, 이론과 실천, 1987, 363-373쪽.
4   마르틴 하이데거, 전양범 옮김, 『존재와 시간』, 동서문화사, 1992, 327쪽.
5   에밀 뒤르켐, 황보종우 옮김, 『자살론』, 청아출판사, 2008, 349쪽.
6   에리히 프롬, 원창화 옮김, 『자유로부터의 도피』, 홍신문화사, 2006, 101쪽.

2. 김수영 시의 소외의 원천과 양태

2.1. 문단과 시로부터의 소외

42년 김수영은 선린 상업학교를 졸업한 뒤 도쿄로 건너가 나카노(中野區街吉町)에 하숙하며 조후쿠(城北) 고등예비학교에 들어간다. 그러나 곧 학교를 그만두고 쓰키지(築地) 소극장 창립 멤버였던 미즈시나 하루키(水晶春樹) 연구소에 들어가 연출 수업을 받는다. 이후 태평양 전쟁으로 만주 길림성(吉林城)으로 떠나 그곳에서 <춘수(春水)와 함께>라는 연극을 상연한 후 해방을 맞아 충무로 4가에 거처를 마련한다. 이후 박인환이 경영하는 서점 마리서사(茉莉書舍)에 출입하면서 48년 <詩建設>을 결성하고 이듬해 「아메리카 타임誌」와 「孔子의 生活難」을 발표한다. 박인환과 문학적 교류를 통해 문단과 활동을 이어갔던 김수영은 박인환이 죽자 장례식에 참여하지도 않고 추도식에도 일부러 가지 않았다고 고백하며 시우(詩友)였던 박인환을 다음과 같이 회고한다.

인환! 너는 왜 이런, 신문기사만큼도 못한 것을 시라고 쓰고 갔다지? 이 유치한, 말발도 서지 않는 후기, 어떤 사람들은 너의 「목마와 숙녀」를 너의 가장 근사한 작품이라고 생각하는 모양인데, 내 눈에는 <목마>도 <숙녀>도 낡은 말이다. 네가 이것을 쓰기 20년 전에 벌써 무수히 써먹은 낡은 말이다. <원정(園丁)>이 다 뭐냐? <배코니아>가 다 뭣이며 <아포롱>이 다 뭐냐? (…중략…) <초현실주의 시를 한 번 쓰던 사람이 거기에서 개종해서 나오면

그전에 그가 쓴 초현실주의 시는 모두 무효가 된다〉는 의미 있는 말이었다. 그 말을 듣고 프로이트를 읽어보지도 않고 모더니스트를 추종하기에 바빴던 나는 얼마나 오랫동안 너의 그 말을 해석하려고 했는지 모른다.

−「박인환(朴寅煥)」 부분[7]

죽은 이에게는 허물을 덮어두는 것이 예법에 속한 일이라고 볼 때 이 증오[8]는 매우 이례적인 일에 속한다. 박인환이 김수영의 등단작인 「廟庭의 노래」를 읽고 낡고 고답적이라며 조소를 보낸 일은 김수영에게 깊은 상처를 남겼다. 그 후 이 작품이 게재된 ≪藝術部落≫의 창간호는 마리서사의 진열장에서 푸대접을 받았고, 거기에 드나들던 모더니스트의 묵살의 대상이 되고, 역시 거기에 드나들던 자신의 자학의 재료가 되었다는[9] 김수영의 고백은 심한 내상을 동반하는 것이었다. 더욱이 박인환이 모더니즘의 선두로서 마리서사를 거점으로 김기림·김광균·오장환 등 문단의 중심 인물들이 모인 것을 감안하면 박인환뿐만 아니라 문학 집단으로부터도 위축감을 느낄 수밖에 없었다.

박인환이 30년대 김기림과 김광균류의 모더니즘을 새롭게 하고자 〈후반기〉 동인을 결성한 것은 극복의 의미를 지니고 있었다. 그러나 김수영

---

7   이영준 엮음, 「박인환(朴寅煥)」, 『김수영 전집 2』, 민음사, 2009, 99쪽.
8   "네가(박인환) 죽기 전까지도 나는 너의 수많은 식언의 피해에서 벗어나려고 너를
     증오했다."라는 표현에서 잘 드러나듯 문학적이든 성격적이든 김수영과 박인환의 관
     계는 원만하지 않았다.(위의 책, 99쪽.)
9   「연극하다가 시로 전향」, 위의 책, 332−333쪽.

은 <후반기> 모더니즘이 형식에 치중하여 "지성인으로서 시인의 기저에 신념이 살아 있"[10]지 못했다고 비판했다. "모더니티란 외부로부터 부과하는 감각이 아니라 내면에서 우러나오는 지성의 화염(火焰)이며, 따라서 그것은 시인이-육체로서-추구할 것이지, 시가-기술면으로-추구할 것이 아"[11]닌 까닭이었다.

김수영이 보기에 박인환의 시는 현실을 직시하지 못하고 포즈에 치우쳐 "일정한 연장에 의해서 찍어내는 블록"[12]같은 것이었다. 그러나 김수영이 박인환에 대해 "그처럼 재주가 없고 그처럼 시인으로서 소양이 없고 그처럼 경박하고 그처럼 값싼 유행의 숭배자가 없었"[13]다고 말하며 "신문 기사만큼도 못한 시"라고 깎아내리고 있는 이면에는 박인환을 천재로 떠받드는 문단 분위기에 대한 반감과 소외가 응고되어 있었다. 이는 박인환을 중심으로 모였던 김경린·이봉래·조향·김규동·김차영 등의 모더니즘 운동에 대해 '실험과 방황에 그치는 사상의 결여'라고 비판하며 일정 부분 거리를 둔 것에서도 알 수 있다. 김수영이 집단과 조직에 몸담는 일을 싫어한 것은 말할 것도 없지만 직장에 지속적으로 귀속된 일이 없이 번역에 매달린 것도 바로 생래적으로 어울리기 싫어하는 까닭에 연유한 것이었다.

프롬은 가장 견디기 어려운 공포는 타인으로부터 고립과 추방에 대한

10 「문맥을 모르는 시인들」, 『김수영 전집 2』, 앞의 책, 328-329쪽.
11 「모더니티의 문제」, 위의 책, 516쪽.
12 「문맥을 모르는 시인들」, 위의 책, 329쪽.
13 「박인환(朴寅煥)」, 위의 책, 98쪽.

공포라고 말한다. 그리고 이와 같은 것을 극복하기 위해서는 "외부의 것과 결합하면서도 책임과 이해를 바탕으로 자신과 타인의 독립성을 유지할 수 있는 것이 생산적 관계"[14]라고 말한다. 그러나 기질적으로 가부장적이고 독선적이며, 자신에게 몰두하는 김수영에게 인간 관계를 생산적 관계로 형성하기는 어려웠다.[15] 이는 김수영이 "마리서사에 리버럴리스트들이 자주 나타나 전위 예술의 소굴 같은 감을 주게 되었지만, 속화(俗化)의 제일보를 내딛기 시작한 때로 문학 이전에 있었다"[16]라는 말을 상기할 때에도 교유 관계가 원만하지 않았음을 짐작할 수 있다. 김수영은 생전에 크게 주목받지 못했는데 이에 대한 몇몇 주요한 논의는 유종호의 「현실 참여의 시, 수영, 봉건, 동문의 시」(≪세대≫, 1963), 김현승의 「김수영 시의 시적 위치」(≪현대문학≫, 1967.8) 등이 있고 사후 백낙청의 「김수영의 시세계」(≪현대문학≫, 1968.8) 등이 있다. 그에 대한 평가가 왕성하게 이루어진 것은 70년대에 이르러서다.

나는 형편없는 저능아이고 내 시는 모두가 쇼이고 거짓이다. 혁명도, 혁명을 지지하는 나도 모두 거짓이다. (…중략…) 나는 <고독>으로부터 떨어져 얼마나 긴 시간을 살아온 것일까. (…중략…) 나는 유언장을 쓰고 있는 기분

---

14   에리히 프롬, 황문수 옮김, 『사랑의 기술』, 문예출판사, 1998, 156-157쪽.
15   시인이 "시대에 뒤떨어진 현실을 직시할 때 참다운 시가 나오고 이것이 현대시의 양심이자 작업으로 우리시는 이 자각의 밀도가 있어야 우리의 비애가 무엇인지를 가르쳐 준다."(「모더니티의 문제」, 『김수영 전집 2』, 앞의 책, 516쪽.)는 자신만의 시적 인식을 여실하게 드러내는 발언이다.
16   「마리서사」, 『김수영 전집 2』, 앞의 책, 105-110쪽.

으로 지금 이걸 쓰고 있지만, 난 살 테다!

-「1961.2.3.」¹⁷

자학은 동일성을 상실하고 무력에 빠져 자신에게 벌을 부과할 때 발생한다. 자학은 공격성이 외부를 향해 있는 가학과는 달리 공격이 자신을 향해 있다는 점에서 더욱 밀접하게 소외와 결부된다. 외부에 대한 공격이 이루어질 수 없고 그러한 상황조차 이루어지지 않을 때 소외는 자신의 내부를 선회한다. 김수영이 자신의 시를 "쇼"이고 "거짓"이라고 고백하고 있는 것은 자신의 시로부터의 소외를 의미한다. 이는 자신을 왜곡하여 바라보고 있을 때 드러난다.

김수영이 "시작(詩作)이란 <머리>로 하는 것이 아니고, <심장>으로 하는 것도 아니고, <온몸>으로 동시에 밀고 나가는 것이다"[18]라고 했을 때 김수영 자신이 자신의 시에 대해 '쇼'라고 하고 거짓이라고 하는 것을 다소 확대하여 말하자면 그 자신이 주장하고 있는 <온몸>으로부터의 소외라 할 수 있다. 마찬가지로 "<온몸>의 이행이 사랑이라는 것"[19]이라는 김수영의 말 역시 떠올린다면 이는 결국 사랑으로부터의 소외라는 말도 성립된다.

만약에 나라는 사람을 유심히 들여다본다고 하자

---

17 「1961년 2월 10일 일기」, 『김수영 전집 2』, 앞의 책, 509쪽.
18 「시여, 침을 뱉어라」, 위의 책, 388쪽.
19 위의 책, 388쪽.

그러면 나는 내가 시(詩)와는 반역된 생활을 하고 있다는 것을 알 것이다

먼 산정에 서 있는 마음으로
나의 자식과 나의 아내와
그 주위에 놓인 잡스러운 물건들을 본다
(…중략…)

함부로 흘리는 피가 싫어서
이다지 낡아빠진 생활을 하는 것은 아니리라
먼지 낀 잡초 위에
잠자는 구름이여
고생도 마음대로 할 수 없는 세상에서는
철 늦은 거미같이 존재 없이 살기도 어려운 일

방 두 칸과 마루 한 칸과 말쑥한 부엌과 애처로운 처를 거느리고
외양만이라도 남과 같이 살아간다는 것이 이다지도 쑥스러울 수가
있을까

시를 배반하고 사는 마음이여
자기의 나체를 더듬어보고
살펴볼 수 없는 시인처럼
비참한 사람이 또 어디 있을까

거리에 나와서 집을 보고

집에 앉아서 거리를 그리던 어리석음도 이제는 모두 사라졌나 보다

날아간 제비와 같이

날아간 제비와 같이 자국도 꿈도 없이

어디로인지 알 수 없으나

어디로이든 가야 할 반역의 정신

나는 지금 산정에 있다―

시를 반역한 죄로

이 메마른 산정에서 오랫동안 꿈도 없이 바라보아야 할 구름

그리고 그 구름의 파수병인 나

-「구름의 파수병」 부분

김수영은 이 시에서 자신은 "시와는 반역된 생활"을 하고 있고 "시를
배반하"여 살고 있다고 고백한다. 반역이란 존재와의 적대적 관계이며
불안과 갈등을 동반하며 힘의 균형을 잃은 상태이다. 목적과 지향이 수반
되는 시와 반역된 생활을 한다는 것은 온전성을 잃는 것이다. 이런 경우에
는 혼돈의 상태가 지속될 수밖에 없다. 자신의 내부로 방향을 바꿔 공격을
자신에게 퍼부을 때 "산정"에 머물러 마치 돌을 굴리고 다시 정상으로
밀어 올리는 일을 반복해야 하는 시시포스처럼 "시를 반역한 죄"로 "꿈도
없"이 구름만을 파수(把守)해야 할 뿐이다. 김수영에게 있어 시란 고통을

이겨내는 참된 존재에 해당한다. 이 참된 존재와 마주하지 못하고 "시를 배반하고 사는 마음"은 비참한 자신과의 상면이다.

가까이 할 수 없는 서적이 있다
이것은 먼 바다를 건너온
용이하게 찾아갈 수 없는 나라에서 온 것이다
주변 없는 사람이 만져서는 아니 될 책
만지면은 죽어버릴 듯 말 듯 되는 책
캘리포니아라는 곳에서 온 것만은
확실하지만 누가 지은 것인 줄도 모르는
제2차 대전 이후의
긴긴 역사를 갖춘 것 같은
이 엄연한 책이
지금 바람 속에 휘날리고 있다
어린 동생들과의 잡담도 마치고
오늘도 어제와 같이 괴로운 잠을
이루울 준비를 해야 할 이 시간에
괴로움도 모르고
나는 이 책을 멀리 보고 있다
그저 멀리 보고 있는 것이 타당한 것이므로
나는 괴롭다
오— 그와 같이 이 서적은 있다

그 책장은 번쩍이고

연해 나는 괴로움으로 어찌할 수 없다

이를 깨물고 있네!

가까이 할 수 없는 서적이여

가까이 할 수 없는 서적이여

-「가까이 할 수 없는 서적」 전문

주지하다시피 서적은 세계와 무한성을 상징한다. 책은 손의 감각과
맞대면서 무한한 세계를 펼쳐 보이고 사유에 의해 의식 대상으로 자리를
잡는다. 김수영은 서적을 제재로 「가까이 할 수 없는 서적」·「아메리카
타임지(誌)」·「방안에서 익어가는 설움」·「서책(書冊)」·「국립도서관(國立
圖書館)」·「육법전서(六法全書)와 혁명(革命)」·「만시지탄(晚時之歎)은 있지
만」·「엔카운트지(誌)」·「VOGUE야」 등의 시를 썼는데 이 작품들은 책이
현실적인 사유로 전환된다는 공통점을 지닌다.

아직 펼쳐 보이지 않은 서적은 아직 펼쳐지지 않은 세계다. 이 시에서
주체인 나와 대상인 시가 합치를 이루지 못하고 소외에 함몰되어 있듯이
'나'는 서적과 가까이 갈 수 없다. 이 서적은 "주변 없는 사람이 만져서는
아니 될 책"이며 "만지면은 죽어버릴 듯 말 듯 되는 책"이다. 존재가 개방
성으로 친밀성을 갖듯이 부름에 의해 비로소 서적은 서적이 된다. 존재의
의미를 담고 있는 책은 그러나 내던져 있음으로 개시되지 않고 죽음의
세계에 맞닿아 있다. 나는 "책을 멀리 보고 있"을 뿐 거리를 두고 대립한
다. 이로 인해 책과의 싸움은 주체의 소외를 낳으며 의지와 결단을 상실한

다. 비록 "책이/ 지금 바람 속에 휘날리고 있"다고 했지만 그것은 주체에 의한 것이 아니며 '바람'은 책을 가까이 할 수 없는 내부의 무력감을 상기한다. 이 무력감은 괴로움을 동반하며 "이를 깨물고 있"는 자신과 마주하게 한다.

김수영이 철저하게 자신을 무장하여 나가고자 할 때 현실은 뚫고 나가야 하는 것이었다. 그것은 싸움을 통해 본질을 구하는 것이었지만 이 과정에서 무력감과 소외를 경험할 수밖에 없었다. 이것은 주체의 시선에서 떼어 놓은 무관심과는 달리 감정이 관여하고 있다는 점에서 주체의 바깥은 언제든지 내부에 관여할 수 있기 때문이다. 박인환이 김수영의 존재를 대수롭지 않게 여기며 모더니즘의 기수로서 성취를 이루며 환호를 받을 때 김수영이 이룰 수 있었던 것은 몇 편의 시와 초라한 생활뿐이었다. 이런 상황 속에서 김수영이 취할 수밖에 없었던 것은 박인환과 그를 둘러싼 문단과 시인들에 대해 적대적 태도를 보이는 것이었다. 또한 시에 있어서도 대결은 피할 수 없는 대결이었으며 괴로움을 주는 존재로서 반감과 소외의 양극을 오가는 힘겨운 싸움이었다. 그러나 소외가 어떤 필연성으로부터 떨어져 오로지 부재하는 것으로서의 고립에 머무는 것에 비해 김수영의 소외는 다른 것을 사유하기 위한 것이라는 점에서 긍정적이었다.

2.2. 생활과 현실의 무력감

김수영이 활동했던 60년대는 분단 체제를 극복하려는 과정에 있었고 경제적 토대에 있어서도 근대화 과정 속에 있었다. 따라서 이 시기는 가능성과 위험이 함께 내재해 있었으며 생존의 문제가 시급한 과제로 떠올랐다. 이 과정에서 산업화와 기술화는 전환기적 성격을 띠며 삶을 전반적으로 바꿔놓기 시작했다. 김수영이 참여를 이야기하는 것도 바로 이와 같은 기저에 있다.[20]

김수영은 이때의 생활에 대해 "번역을 부업으로 삼은 지가 어언간 10년이 넘는다. (…중략…) 사실 나는 수지도 맞지 않는 구걸 번역을 하면서 나의 파렴치를 지나친 겸허감으로 호도해 왔다"라고 토로한다.[21] 김수영이 "구걸 번역"이라고 자조하고 심지어는 "청부 번역"[22]이라고까지 말하고 있는 데에는 무력감과 생활로부터의 소외가 깔려 있다. "나는 무슨 영문학자도 아니고 불문학자도 아니니까 번역가라는 자격도 없"[23]다는 자조(自嘲)에서도 드러나듯이 생활의 과정 속에 소외는 노동으로부터의 소외뿐만 아니라 욕망으로부터의 소외를 의미한다. 이와 같이 생활은 김수영에게 있어 극복하기 어려운 대상으로 실재했다. 김수영에게 생활은 받아들이는 것이 아니라 뚫고 나가는 것이었기 때문이다.[24]

　　시장거리의 먼지 나는 길 옆의

20　「지식인의 사회참여」, 『김수영 전집 2』, 앞의 책, 213–219쪽.
21　「번역자의 고독」, 위의 책, 56쪽. 김수영의 당시 주 수입원은 번역료였다. 자신은 부업이라고 칭하고 있지만 실제로는 주업인 셈이었다.
22　위의 책, 56쪽.
23　위의 책, 56쪽.
24　「1955년 2월 2일 일기」, 위의 책, 490쪽.

좌판 위에 쌓인 호콩 마마콩 멍석의

호콩 마마콩이 어쩌면 저렇게 많은지

나는 웃음이 터져 나왔다

모든 것을 제압하는 생활 속의

애정처럼

솟아오른 놈

(유년의 기적을 잃어버리고

얼마나 많은 세월이 흘러갔나)

여편네와 아들놈을 데리고

낙오자처럼 걸어가면서

나는 자꾸 허허…… 웃는다

무위와 생활의 극점을 돌아서

나는 또 하나의 생활의 좁은 골목 속으로

들어서면서

이 골목이라고 생각하고 무릎을 친다

생활은 고절(孤絶)이며

비애였다

그처럼 나는 조용히 미쳐 간다

조용히 조용히……

－「생활」 전문

이 시는 김수영 시에서 드물게 시선이 이동하는 관점을 택한다. 이 이동은 골목의 외부 공간에서 내부 공간으로 이동한다. 이때 1연이 시장의 열린 공간에 의해 촉발되는 것이라면 4연은 좁은 골목을 걸어가며 자신 내부를 향해가는 길이다. 따라서 골목은 내면과 마주하는 접촉이 이루어지는 곳이다. 김수영이 "골목"을 통해 자신을 "낙오자"로 인식하고 있는 것은 자신과 생활과의 거리를 뜻하는 것으로 이는 생활과의 대결에서 실패했음을 의미한다. 소외는 병리학적이며 사회적 현상[25]이다. 김수영이 생활과 자신에 대해 부정의 감정을 갖는 것은 세상으로부터 소외로 인한 것일 수 있다. 인간은 생활과 동일성을 유지하며 정상성을 지닐 때 조화와 균형을 유지할 수 있다. 이러한 균형을 유지하지 못할 때 김수영 내면에서 지향하는 의식은 부정과 비판의 감정으로 드러날 수밖에 없으며 "고절(孤絶)의 비애" 끝에 "조용히 미쳐"갈 수밖에 없는 것이다.

비가 그친 후 어느 날─

나의 방 안에 설움이 충만되어 있는 것을 발견하였다

---

25 프리츠 하이네만, 황문수 옮김, 『실존철학』, 문예출판사, 1988, 17쪽.

오고 가는 것이 직선으로 혹은

대각선으로 맞닥뜨리는 것 같은 속에서

나의 설움은 유유히 자기의 시간을 찾아갔다

설움을 역류하는 야릇한 것만을 구태여 찾아서 헤매는 것은

우둔한 일인 줄 알면서

그것이 나의 생활이며 생명이며 정신이며 시대며 밑바닥이라는 것을 믿었

기 때문에―

아아 그러나 지금 이 방 안에는

오직 시간만이 있지 않으냐

(…중략…)

이 밤을 기다리는 고요한 사상마저

나는 초연히 이것을 시간 위에 얹고

어려운 몇 고비를 넘어가는 기술을 알고 있나니

누구의 생활도 아닌 이것은 확실한 나의 생활

마지막 설움마저 보낸 뒤

빈 방 안에 나는 홀로이 머물러 앉아

어떠한 내용의 책을 열어보려 하는가

　　　　　　　　　　　　　－「방안에서 익어가는 설움」 부분

김수영에게 생활은 "도회 안에서 쫓겨다니는 듯이 사는 어느 소설보다도 신기로운"(「달나라의 장난」) 것이며, "백골"이자 "열도(熱度)를 측량할 수 없"(「애정지둔(愛情遲鈍)」)는 것이었다. 김수영이 자본화되어 가는 세태 속에서 "돈이 없다는 것을 오랜 친근"(「후란넬 저고리」)이라고 말한 것은 결핍을 자조하는 것이었다. "나에게 30원이 여유가 생겼다는 것이 대견하다/ 나도 돈을 만질 수 있다는 것이 대견하다"(「돈」)라고 했을 때 그것은 욕구의 충족이라기보다는 실의와 설움을 드러내는 것이었다. "설움"이 감정의 비애로 인해 자신과 괴리가 생길 때 발생하고 욕망이 해결되지 못하고 충족되지 않을 때, 괴리는 소외의 근간이 된다. 이 시에서처럼 "지금 이 방안에는/ 오직 시간만이 있지 않으냐"라고 했을 때 시간은 설움과 비애가 서려 있는 시간으로 이는 설움이 익어가는 방과 상응한다. 그러나 "어려운 몇 고비를 넘어가는 기술을 알고 있다"에서 알 수 있듯이 이를 극복하려는 생활을 가질 때 "책을 열어보"고자 하는 세계에 대한 열망을 품을 수 있을 것이다.

> 나에게는 아직도 해결하지 못하고 있는, 그리고 앞으로도 좀처럼 해결하지 못할 것 같은 세 가지 문제가 있다. 죽음과 가난과 매명(賣名)이다.
>
> ─「마리서사」 부분[26]

생활은 해결하는 것이 아니라 생활로부터의 공포에서 벗어나는 것이

---

26 「마리서사」, 『김수영 전집 2』, 앞의 책, 107쪽.

며, 그리고 이것을 벗어나지 못할 때 생활로부터 소외가 된다. 김수영이 "진정한 <나>의 생활로부터는 점점 거리가 멀어지고, 나의 머리는 출판사와 잡지사에서 받을 원고료의 금액에서 헤어날 사이가 없"[27]다고 고백하고 있다는 것은 '매명(賣名)'이 결국 생활의 소외로 이어질 수밖에 없다는 것을 단적으로 드러낸다.

2.3. 자기 소외와 고립

자신으로부터의 소외는 자신을 부정적으로 인식하는 것에서 오는 것으로 이는 자신이 누구였는지 또는 무엇이었는지를 인식하는 것에서 발생한다. 자신이 무엇이었는지를 보존하고 있는 기억은 자신이 생각하고 있는 가치와 대립할 때 소외를 발생시킨다. 따라서 소외는 자신과 자신이 아닌 것과의 상호성을 가지며 이를 극복하고자 하는 욕구를 지닌다. 김수영이 4·19와 5·16을 거치면서 자신이 생각하고 있는 가치를 상정하고 이와 대립되는 가치를 끌어들인 것은 현실과 보존된 자아와의 괴리 때문이었다. 이 과정에서 괴리의 원천이 무엇인지를 통찰하고 어떻게 해결할지를 고민한 것은 결국 인간은 갈등 없는 자신에게 돌아갈 수밖에 없는 까닭이었다. 4·19 이후 가치를 인식하고자 사상과 언론의 자유를 지속적으로 요구한 것도 스스로가 소외되는 한에서만 무엇이 될 수 있는 그 나름의 실재성[28]이 결여를 외화(外化)할 때, 자신을 극복할 수 있는 가능성

---

27   「마리서사」, 『김수영 전집 2』, 앞의 책, 108쪽.

을 획득할 수 있었기 때문이었다.

나무뿌리가 좀 더 깊이 겨울을 향해 가라앉았다
이제 내 몸은 내 몸이 아니다
이 가슴의 동계(動悸)도 기침도 한기(寒氣)도 내 것이 아니다
이 집도 아내도 아들도 어머니도 다시 내 것이 아니다
오늘도 여전히 일을 하고 걱정하고
돈을 벌고 싸우고 오늘부터의 할 일을 하지만
내 생명은 이미 맡기어진 생명
나의 질서는 죽음의 질서
온 세상이 죽음의 가치로 변해 버렸다

익살스러울 만치 모든 거리가 단축되고
익살스러울 만치 모든 질문이 없어지고
모든 사람에게 고해야 할 너무나 많은 말을 갖고 있지만
세상은 나의 말에 귀를 기울이지 않는다

이 무언의 말
이 때문에 아내를 다루기 어려워지고
자식을 다루기 어려워지고 친구를

---

28   헤겔, 앞의 책, 603쪽.

다루기 어려워지고

이 너무나 큰 어려움에 나는 입을 봉하고 있는 셈이고

무서운 무성의를 자행하고 있다

이 무언의 말

하늘의 빛이요 물의 빛이요 우연의 빛이요 우연의 말

죽음을 꿰뚫는 가장 무력한 말

죽음을 위한 말 죽음에 섬기는 말

고지식한 것을 제일 싫어하는 말

이 만능의 말

겨울의 말이자 봄의 말

이제 내 말은 내 말이 아니다

―「말」 전문

　　김수영은 "시가 골몰해야 할 가장 큰 문제는 인간의 회복이다"라며
시인은 "언어를 통하여 자유를 읊고, 여기에 새로움이 있고, 또 그 새로움
이 문제되어야 한다"[29]라고 주장한다. 김수영에게 인간과 언어는 그가
문학적으로 내세우고 있는 모더니티 문제나 실험성 그리고 난해성과 불
온성을 언급할 때에도 중요한 관심사였다. 시의 무용론(無用論)을 역설적
으로 언급하는 것도, 진정한 혁명을 위해 시인의 모럴과 양심을 요구하는

29　「생활 현실과 시」, 『김수영 전집 2』, 앞의 책, 264쪽.

것도 이와 같은 것에 바탕을 두는 것이었다.

지식인의 사회참여에 대해 언급하는 것[30] 역시 인간과 언어는 중요한 의미를 띠는 것이었다. 즉 사유를 통해 자신이 생각하는 발언을 통해 의미를 외화(外化)하고자 했던 것이다. 언어가 있음으로 사물이 사물로 존재하는 것처럼[31] 김수영에게 현실은 언어에 의해 변화하는 것이었다. 이런 의미에서 "언어는 나의 가슴에 있다"(「모리배」)라는 말은 언어가 단순히 언어로서 그치는 것이 아니라 인간과 현실의 전체성과 관련한 문제였다.

이렇게 볼 때 소외는 동일성을 포기하고 대상과 분리되는 것이며 자기소외는 자기의식으로 자신의 이중성을 인식하며 자신을 직시하는 것이라 할 수 있다. 즉 스스로를 보존하고 유지하려는 나와 이로부터 떨어져 나간 나와의 대립이다. 이는 이 세상이 "나의 말에 귀를 기울이지 않"기 때문이며, 언어가 형식 자체를 자기로서의 현존성으로 삼는 까닭이다.[32] 김수영이 이제 "내 몸은 내 몸이 아니다"라고 하고, "집과 가족을 내 것"이 아니라고 말하고 있는 것은 무력감을 드러내는 것이었다. 언어가 법칙과 실재를 지칭하는 힘을 지니고 있고 자신에 대한 차이성은 대립하는 나로 존재하기 때문이다. 결국 자기 소외가 다른 자신으로 옮겨 가는 이동과 함께 고립과 불안을 경험할 수밖에 없는 자기 소외는 자신을 소외의 대상으로 삼는다는 점에서 타인과 집단으로부터의 소외보다 훨씬 분열적이

30   「지식인의 사회 참여」, 『김종삼 전집』, 앞의 책, 213-219쪽.
31   마르틴 하이데거, 전광진 옮김, 『하이데거의 詩論과 詩文』, 탐구신서, 1981, 202쪽.
32   헤겔, 앞의 책, 623쪽.

다. 이 점에서 김수영의 소외는 단순히 감정적인 것에서 그치는 것이 아니라, 보다 내면을 분화하는 자신과의 거리에서 오는 소외라고 할 수 있다.

> 왜 나는 조그마한 일에만 분개하는가
> 저 왕궁 대신에 왕궁의 음탕 대신에
> 50원짜리 갈비가 기름 덩어리만 나왔다고 분개하고
> 옹졸하게 분개하고 설렁탕집 돼지 같은 주인년한테 욕을 하고
> 옹졸하게 욕을 하고
>
> 한 번 정정당당하게
> 붙잡혀간 소설가를 위해서
> 언론의 자유를 요구하고 월남 파병에 반대하는
> 자유를 이행하지 못하고
> 20원을 받으러 세 번씩 네 번씩
> 찾아오는 야경꾼들만 증오하고 있는가
>
> (…중략…)
> 아무래도 나는 비켜서 있다 절정 위에는 서 있지
> 않고 암만해도 조금쯤 옆으로 비켜 서 있다
> 그리고 조금쯤 옆에 서 있는 것이 조금쯤
> 비겁한 것이라고 알고 있다!

그러니까 이렇게 옹졸하게 반항한다

이발쟁이에게

땅주인에게는 못하고 이발쟁이에게

구청 직원에게는 못하고 동회 직원에게도 못하고

야경꾼에게 20원 때문에 10원 때문에 1원 때문에

우습지 않으냐 1원 때문에

모래야 나는 얼마큼 작으냐

바람아 먼지야 풀아 나는 얼마큼 작으냐

정말 얼마큼 작으냐……

－「어느 날 고궁을 나오면서」 부분

　　김수영의 시는 여행이나 공간에 대한 이동이 잘 드러나지 않고 자신의
처지와 내면을 진술하고 있는 시가 주를 이룬다. 인간이 욕구하는 존재로
발언하는 존재이기 때문이다.[33] 이 시에서 그 증오의 대상은 힘이 없는
사람이다. 이는 자신이 생각하는 자신과 다른 옹졸한 자신이다. 이 옹졸함
으로 열등한 자신과의 싸움을 계속한다. 자기 비하는 스스로에게 가하는
충동이다. 그렇지만 김수영이 약자를 경멸하고 모욕을 주려 하는 것[34]에
서 권위주의적인 것과 함께[35] 자신에 대한 공격을 동시적으로 수행하며

33　마르틴 하이데거, 『하이데거의 詩論과 詩文』, 앞의 책, 117쪽.
34　강문길, 『소외론 연구』, 문학과지성사, 1994, 161쪽(재인용).
35　위의 책, 161-162쪽.

자신을 소외로 내몬다.

소외가 사회와 자기로부터 이루어지는 것이라면 공격과 무력감을 수반할 수밖에 없다. 권력에 대항하지 못하는 자신과 대면하는 순간 "모래야 나는 얼만큼 작으냐/ 바람아 먼지야 풀아 나는 얼만큼 작으냐/ 정말 얼마큼 작으냐" 고백하고 있는 것도 약자에 대한 공격의 본성을 실체로 인식하며 자신의 왜소와 마주치게 되는 소외에서 비롯한다. 이때 소외는 자신의 현실과 성격을 자기 것으로 받아들임으로써 자기 비하의 감정과 분노에 빠져버리게 된다. 하지만 소외는 자신을 지키고자 하는 인격성과 관계하는 것으로 김수영에게 있어 이는 반성을 의미하는 것이었다. 소외는 소외 그 상태로 그치는 것이 아니라, 변화를 전제로 충족된 자신과 만나 고양된 정신으로 거듭난다. 이럴 때 자기의식 속에 자신과 조화를 이루고 통일을 이룰 수 있다.

3. 소외의 극복: 조화와 통일

3.1. 현실 성찰에 대한 자각

김수영이 현실을 지탱하면서 자유를 꿈꾸었던 것은 근대화의 과정 속에서 소외가 심화되는 사회·경제적 현상에 뿌리를 둔 것이었다. 전통과 반전통이 혼재를 이루는 시대 속에서 무력감이나 열패감을 극복하고자 소외에 대해 적극적으로 반응한 것도 순수한 의식으로서 자신이 되는 길이 자신에 대한 성찰과 세계에 대한 통찰로 얻어진다는 확신에서 비롯한 것이었다.[36] 자각은 내면적 갈등을 벗겨버리는 것뿐만 아니라, 이데올로기(사회적 합리화들)에 의해서 부정되고 사회생활 내의 갈등들을 벗어버리는 것을 가리킨다.[37] 김수영이 자각을 통해 자신의 내부에 중심축을 가질 수 있었던 것은 소외를 자각하고 극복하려는 의지의 결과였다. 진실이 무엇인지를 알지 못하는 한 내가 누구인지를 알 수 없듯이[38] 김수영이 진정한 자기를 받아들이기 위해 내부의 중심을 추구한 것도 따지고 보면 소외를 새로운 가치로 받아들이는 것이었다. 소외는 그것이 가져다주는 고통에도 불구하고 허무 그 자체가 아니라 고통의 과정을 거치고 자기의식과 자기 자신에 복귀할 수 있는 까닭이다.[39]

시는 온몸으로 바로 온몸을 밀고 나가는 것이다. 그것은 그림자를 의식하지 않는다. 그림자에조차도 의지하지 않는다. 시의 형식은 내용에 의지하지 않고 그 내용은 형식에 의존하지 않는다. 시는 그림자에조차도 의지하지 않는다. 시는 문화를 염두에 두지 않고, 민족을 염두에 두지 않고, 인류를 염두에 두지 않는다. 그러면서도 그것은 문화와 민족과 인류에 공헌하고

---

36 60년대는 정치적·경제적·문화적으로 사회 구조가 다양하게 분화되고 계층 역시 분화를 겪을 수밖에 없었고 민주주의와 민족주의가 대중 담론 속에서 논의 되며 지식인의 기능 안에서 억압된 사회 구조를 해명하고자 하였다. 노영기 외,『1960년대 한국의 근대화와 지식인』, 선인, 2004, 7-21쪽 참조.
37 에리히 프롬, 최승자 옮김,『존재의 기술』, 까치, 1995, 88쪽.
38 위의 책, 153쪽.
39 프리츠 파펜하임, 정문길 옮김,『근대인의 소외』, 정음사, 1985, 123쪽.

평화에 공헌한다. 바로 그처럼 형식은 내용이 되고 내용은 형식이 된다. 시는 온몸으로 바로 온몸을 밀고 나가는 것이다.[40]

김수영을 논할 때마다 언급되는 이 글은 형식과 내용이 별개의 소외 없이 전체성을 향해 가야 한다는 것을 역설한다. 즉 시의 가능성을 위해 노력할 때 그리고 아름다운 정신을 위해서 싸울 때 승리가 오리라는 것을 의미한다.[41] 내용이 형식을 만들어내고 형식 또한 내용을 만들어내는 서로의 소외가 없을 때는 존재의 무장에 의해 조화와 통일을 이룰 수 있는 것이다. 이처럼 김수영은 존재의 형식과 내용을 온몸으로 밀고 나가고자 하였으며 이를 통해 자기 확신의 계기를 만들고자 그 스스로 현실 속에서 존립의 근거를 마련했다.

3.2. 극복 의지와 삶의 원리

김수영이 시에 있어 스승은 없었고[42] "현실만이 스승이었다."[43]고 말한 것은 존립의 근거를 말하는 것이었지만 현실을 탐구하고 새로운 시를 쓰는 것이 종래의 것에 대한 부단한 개진에 의한 것이라는 것을 의미한다. 개인은 선천적인 성격과 후천적인 성격이 합쳐져 이루어진다. 성격이 상

---

40 「시여 침을 뱉어라」, 『김수영 전집 2』, 앞의 책, 403쪽.
41 「자유란 생명과 더불어」, 위의 책, 156–157쪽.
42 「시작 노트」, 위의 책, 432쪽.
43 「모더니티의 문제」, 위의 책, 516쪽.

황에 따라 사고와 감정을 드러내는 정신의 패턴이라고 할 때 후천적인 성격은 사회와 문화 또는 계층과 계급에 의해 구성될 수 있다. 이에 따라 성격은 언제나 변할 수 있는 것으로 이는 특정한 상황 속에 놓인 개인이 여러 요소들을 구성하여 표출하는 것이고 무의식뿐만 아니라 주관과 경험에 의해서도 형성된다.

이 점에서 김수영 스스로가 무엇을 인식하는가와 어떻게 판단하는가는 중요하다. 이에 따라 현실 인식과 행동 패턴이 달라지고 결과 역시 달라지기 때문이다. 김수영이 60년대 시적 양상들에 대해 2·30년 전 남의 나라의 미적 관념을 모조한 아류[44]라고 비판하고 있는 것도 성격에 기반한 변화의 힘을 믿고 있었던 것에서 비롯한다. 즉 김수영이 현실의 문제를 시 속에 끌어들여 조화를 이루고자 노력했던 것도 바로 현실이 바뀌면 언어가 바뀌고 시가 바뀐다는 지론을 반영하는 것이었다.[45] 그렇다면 김수영이 생각하는 바람직한 현실이란 무엇일까?

불을 끄고 누웠다가
잊어지지 않는 것이 있어
다시 일어났다

(…중략…)

---

44 「변한 것과 변하지 않은 것」, 『김수영 전집 2』, 앞의 책, 368쪽.
45 「가장 아름다운 우리말 열 개」, 위의 책, 378쪽.

생활이여 생활이여

잊어버린 생활이여

너무나 멀리 잊어버려 천상의 무슨 등대같이 까마득히 사라져버린 귀중한
생활들이여

말 없는 생활들이여

마지막에는 해저의 풀떨기같이 혹은 책상에 붙은 민민한 판때기처럼 무감
각하게 될 생활이여

조화가 없어 아름다웠던 생활을 조화를 원하는 가슴으로 찾을 것은 아니
로나

조화를 원하는 심장으로 찾을 것은 아니로나

지나간 생활을 지나간 벗같이 여기고

해 지자 헤어진 구슬픈 벗같이 여기고

잊어버린 생활을 위하여 불을 켜서는 아니 될 것이지만

천사같이 천사같이 흘려버릴 것이지만

아아 아아 아아

불은 켜지고

나는 쉴 사이 없이 가야 하는 몸이기에

구슬픈 육체여

－「구슬픈 육체」 부분

소외는 자신의 욕구가 충족되지 못했을 때 찾아오지만 자신의 정체성을 유지하며 국가·종교·직업·계급·지위 가운데 스스로를 몰입시키며 소외를 극복하고자 노력한다.[46] 김수영이 자신에게 주어진 상황이나 조건을 전환하고자 한 것은 소외가 지니고 있는 고립과 무력감을 극복하고자 하는 것이었다. 김수영에게 있어 현실은 '피'를 흘리는 것으로 그 "외양만이라도 남과 같이 살아"(「구름의 파수병」)야 하는 것은 궁핍한 정신을 대신하는 것이었다. 뿐만 아니라 60년대가 갈등과 변화를 겪을 수밖에 없는 현실적 조건들을 지니고 있었고, 김수영이 4·19와 5·16을 겪으면서 근대성의 형성 과정 속에서 필연적으로 겪는 생활을 정향(定向)하여 성찰하고 있는 것도 소외를 이기고자 하는 것이었다.

「구슬픈 육체」는 현실과의 조화를 위해 나아가야 하지만 그렇지 못한 상황을 고백한다. "몸"은 앞으로 나가야 하지만 생활이 함께 가지 못할 때 그것은 "설움에 입을 맞춘"(「거미」) 것이며 "천성이 깨어"(「PLASTER」)진 것이다. 그럼에도 불구하고 김수영은 "나의 할 일을 생각"하며 "고독의 명맥을 남기지 않으려고/ 나는 이다지도 주야를 무릅쓰고 애를 쓰고 있"(「나비의 무덤」)고 "나의 원천과 더불어/ 나의 최종점은 긍지"라는 것을 인식하며 "어둠을 지니고 있으면서/ 어둠과는 타협하는 법이 없"(「수난로」)다고 토로한다. 60년 6월 16일 자 일기에는 다음과 같이 씌어 있다.

'4월 26일' 후의 나의 정신의 변이 혹은 발전이 있다면, 그것은 강인한

---

46   정문길, 앞의 책, 136쪽.

고독의 감득과 인식이다. 이 고독이 이제로부터의 나의 창조의 원동력이 되리라는 것을 너무나 뚜렷하게 느낀다. 혁명도 이 위대한 고독 없이는 되지 않는다. 두말할 나위도 없이 혁명이란 위대한 창조적 추진력의 부본(溥本, counterpart)이니까. 요즈음의 나의 심경은 외향적 명랑성과 내향적 침잠 혹은 섬세성을 완전히 일치시키는 데 성공하고 있다.[47]

4·19가 일어난 이후 쓴 글이라는 점에서 이 글은 김수영과 현실과의 관계가 잘 드러난다. 김수영이 고독이 창조의 원동력이라고 고백하고 있는 것은 고독이 고립에서 오는 감정이라 할 때 소외와 밀접한 상관성을 지닌다. 따라서 김수영이 소외 그 자체에 매몰되지 않고 창조의 원동력으로 인식하고 있다는 것은 조화에의 의지를 드러낸다. 조화와 아름다운 생활을 원하는 심경은 자신의 실체를 순수하게 바라보는 데에서 생겨난다. 진정한 정신이 분리 상태에 있는 여러 계기의 통일일뿐더러 자유롭게 펼쳐지는 현실을 관통하여 실존하는 것일 뿐인 까닭에서이다.[48] 이런 의미에서 김수영에게 있어 조화와 아름다운 생활은 "의식을 규정하며, 최종적인 근본 토대(현실 원리)에 따라 통일성에서 드러내는 과제를 스스로에게 부여"[49]하는 것이라 하겠다.

김수영에 있어 "평화와 조화를 원하는 것"(「연기」)은 현실을 이겨가는 중심축이며 "너도 나도 취하는/ 중용(中庸)의 술잔"(「술과 어린 고양이」)이

<hr />

47   「일기초 2」, 『김수영 전집 2』, 앞의 책, 494쪽.
48   헤겔, 앞의 책, 639쪽.
49   마르틴 하이데거, 이기상·김재철 옮김, 『존재론』, 서광사, 2002, 83쪽.

며 "아픈 몸이/ 아프지 않을 때까지", "온갖 식구와 온갖 친구와/ 온갖 적들과 함께/ 적들의 적들과 함께/ 무한한 연습과 함께"(「아픈 몸이」) 하는 길이다. 온전히 자기 자신이 된다는 것은 스스로를 문제 삼고 결여를 통해 자신을 되돌아보며 창조적인 자신과 만날 때 가능하다. 이럴 때 "집과 문명을 새삼스럽게/ 즐거워"(「가옥찬가」)할 수 있기 때문이다. 따라서 그가 그의 처와 자식에 대해 부정적 인식을 드러내고 집에 대해 때때로 싸움의 대상인 적으로 간주하고 있지만 그것은 사랑을 전제로 한 부정이다. 즉 "유순한 가족들이 모여서/ 죄 없는 말을 주고 받는/ 좁아도 좋고 넓어도 좋은 방"(「나의 가족」)이 있는 곳이다.

김수영이 소외를 느끼는 것은 목표나 성취 욕구가 없어서가 아니라 고립의 감정을 넘어서려는 것이었다. 소외가 자신이 되지 못하고 결여의 상태로 존속하는 것이라면 김수영이 지속적으로 소외를 드러낸 것은 보다 온전을 향한 존재를 지양하기 위함이었다. 시에 있어서 형식과 내용을 온몸으로 밀고 나가야 하는 것으로 인식한 것처럼 소외가 하나의 순환의 과정이며 절대성에 이르고자 하는 그의 존재적 열망에서 비롯되었다는 것은 두말할 나위가 없다. 그가 "건강한 사람이"고 "거대한 비애를 갖고 있"지만 "거대한 여유를 갖고 있"고 "죽어가는 법을 알고 있는 사람이기 때문이"(「피리와 더불어」)었다. 이런 까닭으로 "바람보다 먼저 일어"나 "바람보다 먼저 웃"(「풀」)을 수 있었을 것이다.

4. 결론

김수영은 어느 한 곳에 안주하지 않고 끊임없이 자신을 재촉해 또 다른 자신으로 변모하고자 했다. 이 과정에서 김수영은 자신과의 불화는 물론 외부적 현실과도 불화를 겪어 왔다. 시에 있어서도 시류에서 소외된 채 집단이나 개인에게 귀속되지 않았다. 이 때문에 김수영은 번역을 통해 서구적인 감각을 체득했고 자유를 적극적으로 개진하며 정치와 권력으로 부터도 자유로울 것을 주장했다.

생활에 있어서 김수영은 별다른 직업 없이 번역과 양계로 생계를 이어 갔다. 그러나 그 스스로 자조하고 있듯 번역과 양계는 생활에 크게 보탬이 되는 것이 아니었다. 해방과 4·19 그리고 5·16은 김수영에게 있어 감정적 인식뿐만 아니라 자유·정의·양심과 같은 형이상학적 관념들을 요구하는 것이었다. 그러나 현실에 대한 부정과 비판은 조화와 통일을 바라고자 하는 내적 욕구에서 출발하듯이 현실로부터 생활의 소외를 느끼는 것 역시 자신에 대한 성찰을 통해 조화와 통일을 꾀하였다.

김수영이 참여시나 순수시 혹은 리얼리즘과 모더니즘의 사이에서 균형 을 이루고 있는 것도 조화와 통일을 바라는 열망에서 나왔다. 지식인으로 서 참여와 책임의 문제를 자신의 내면으로 옮겨온 것 또한 결여의 문제를 비판적으로 성찰하고자 하는 데 있었고, 이 성찰을 통해 정체성을 담보하 는 것이었다. 자신의 존재를 드러내고 각성을 요구하는 것이 인간의 윤리 에 속하는 일이라는 점에서 김수영은 자신과 자신을 둘러싸고 있는 상황 에 대한 부정과 비판을 통해 현실로부터 폭넓게 자리하고 있었다.

참고문헌

1. 기본자료
이영준 엮음, 『김수영 전집』 1, 2, 민음사, 2009.

2. 단행본 및 논문
강문길, 『소외론 연구』, 문학과지성사, 1994.
김현승, 「김수영 시의 시적 위치」, ≪현대문학≫, 현대문학, 1967.8.
노영기 외, 『1960년대 한국의 근대화와 지식인』, 선인, 2004.
백낙청, 「김수영의 시세계」, ≪현대문학≫, 현대문학, 1968.8.
유종호, 「현실 참여의 시, 수영, 봉건, 동문의 시」, ≪세대≫, 세대사, 1963.1-2.
마르틴 하이데거, 이기상·김재철 옮김, 『존재론』, 서광사, 2002.
_____, 전양범 옮김, 『존재와 시간』, 동서문화사, 1992.
_____, 전광진 옮김, 『하이데거 詩論과 詩文』, 탐구신서, 1981.
에리히 프롬, 황문수 옮김, 『사랑의 기술』, 문예출판사, 1998.
_____, 원창화 옮김, 『자유로부터의 도피』, 홍신문화사, 2006.
_____, 최승자 옮김, 『존재의 기술』, 까치, 1995.
에밀 뒤르켐, 황보종우 옮김, 『자살론』, 청아출판사, 2008.
칼 마르크스, 김영민 옮김, 『자본 1·2』, 이론과 실천, 1987.
프리츠 하이네만, 황문수 옮김, 『실존철학』, 문예출판사, 1988.
프리츠 파펜하임, 정문길 옮김, 『근대인의 소외』, 정음사, 1985.
헤겔, 임석진 옮김, 『정신현상학 2』, 지식산업사, 1988.

김종삼 시의 공간 연구

-화자의 내면과 공간 인식의 상관성을 중심으로

1. 서론

    김종삼은 21년 황해도 은율에서 태어나 53년 ≪신세계≫에 시 「園丁」
을 발표하며 작품 활동을 시작하였다. 그는 84년 작고하기까지 200여
편의 시를 남겼는데 작품 활동 기간에 비해 그리 많지 않은 작품을 남긴
것¹은 시를 대하는 태도에서 비롯한다. 즉 "시의 경내(境內)에서 이미지의
관조 시간을 소중히 여기"고, "언어의 때가 묻어 버리면 큰일이라고 생각
하는 퓨리턴에 속"한 청교도적인 정신을 지니고 있었기 때문이다.² 김종

---

1   『김종삼 전집』(권명옥 엮음, 청하, 1988)에는 169편이 수록되었으나, 이후 『김종삼 전
    집』(권명옥 엮음, 나남출판, 2005)에는 「오동나무가 많은 부락입니다」, 「달구지 길」,
    「배」, 「이산 가족」, 「베들레헴」, 「관악산 능선에서」 등 47편이 보완되어 모두 216편이
    수록되어 있다.

2   "시간을 거닐면서 마음의 방직(紡織)을 짜"는 것은 "풍경을 향해 셔터를 누르는 사진
    사"와는 다르다. 이는 즉각적인 이미지를 잡아내기보다는 새로운 언어로 아름다운
    정신을 숙련시켜 형상화하고자 하는 그의 언어관에서 비롯한 것이라고 할 수 있다.
    김종삼은 릴케의 시론을 "시작상(詩作上)의 좌우명"으로 삼아 오랜 숙성의 기간을 거

삼은 전후(戰後) 중요한 시인으로 이미지를 간결하게 표현하며 시적 형식을 독창적으로 구현해낸 시인으로 평가할 수 있다. 리얼리즘과 대비적 관계에서 모더니즘 시인으로 평가[3]할 수 있지만, 이는 넓은 의미의 이해에 속하는 일이고, 실제로는 내면성을 담화의 형식 속에 지속적으로 담아냈다는 면에서, 또한 끊임없이 존재론적 성찰을 시 속에 체현하며 사회적 변화의 실천을 욕구했다는 면에서 그를 모더니즘 시인으로 한정적으로 평가하는 일은 범주화의 오류라고 할 수 있다.

김종삼이 활발하게 활동했던 50년대와 60년대는 전쟁의 참상을 알리고 전쟁의 상처를 위무하기 위한 고투가 형상화되는 과정에서 과도한 이념이 현실 속에 노정되었고 순수와 인간의 문제가 전면에 부각되기도 하였다. 김종삼과 동시대 시인이라 할 수 있는 김수영은 4·19를 기점으로 자유를 전면에 내세우며 서정과 현실을 매개하는 역동적 시학을 전개하였고 이를 통해 문학적 효능에 대한 가치를 시와 산문 속에 체화시켰다. 그런가 하면 신동엽은 김수영보다 한층 더 사회적 상상력을 바탕으로 실천적 응전을 내세우며 비판의 시선으로 현실에 대한 자각을 깨우고자 하였다. 즉 현실 참여를 통해 전후 민족과 통일에 대해 인식의 변화를

친 때가 묻지 않은 세계를 형상화해 왔다. 김종삼, 「의미의 白書」, 권명옥 엮음, 『김종삼 전집』, 나남출판, 2005, 296-299쪽.(이하 김종삼의 시는 모두 이 책에서 인용하고, 작품명과 쪽수만 표시하기로 한다.)

3 　김종삼은 50년대 문학 세류 속에서 자신만의 독특한 세계를 구축한 모더니즘 시인으로 평가된다. 그러나 모더니즘이 근대성에 대한 반성을 기획하고 물적 구성뿐만 아니라, 주체나 언어를 새롭게 검토한다고 볼 때 김종삼의 시는 묘사적 태도가 기반을 이루고 있고, 일종의 공감의 미학이라 할 수 있는 장면화의 미를 추구하고 있어 굳이 평가하자면 영미 이미지즘에 가깝다고 볼 수 있다.

요청하였다. 이와는 달리 언어에 천착한 김춘수는 시에 있어서 의미를 제거하는 감각을 바탕으로 일상적 사유를 새롭게 탐구하고자 존재에 천착하였다. 김종삼의 시는 이와 같은 문학적 상황 속에서 현실과 이상을 시 속에 혼효시키면서도, 이들 시와의 거리를 둔 채 독자적인 감성과 서정을 구축하고자 하였다.

시인의 사회적 삶의 궤적에 따라 발생론적으로 시를 평가하는 것이 일반적이라면 김종삼의 경우, 문단뿐만 아니라 사적 교유에 있어서도 폭넓게 관련했다는 흔적을 찾을 수 없다. 오히려 그의 시에서처럼, 단절과 고립을 통해 견인의 절대성을 체화시키며, 정신적 족적을 남긴 예술가들과의 유비적 관계 속에서 현실의 고됨을 이겨내고자 했다. 근본적으로는 그 어떤 것으로부터도 구속을 싫어했다. 이 자유의 현상학은 보헤미안적인 낭만과 함께 낭만의 말미에 따라다니는 고립과 고독을 동반하며 자재(自在)의 시학을 보여주었다. 정상성에 기초한 정직한 삶의 경관, 모순을 끊임없이 재편하고자 하는 인식론적 언술, 따뜻한 인간애와 새로운 조건들과 가능성으로서의 선택적 시선, 평화의 염원과 추구는 김종삼 시편에 담겨 다양한 층위 속에서 지속과 변동을 계속한다.

김종삼의 공간에 대한 인식은 지속하는 삶과 변화하는 삶 속에서도 다양하게 드러나기보다는 내면을 옮겨 놓은 공간을 드러내고 있어 내면과 공간은 서로 동일화를 이루고 있다. 이와 같은 근거로 김종삼의 공간의식은 사회적·문화적인 시대적 이해가 명시되지 않을뿐더러, 시의 문면에 화자를 연결시켜 주는 시대적 사건들의 지리적 함의가 관찰되지 않는다. 또한, 현실 공간에 사로잡혀 그 공간이 생산하는 물적 분화에 구속받

기보다는, 존재를 지배하는 구조적이고 상황적인 국면을 깊이 성찰하고 그 내재성의 집합을 공간 속에 집합시키고자 했다. 즉 사회적 이해나 역사적 이해에 있어 구체적 사건이나 사실을 적시함으로써 핍진한 진실성을 담보하는 관심에 비해, 삶의 과정 속에 다양한 물적 요소들을 총합시켜 사회적 총체로서의 내면을 시에 접근시키고자 했다. 추상성/구체성이 공간의 창조에 깊이 관여한다면 김종삼은 공간의 추상적 인식에 의해 내면을 대체하고자 했는데 이는 내면이 복잡한 정신의 영역에 속한 까닭도 까닭이지만, 무엇보다 공간과 직접적 연계를 두려워하는 김종삼의 내적의식과 상관한다.

김종삼 시의 높은 성취에도 불구하고 그에 대한 연구는 그리 많지 않은 편이다. 그럼에도 불구하고 최근 그의 시에 대한 연구가 활발하게 진행되고 있는 것은 고무적인 일이라 하겠다. 김종삼 시에 대한 평가와 연구를 살펴보면 대략 다음과 같다.

먼저 오형엽은 전후 모더니즘 시의 미학을 규명하는 일환으로서 음악적 특징과 이와 연관된 시의식에 주목하여 김종삼이 신의 존재를 인정하고 음악을 신이 부재하는 지상의 은총으로 해석한다.[4] 한명희는 시에 특정한 이미지가 반복되어 나타나는 이미지들이 시인의 의식과 밀접한 관계를 맺고 있는 것이라고 보고 "김종삼의 시에는 집, 학교, 병원의 이미지가 자주 등장한다"며 "그것은 죽음과 관련"되어 "죽음과 평화에 대한

---

4   오형엽, 「전후 모더니즘 시의 음악성과 시의식」, 『한국시학연구』 25, 한국시학회, 2009, 60쪽.

희구가 김종삼 시의 기저를 이루고 있다"[5]고 평가한다. 김종삼 시를 통시적으로 연구한 심재휘는 김종삼 시에 나타난 공간이 "관념에 의해 주도되는 추상공간의 성격이 농후하다"라고 진단한 후 그 원인으로 "경험 현실과 연계되는 힘보다 상상력에 의해 창조되는 상징적 사유의 결과이기 때문"[6]으로 파악한다. 그런가 하면 김종삼 시와 음악적 공간의 상관성을 연구한 서영희는 김종삼 시에서 "음악은 초월자의 공간인 천상에 대한 추구이며 동시에 빛에 대한 추구로 나타나, 현실의 불안함과 절망을 초극하려는 강력한 의지로 표명된다"[7]고 언명한다. 구문에 천착한 강연호의 경우는 김종삼 시가 "묘사 중심으로 이루어진 일련의 시편들이 극도의 생략과 암시, 구문 구조의 불완전성, 논리적 단절과 모호성 등을 특성으로 한다"고 지적하며, "비극적 인식" 속에 김종삼의 시가 "공간의 초월적 방식"[8]을 취하고 있다고 평가한다. 김성조는 김종삼 시를 시간과 공간을 폭넓게 연구하며 김종삼 시의 공간을 다양한 층위로 해석한 뒤 "도피로서의 내부 공간이 내면으로 침잠하려는 의도를 내포하고, 승화 기제로서 회귀 공간을 통해 새로운 인식의 전환을 보여 준다"[9]고 진단한다.

---

5   한명희, 「김종삼 시의 공간–집, 학교, 병원에 대하여」, 『한국시학연구』 6, 한국시학회, 2002, 279쪽.

6   심재휘, 「김종삼 시의 공간과 장소」, 『아시아문화연구』 30, 가천대 아시아문화연구소, 2012, 200쪽.

7   서영희, 「김종삼 시의 형식과 음악적 공간 연구」, 『어문론총』 53, 한국문학언어학회, 2010, 388쪽.

8   강연호, 「김종삼 시의 대립공간 연구」, 『현대문학이론연구』 31, 현대문학이론학회, 2007, 22쪽.

9   김성조, 『부재와 존재의 시학』, 국학자료원, 2013, 256-257쪽.

김종삼은 다른 시인에 비해 공간이 주는 미학에 관심을 기울였다. 비단 생략이 주는 여백의 울림[10]뿐만 아니라 상상력을 동원해 의식 저 너머, 혹은 이국의 저 먼 곳에 이르기까지 공간의 외연을 넓혔다. 이 과정에서 결핍과 욕구 속에 감춰져 있는 표상들은 내면의 갈등을 거치면서 변장한 공간의 모습으로 나타난다. 그러면서도, 김종삼 시의 공간에 대한 인식이 특이한 것은 화자와 공간이 대립하여 나타나지 않고, 심지어 고립과 가난을 노래한 시에서조차 공간을 온전한 실체로 받아들이며 타자 공간을 따듯한 시선으로 감싸 안으려 하고 있다는 점이다. 넓은 공간을 시적 대상으로 삼은 것도 특이할 만한데 이는 공간을 통해 화자의 감정과 심리 상태를 확산하고자 하는 욕구에서 비롯한 것이라 볼 수 있다.

공간은 인간을 구성하는 가장 기본적인 존재물이다. 즉 공간은 단순히 인식되기만 하는 것이 아니라, 인간의 존재 양식이 이루어지는 곳이다. 공간은 "비어 있는 것이 아니라 인간의 의도와 상상, 그리고 공간 자체의 특성, 이 양쪽에서 비롯한 실체들로 채워져 있"[11]다는 언술은 이런 의미에서 공간의 가치를 해명해 준다. 인간은 공간을 통해 자기 자신의 존재를 확인한다. 뿐만 아니라, 공간 역시 물질적이며 정신적으로 인간에게 실존 공간으로 자리한다. 따라서 인간은 공간을 떠나서는 결코 존재할 수 없다. 공간을 토대로 인간은 문화를 형성하고 사회와의 공동체를 영위해가는 "인간은 자신이 처한 공간에 대한 애착과 사랑을 갖는 토포필리아"[12]를

10　비어 있는 것은 실재성이 없는 것같이 생각되지만 이것은 방향성을 상기시킨다. 아모스 이 티아오 창, 윤장섭 옮김, 『건축공간과 노장사상』, 기문당, 1988, 31쪽.
11　에드워드 렐프, 김덕현 외 옮김, 『장소와 장소상실』, 논형, 2014, 44쪽.

꿈꾸며, 자신이 처해 있는 곳에서 최상의 가치를 찾으려고 애쓴다. 공간 안에서 "인간은 쾌락과 고통이 이어지"[13]고 결국 공간 안에서 죽음을 맞이한다.

이와 같은 논의를 바탕으로 이 글은 김종삼 시에 나타난 공간과 공간의식을 바탕으로 시에 두드러지게 나타나는 공간[14]을 네 공간으로 나누고, 그 속에 화자의 의식이 어떻게 투영되고 있는지를 살펴보고자 한다.

2. 공간 인식의 유형

2.1. 죽음과 고통이 있는 참극의 공간

김종삼의 시를 논할 때 분단과 전쟁에 대한 상처를 빼놓고는 설명할 수 없다. 분단과 전쟁은 집단정신에 의해 개인이 희생되거나 훼손되는 상실을 가져왔고, 시간이 지나도 지워지지 않는 고통을 남겼다. 김종삼에게 있어 고통의 기억은 '고향'과 '유년기' 회상에 뿌리 깊게 상존해 있으며, 이 기억 공간은 죽음의 그늘이 드리워져 있다. 하지만 인간은 스스로

---

12   이-푸 투안, 이옥진 옮김, 『토포필리아』, 에코리브르, 2011, 17-21쪽.
13   앙리 르페브르, 양영란 옮김, 『공간의 생산』, 에코리브르, 2014, 113쪽.
14   공간과 장소는 각각 추상성과 구체성을 환기한다. 이는 에드워드 렐프의 『장소와 장소상실』, 이-푸 투안의 『토포필리아』, 『공간과 장소』, 앙리 르페브르의 『공간의 생산』 등에서 공통적으로 정의되고 있다.

생각하고 판단하며 욕망하면서 자신을 새롭게 하고, 자신을 더 높은 위치로 끌어 올리려는 욕구를 지니고 있다. 따라서 분단과 전쟁이 몰고 온 죽음에 대한 의식은 자체의 절망으로 그치는 것이 아니라, 생존의 더 높은 욕구인 생의 충동과 매개한다. 죽음과 구원의 변증법이라 할 수 있는 극복 의지는 전적으로 육체의 죽음을 영혼의 죽음으로 받아들이지 않으려는 실존의 선택이라 할 수 있다. 절망이 절망으로 그칠 때 온전히 자기 상실의 형벌로 드러날 수 있고, 세상을 바라보고 살아가는 생활에서도 불구적으로 살 수밖에 없기 때문이다.

> 1947년 봄
> 深夜
> 黃海道 海州의 바다
> 以南과 以北의 境界線 용당浦
>
> 사공은 조심 조심 노를 저어가고 있었다
> 울음을 터트린 嬰兒를 삼킨 곳
> 스무 몇 해나 지나서도 누구나 그 水深을 모른다
>
> ─「民間人」 전문

이 공간은 개인적인 경험 공간이라기보다는 집단이나 공동체로 경험되는 공간이다. 개인의 장소가 주로 경험과 기억에 의해 의미가 부여되고 정체성을 확인하는 것이라면, 공동체의 장소는 나─타자─우리라는 보다

넓은 의미를 지닌다. 개별적이고 독립적으로 이루어지는 개인적 공간이
아니라 보편적이고 사회적 의미로 환원될 수 있다는 뜻이다. 나–타자
–우리는 서로 독립적일 수가 없다. 그것은 상호 연계적이다. 이 시는
'심야의 바다'를 공간으로 '죽음'을 형상화하고 있다. 공간이 내면의 "정
체성과 관련하며 더욱이 그것이 의미 있는 장소여서 세계에 존재하는
근본적인 속성"[15]이라고 한다면 '캄캄한 심야 바다'는 곧 김종삼의 내면을
상기한다.

가치중립적인 공간을 어떻게 의미화 시키는가는 전적으로 그것을 구성
하는 의도와 시선에 달려 있다. 즉 공간과 공간의 구체성인 장소에 어떤
의미를 부여하는가는 시인의 의식이나 무의식과 밀접을 이룬다. 공간이
의도의 산물이라면 공간을 채우고 있는 의미 역시 의도의 산물이다. 그리
고 이것은 시인의 내면과 상관성을 갖는다. 이 점에서 시간적 거리에
해당하는 "스무 몇 해"는 시인의 의식에 여전히 남아 있는 깊은 심상으로
'水深'은 슬픔의 깊이이자 상처의 깊이이다. 이에 따라 "스무 몇 해나
지나서도 누구나 그 水深을 모른다"는 개인과 분리될 수 없는 시간과
공적인 공간을 상기한다.

바꿔 말하면 이 공간은 역사적·사회적 공간이며 유폐된 내면 공간이다.
그리고 이 내면은 김종삼 시에 나타나는 '아우슈뷔추'·'병원'·'시체실'·
'무덤'과 같은 밀폐 공간과 등위를 이룬다. 따라서 "울음을 터트린 嬰兒를
삼킨 곳"은 전쟁의 공동체적 공간이 될 수 있고, 동시에 '아이'는 공동체적

---

15   에드워드 렐프, 앞의 책, 34–35쪽.

생명이라 할 수 있다. 특히 '1947'이 함의하는 의미와 "以南과 以北의 境界線 용당浦"라는 의미를 상기할 때 더욱 그렇다. 이런 의미에서 이 시는 분단과 전쟁을 그린 시 중에서도 단연 백미라 할 수 있다.

밤하늘 湖水가엔 한 家族이
앉아 있었다
평화스럽게 보이었다

家族 하나하나가 뒤로 자빠지고 있었다
크고 작은 人形같은 屍體들이다

횟가루가 묻어 있었다

언니가 동생 이름을 부르고 있다
모기 소리만 하게

아우슈뷔츠 라게르

- 「아우슈뷔츠 라게르」 전문

김종삼의 시는 이미지를 통해 공간의 혼합물로서 환원한다. 이는 시적 방법일 수도 있지만 김종삼의 다른 전쟁에 관한 시를 살펴볼 때 뚜렷하게 나타난다. 전쟁의 참상을 그린 시에서 흔히 나타날 수 있는 훼손된 육체나 파괴된 영혼의 문제를 깊이 있게 천착하지 않은 것도 이와 무관하지 않다. 대상의 정면으로 들어가 그 속에서 일고 있는 참상을 재생하기보다는 그 공간을 바라보는 태도를 취하고 있는 것이 중요한 특징이다. 김종삼의 시는 주로 시각에 의지할 뿐 진술을 회피한다. 이런 의미에서 김종삼 시의 공간은 경험·이미지·감정·환상 등이 연합적으로 조합된 결과물이다.

김종삼은 비극의 해소 과정으로 공간을 대체하여 내상(內傷)을 대상(代償) 받거나, 기억과 정면으로 싸우기보다는 현실을 제거해 버린 공간의 투명성을 택한다. 이 때문에 김종삼은 아우슈뷔츠를 질료로 삼으며 비극적 인식을 드러내는 시가 많은데 여기에서도 참혹한 공간은 소거되어 나타난다. 이는 참상이 너무 커 차마 말을 할 수 없는 실어 증상과 다른 하나는 회피 때문이다. 김종삼 시가 전쟁을 그린 다른 시인과 다른 점이 있다면, 이들의 시가 참상 그 자체에 초점을 맞춰 비극을 형상화하고 있는데 반해, 김종삼의 시는 우회적인 화법을 통해 내면을 은유적으로 표현한다.

일종의 회피라고 할 수 있는 이러한 방어 심리는 김종삼의 시에서 나타나는 공간적 이미지가 집·종점·원두막·술집 등과 같은 고립된 공간이 많다는 것을 고려할 때 두드러진다. 공간이 "인지와 정신의 고안물로서 관념적 주관성으로 재현되고, 정신의 구성물인 사고방식으로 환원"[16]되는 내밀성이 있다는 점을 고려할 때 이는 시인의 기질에서 비롯한 것일 가능성이 있다. 즉 "전쟁 속에서 목도한 것은 죽음과 절망과 막막한 어둠

---

16   에드워드 소자, 이무용 외 옮김, 『공간과 사회비판이론』, 시각과 언어, 1997, 162쪽.

의 경험이며, 그 속에서 사랑이랄까 연민의 정이랄까 할 것의 발견과
확인의 경험"[17]이라는 그의 고백처럼 죽음의 안쪽에 삶의 평화를 바라는
간절한 염원을 품고 있었기 때문일 것이다.[18]

입원하고 있었읍니다

육신의 고통 견디어 낼 수가 없었읍니다

어제도 죽은 이가 있고

오늘은 딴 병실로 옮아간 네살짜리가

위태롭다 합니다

곧 연인과 死刑 간곡하였고

살아 있다는 하나님과

간혹

이야기-ㄹ 나누며 걸어가고 싶었읍니다.

그러나 하나님의 저의 한손을

잡아 주지 않았읍니다.

― 「궂은 날」 전문

17   「피란길」, 『김종삼 전집』, 앞의 책, 305-306쪽.
18   김종삼 시의 특징적 어법이랄 수 있는 대립적 구성은 「아우슈뷔츠 라게르」에서도
      알 수 있듯, 평화스러운 한 가족의 장면은 인형 같이 쓰러지는 시체의 가족과 겹쳐
      보인다. 이 중첩된 이미지는 양가적이다.

병실은 감금의 의미를 지닌다. 그것은 닫힌 세계다. 여기서 화자를 가두고 있는 것은 육신의 고통과 신에게 보호받지 못하는 영혼의 고통이다. 그것은 바깥의 세계가 아니라, 안의 세계다. 안의 세계는 화자의 내밀성을 향해 열려 있다. 병실이 인간을 존재 그 자체로 독립해 있지 못하게 하고, 결핍과 손상된 존재로 남게 하는 것이라면 공간 역시 병든 공간이 된다. 이때 공간은 "사물들을 한 언어에서 다른 언어로, 낯선 외부의 언어에서 내면의 언어, 언어의 내부 그 자체로 옮긴"다. 이런 의미에서 "시의 공간은 영원한 움직임의 중심인 정신적 공모"[19]의 공간이다.

김종삼 시에서 현실 공간은 병실과 같은 죽음과 고통이 있는 참상의 공간이다. 하지만 김종삼은 현실 저 너머의 세계 혹은 지상이 아닌 세계를 꿈꾸지 않았다. 보다 근원적으로는 현실의 공간을 정신적으로 인식하고, 아름다운 세상이 되기를 바랐다. 비록 신이 "손을 잡아주지 않았"다 하더라도 인간의 삶이 신의 흔적이기를 바라는 따뜻한 긍정의 시선을 간직하며 현실 공간이 신의 공간이 되기를 염원했다. 공간은 역사, 사회적 맥락과 궤를 같이하고 공간을 경험하고 가치를 인식하는 방식에 따라 의미가 달라진다. 이런 의미에서 김종삼 시에 있어 "공간은 완성된 것이 아니라, 되어가고 있는 것"[20]이다.

논구한 바와 같이 '용당浦', '아우슈뷔츠', '병실'은 모두 죽거나 죽어가는 공간이다. 이 공간들은 화자의 내면 공간의 번역 공간이며 죽음을

19 모리스 블랑쇼, 이달승 옮김, 『문학의 공간』, 그린비, 2010, 202쪽.
20 팀 크레스웰, 심승희 옮김, 『장소』, 시그마프레스, 2012, 156쪽.

통하지 않고서는 죽음을 보지 못하는 죽음 안의 세계이다. 이 과정에서 김종삼은 공간을 미결정의 영역이 아니라, 현세적인 현실로 인식하고 지금 – 여기에서 보다 넓은 희망을 보고자 나 – 타자 – 우리라는 믿음으로 사랑을 노래하며 따뜻한 인간애를 드러내고자 하였다.

2.2. 신성한 공간, 진정성의 실천 공간

김종삼 시에서 '수도원', '교회당'은 위엄과 권위의 공간이 아니라, 돌봄이 있는 베풂과 참됨의 공간으로 그려진다. 즉 공적 영역으로서 진정성의 실천 공간으로 작용한다. '수도원'이 기억에 좋은 장소로 뿌리 박혀 최초의 가치 혹은 시인의 내면에 자리 잡은 근원적인 평화와 긴밀하게 연결되어 있다면, '교회당'은 생활 가까운 공간으로 자리하며 타자와의 사랑을 실천하는 내면성의 연장(延長) 공간으로 나타난다. 신성한 장소로 기억되는 성소(聖所)는 공간적으로 외부에 있어 위계적이거나, 내부적으로는 위계적 배치에 의해 권력적으로 보일 수 있다.[21] 그러나 김종삼 시에 나타난 종교 공간은 자신을 이해하는 근거인 선의 기억을 통해 삶의 변화 속에서 자신의 정체감을 끊임없이 확인하는 실체적 공간으로 나타난다.

고아원 마당에서 풀을 뽑고 있었다
선교사가 심었던 수十년 되는 나무가 많다

---

21   박승규, 『일상의 지리학』, 책세상, 2011, 113쪽.

아직

허리는 쑤시지 않았다

잘 먹이지도 입히지도 못하지만

잠깨는 아침마다 오늘 아침에도

어린 것들은 행복한 얼굴을 지었다

　　　　　　　　　　　　　　　　－「평화」 전문

　　공간은 지각과 경험에 의해 인식되고 정서적 유대에 의해 친근감을
형성한다. 이 친근감은 의미 있는 경험을 했거나 거주의 장소로서 관계의
영역에 속한다. 가치와 관심이 공간 인식에 있어 중요한 면을 차지하는
것도 바로 이 때문이다. 이 시는 시인이 유년기를 회상하며 쓴 시이다.
이 때문에 공간과의 접촉은 매혹이 될 수 있고, 세계를 자신 쪽으로 끌어
와 자신을 새로운 영토로 만들어 갈 수 있다. 이 가능성은 시각적 이미지
에 의해 전면화(前面化)되며, 친근감에 의해 매혹으로 자리 잡는다. 이런
측면에서 다음과 같은 고백은 눈여겨 둘 만하다. "나의 의미의 백서에
노니는 이미지의 어린이들, 환상의 영토에 자라나는 식물들, 그것은 나의
귀중한 시의 소재들"[22]이다.

　　감정이나 사유들을 공간에 이입함으로써 공간이 삶을 반영하는 것이라
면, 김종삼 시의 종교적 공간은 마음속에 있는 평화의 이미지를 구현하여

22　「의미의 白書」, 『김종삼 전집』, 앞의 책, 299쪽.

타자 공간과 결합하는 애착감에 뿌리 내린다. 이렇게 본다면, 행복한 얼굴이 있는 '고아원 마당'은 화자가 안락감을 느끼는 내면 공간의 원형 심상으로, 평화와 대상관계(代償關係)를 표상한다. 바로-여기의 현실에서 신성한 가치들을 실현하는 인간애를 지향하며 일상의 공간을 새로운 공간으로 바꾸는 인간애를 그려낸다.

아울러 공간이 공간 그 자체로 비어 있는 것이 아니라 인간과 매개하며 인간의 감정과 사유를 드러낸다고 볼 때 다음과 같은 시는 이와 같은 사랑을 엿볼 수 있다. "내가 재벌이라면/ 메마른/ 양로원 뜰마다/ 고아원 뜰마다 푸르게 하리니/ 참담한 나날을 사는 그 사람들을/ 눈물지우는 어린것들을/ 이끌어 주리니/ 슬기로움을 안겨 주리니/ 기쁨 주리니"(「내가 재벌이라면」). 타인에게 선의를 베풀고 자신을 희생하는 인간애는 이기적 욕망인 자기애와 대립을 이룬다. 인간애는 시인의 내면에서 출발하여 사랑과 평화의 장소 속으로 자리를 옮긴다.

뾰죽집이 바라 보이는 언덕에
구름장들이 뜨짓하게 대인다

嬰兒가 앞만 가린 채 보드라운
먼지를 타박거리고 있다. 놀고 있다.

뾰죽집 언덕 아래에
아취 같은 넓은 門이 트인다.

嬰兒는 나팔 부는 시늉을 했다

장난감 같은
뾰죽집 언덕에

자줏빛 그늘이 와
앉았다.

-「뾰죽집」 전문

'뾰죽집'은 평화와 선함이 머무르는 공간이다. 뾰죽집은 어린 날의 기억에 있는 "선교사가 살던 벽돌집"이다.[23] 기억은 본질적으로 선택적이다. 그것은 경험된 의식 속에 특별히 남아 특별한 감정을 생산한다. 김종삼 시에서 유독 유년 기억에서 종교적 공간이 많이 상기되는 것은 그만큼 기억에 각인되었다는 것을 의미한다. 공간을 조직하고 공간에 의미를 부여하는 것은 경험과 의식과 관련한다. 텅 빈 공간에 가치를 인식하는 것은 "지각의 범주에 초기의 감정들이 스며들"고, "순수의 사유를 일깨워주는"[24] 애착에서 비롯한다. 그렇다면, 김종삼 시에서 종교와 관련한 공간이 많이 등장하는 까닭은 무엇인가? 그것은 삶의 위기와 현실의 위협으로부터 안정과 안전에 대한 희구로 나타나기 때문이다.

---

23 「뾰죽집」, 『김종삼 전집』, 앞의 책, 311쪽.
24 이-푸 투안, 앞의 책, 40쪽.

이런 의미에서 '뾰죽집'의 공간은 시인 내부 공간이며, '아이'는 순수한 존재로서의 인간일 수 있다. 「民間人」에서 '용당浦'에 빠진 '아이'가 순수한 존재이면서도 공동체적 인간으로 인식될 수 있는 것과 마찬가지로, 우리가 환경을 이해하고 지각하는 것은 기분·느낌·분위기 등과 같은 감정과 매개한다. 즉 지각에 의해 공간이 다르게 지각되며, 다르게 구성된다. 이에 따라, 공간은 신성한 공간이 될 수 있고, 신성한 생명체가 될수 있다. 이 공간 안에서 '아이'는 편안함과 안전감을 보호 받는다. 이럴 때 "아취 같은 넓은 門이 트인" 뾰죽집에서 "嬰兒"가 "나팔 부는 시늉을" 하는 천진함을 드러낼 수 있다. 그리고 이 천진함을 더욱 슬프고도 아름답게 만드는 것은 "자줏빛 그늘"이 노을이다. 시인이 시간과 공간을 인식하고 그것을 자신만의 세계로 구성하는 것이라면 '뾰죽집'에 그려진 세계는 화자의 의식에 주관적으로 자리 잡고 있던 내면이 실재화한 것이라 할수 있다.

야쿠르트 아줌마가 지나가고 있다

나는 이 동네에서 산다

우중충한 간이 종합병원도 있다 그 병원엔 간혹 새 棺이 실려 들어가곤 했다

야쿠르트 아줌마가 병실에서 나와 지나가고 있다

총총걸음으로 조심스럽게

─「간이 교회당이 있는 동네」 전문

이 시에서 "교회당"이 구체 공간으로 묘사되고 있지는 않지만, 생활공간을 근거로 삼고 있다는 점에서 공간을 확장한 것이라 볼 수 있다. 교회는 치유와 영혼의 안정을 얻는 의식(儀式)의 공간으로 신화적 지리를 지닌다. 이는 다음과 같은 김종삼의 고백에서도 발견된다.

언덕길에서 교회의 종소리가 나의 이미지의 파장을 쳐 오면 거기서 노니는 어린 것들과 그들이 재잘거리는 세계에 꽃씨를 뿌리는 원정(園丁)과도 같이 무엇인가 꿈꾸어 보는 것이다.[25]

이 점에서 교회당은 중심부의 의미를 지닌다. 비록 시인이 자신을 "무신론자"라고 고백[26]하고 있으나, 화자의 의식에 중심을 이루는 거처로서 삶의 의지와 타인에 대한 사랑이 교차를 이루며 지속하는 시간 속에서 유대를 이룬다. 교회는 마을 공동체뿐만 아니라 사회, 문화적 행위가 이루어지는 곳이다. 따라서 '간이 교회당이 있는 동네'는 넉넉지 못한 사람들이 사는 공간이다. '우중충한 간이 종합병원'도 마찬가지다. 이 공간 모두가 협소 공간이기 때문이다. 그러나, 협소 공간에 '棺'(죽음)과 '야쿠르트'(삶)를 대립시켜 놓은 채 공간이 순환하는 공간이라는 것을 환기한다. 이 '간이 교회당이 있는 동네'는 천상과 맞닿는 공간이 아니라 인간과 맞닿는 공간이다. 이처럼 김종삼은 초월 공간에 이상 세계를 마련하려고

---

25 「의미의 白書」, 『김종삼 전집』, 앞의 책, 298쪽.
26 「먼 '시인의 영역'」, 위의 책, 302쪽.

하지 않았다. 현실에서 평화를 구하고자 내면의 신성을 공간으로 확장하였으며, 사랑과 배려가 있는 인간의 세상을 꿈꾸었다.

2.3. 중심에서 벗어난 공간, 고립의 공간

김종삼은 "오십평생 단칸 셋방뿐이"(「山」)었다라고 말한다. "종로구 옥인동(玉仁洞)의 판잣집이 헐려서 정릉 산꼭대기에 셋방을 삶"²⁷거나 "無許可집들이 密集된 山동네 山팔번지 一帶", "개백정도 삶"고 신문도 안보는 "文盲"들과 "한뜰에 삶"(「맙소사」)거나, "인왕산 한 기슭 납작집"(「납작집」)에 살기도 하였다. 스스로 "나는 술꾼이다"(「첼로의 PABLO CASALS」)라고 고백하고 있듯이 평생 가난 속에서 술과 음악과 함께 살았다. 공간적 의미에서 이북 출신인 그에게 '서울'은 낯선 공간이었다.

그는 죽을 때까지 자신이 어린 시절을 보냈던 '평양'을 회억하는 시를 쓰며 지나가 버린 시간과 공간의 비애를 노래했다. '평양'은 그에게 기억의 왕국이었으며, 추억의 중심 공간이었다. 생활 공간이자 거주 공간인 '서울'은 그에게 정체성이 뿌리내리지 못하는 공간이었다. 단적인 근거로 김종삼은 10대 후반 '일본'으로 건너가 8년 가까이 유학 생활을 마치고 귀국함에도 불구하고, '일본' 시절을 회상하거나 이를 제재로 쓴 흔적이 보이지 않는다. 공간이 유대감뿐만 아니라, 존재성의 깊이에까지 관여한다고 볼 때 장소가 공간에서 중요한 의미를 지니는 것도 바로 이 까닭으로

---

27   「일간스포츠, 1979.9.27.」, 『김종삼 전집』, 앞의 책, 312쪽.

이는 낯선 공간으로 인식할 때 가능하다.

> 새로 도배한
> 삼칸초옥 한칸 房에 묵고 있었다
> 時計가 없었다
> 人力거가 잘 다니지 않았다.

> 하루는
> 도드라진 電車길 옆으로 차플린氏와
> 羅雲奎氏의 마라돈이 다가오고 있었다
> 金素月氏도 나와서 求景하고 있었다.

> 며칠 뒤
> 누가 찾아왔다고 했다
> 나가본즉 앉은방이 좁은
> 굴뚝길밖에 없었다.

> ─「往十里」 전문

장소로서 거처는 "개인으로서 그리고 한 공동체의 구성원으로서 정체
성의 토대, 즉 존재의 거주 장소"[28]이다. 장소는 삶이 뿌리를 내리는 공간

---

28   에드워드 렐프, 앞의 책, 97쪽.

으로. 일상적인 생활을 영위하는 서사적 공간이다. 「往十里」는 이런 의미에서 화자와 본질적 관계에 묶여 있으며 "새로 도배한/ 삼칸초옥 한칸 房에 묵고 있었다"라는 말에서 드러나듯이, 애착이 형성되기 전의 공간이다. 이 공간에서 화자가 느끼는 감정은 낯섦과 외로움이다. 이때 외로움을 해소하는 것은 자신과 처지가 비슷하거나 예술적으로 고독한 삶을 살았던 사람을 공간으로 불러내는 일이다. 김소월·나운규·드빗시·피카소·이중섭·전봉래·김수영·에즈라 파운드 등이 바로 그런 경우로 이를 통해 자신의 처지를 위안받거나, 동질감 속에 삶을 위치시키고자 했다.

도시화와 근대화는 낡은 공간을 부수고 새로운 공간으로 채워간다. 새로 태어나는 공간은 삶이 묻어난 공간이 아니라 낯선 공간이다. 이 낯선 공간에서 느끼는 것은 배제에 의한 소외이다. 이런 의미에서 공간의 중심에서 밀려난다는 것은 존재의 밀려남을 의미하며, 공간에게 받는 실존의 상처와 같은 것이다. 공간은 계층을 형성하며 나아가서는 계급을 규정짓는다. 따라서 투쟁이 도사리고 있는 권력의 공간으로 작용한다. 이 공간에서 밀려난 자는 당연히 소외와 고립이라는 자기 상실감에 빠질 수밖에 없다. 그리고 사회적 의미를 지니고 있는 공간은 결국 장소와 외관에 따라 위계가 결정된다. 이런 의미에서 "삼칸초옥"은 내면의 이탈 공간이다. 더욱이 "미개발 往十里/ 蘭草 두어서넛 풍기던 삼칸초옥"(「掌篇」)이라면 더욱 그렇다. 이는 김종삼 시에 있어 '변두리 의식'으로 나타난다.

①

나의 理想은 어느 寒村 驛같다

(…중략…)

나의 戀人은 다 파한 시골

장거리의 골목 안 한 귀퉁이 같다.

– 「나」 부분

②

나의 本籍은

몇 사람밖에 안되는 고장

겨울이 온 敎會堂 한 모퉁이다.

– 「나의 본적」 부분

③

나는

진눈깨비 날리는 질짝한 周邊이고

가동中인

夜間鐵造工廠..

– 「制作」 부분

　화자가 직접 고백의 형식으로 자신을 말하고 있는 ①의 "어느 寒村驛", ②의 "敎會堂 한 모퉁이", ③의 "진눈깨비 날리는 질짝한 周邊"은 모두 중심에서 벗어난 공간으로 화자 의식을 반영한다. 인간과 공간이 상호 영향 관계에 있으면서, 서로에게 감정을 교환하며 서로에게 의미를 계속하는 까닭에서이다. 마찬가지로 어떤 공간에 대해서는 두렵고 혐오스럽고 어떤 공간에 대해서는 안정감과 친근감이 드는 것은 특정 공간에 특별한 감정이 속해 있다는 것을 뜻한다.

공간에 대한 애착은 공간감으로 드러나는데 "공간감은 인간이 특정 환경에 묶이도록 만드는 감정적이며 경험적인 흔적을 의미한"[29]다. 장소감은 자신의 주거지인 거처를 통해서, 혹은 오랫동안 시간을 보낸 경험의 공간을 통해서 형성된다. 어느 곳을 특별히 좋아하고 어느 곳을 특별히 싫어하는 것 역시 공간에 대한 기억에서 비롯한다. 공간이 정체성에 관련하는 것도 바로 공간에 대한 투사가 지속적으로 이루어지기 때문이다. 김종삼이 떠도는 내면을 공간에 이입한 것도 바로 내면이 지닌 지리적 인식에 기인하기 때문이다.

그렇다면, '고립'의 공간이자 '변방'의 공간에 자신의 정체성을 뿌리내린다는 것은 무엇을 의미하는가? 공간에 대한 소속감이라고 할 수 있는 정체성은 분리와 단절의 감정이 생기지 않을 때, 다시 말해서 공간에 뿌리 내리고자 하는 공감에서 비롯한다. 경계를 짓지 않고 그대로 공간을 받아들일 때 내면이 맞닿는다. '변방'의 공간에 자신의 정체성을 뿌리내리는 '변두리 의식'은 시적 인물에서도 마찬가지로 드러난다. 김종삼 시에서 주로 등장하는 인물들이 개똥이·장사치기·장님·거지·복덕방 영감과 같은 '주변부적 인물'이 많이 등장하는 것이 바로 그 경우이다. 화자가 이러한 인물들에 관심을 갖는다는 것은 친근감을 느낀다는 것이다.

---

29   존 앤더슨, 이영민 외 옮김, 『문화, 장소, 흔적』, 한울아카데미, 2013, 79쪽.

공간이 "분할되고 격리될 수 있고, 공간의 점유와 생산은 정치적이면서 다른 지역에 기반을 둔 다른 집단 사이의 권력관계를 포함하고 또 그것을 생산한"[30]고 볼 때 김종삼 시의 타자는 화자의 내면과 일치를 이루는 체화된 무의식에 기반한다. 즉 타자와 타자가 속한 공간을 어떻게 표현하는가는 화자 내면의 선택에서 비롯한다고 할 수 있다. 이런 의미에서 김종삼 시에서 주로 나타나는 공간이 중심 공간의 위치에서 벗어난 중심 바깥의 공간이라는 측면에서 소외된 '이방의 공간'이라 할 수 있는데 이와 같은 화자 의식은 다음과 같은 시에서도 발견된다.

①
亞熱帶에서 죽을 힘 다하여 살아온 나에게
햇볕 깊은 높은 山이 보였다
그 옆으론
大鐵橋의 架設

– 「가을」 부분

②
머지 않아 나는 죽을거야
산에서건
고원지대에서건

---

30 존 앤더슨, 앞의 책, 95쪽.

어디메에서건

모차르트의 플루트 가락이 되어

죽을거야

나는 이 세상엔 맞지 아니하므로

-「그날이 오며는」 부분

공간은 살아 있는 생명체로서, 인간과 함께 만들어 간다. 인간의 "모든 행위는 정체성에, 즉 우리가 누구이고 어디에 있는지에 영향을 미치는 여러 흔적들을 남김으로써 세계를 구성하고, 인간과 용도에 맞게 분류하도록 관념화된 규율에 따라 질서화/경계화 된"[31]다. 김종삼 시의 화자가 스스로에 대해 '변두리 의식' 혹은 '변방 의식'을 갖고 있는 것은 공간적 의미에서 비롯되는 것뿐만 아니라, 그 스스로 내면에서 공간에 뿌리 내리지 못하는 '경계인'의 마음을 지니고 있기 때문이다.

주지하다시피 우리나라는 "亞熱帶"지역이 아니다. 그럼에도 불구하고 "亞熱帶에서 죽을 힘 다하여 살"았다고 하는 것은 자신이 존재하는 공간을 부정하는 것이다. 공간에 대한 부정은 삶의 교란이다. 이것은 공간의 타자성에 대한 저항이다. 그러므로 시의 화자가 "나는 이 세상엔 맞지 아니하므로"라고 말하는 공간과의 괴리는 지역 혹은 국가에 국한하는 지리적 의미에 그치는 것이 아니라, 화자의 내면에서 발현되는 삶 그 자체를 가리키는 것이라 할 수 있다.

---

31   존 앤더슨, 앞의 책, 212-213쪽.

우리나라 영화의 선구자

羅雲奎가 활동사진 만들던 곳

아리랑고개.

지금은 내가 사는 동네

5번 버스 노선에 속한다

오늘도 정처없이

5번 버스로

아리랑고개를 넘어간다

젊은 나이에 죽은

그분을 애도하면서.

－「아리랑고개」 전문

'아리랑고개'라는 지명은 '정릉고개'로 불리던 것이 "羅雲奎"가 "활동
사진"인 이라는 영화를 제작한 것에서 유래한다. 이 공간은 서울 '외곽'에
위치한 지역적 특성과 함께 "젊은 나이에 죽은/ 그분을 애도하"는 죽음이
서려 있는 곳이다. "고개"는 이런 의미에서 삶의 질곡을 응축한다. 흔적이
흔적으로 그치는 것이 아니라, 기억으로서 고통과 슬픔을 만들어 낸다고
볼 때 아리랑고개는 "羅雲奎"에 의해 '나라 잃은 슬픔'을 떠올리게 한다.
'나라 잃은 망국'과 '거처 잃은 상심'이 공간에 소속되지 못한 채 "정처없
이", "아리랑고개를 넘어가"고 있기 때문이다. 공간은 애착과 친밀감을
가질 때 소속감과 정체성을 갖는다. 또한 공간의 물질성이 곧 정신과
연관된다고 볼 때 중심 공간과의 거리는 곧 중심적 삶과의 거리이다.

2.4. 살아 있는 인간애의 공간

김종삼 시는 사회·문화적 공간이 잘 드러나지 않는다. 이는 화자의 시선이 외부 공간에 열려 있기보다는 내부 공간을 향해 친숙함을 표현하고 있기 때문이다. 즉 외부 공간은 화자에게 있어 실재적으로 인식하여 참여하는 공간이 아니다. 진정한 관계를 맺을 수 없다는 인식은 유동성과도 관련한다. 그런데 이 유동은 단순히 육체의 유동만을 뜻하는 것이 아니라 느낌·감정·성찰을 수반한다. 실재 공간과 연결이 되지 않는 육체는 분리와 단절이라는 인식을 드러낸다. 이는 김종삼의 공간에 대한 내부적 시선의 지향성과 관련한다.

조선총독부가 있을 때
청계川邊 一O錢錢 均一床 밥집 문턱엔
거지소녀가 거지장님 어버이를
이끌고 와 서 있었다
주인 영감이 소리 질렀으나
태연하였다

어린 소녀는 어버이의 생일이라고
一O錢짜리 두 개를 보였다

－「掌篇 2」 전문

이 시의 공간은 청계천변의 밥집이다. 밥집은 공동체의 공간이자 생산과 소비가 이루어지는 공간이다. 이 시에서 공간은 두 개의 층위로 분리되어 있다. 한 층위는 소리를 지르는 주인 영감이 차지하고 있는 지배 공간이며, 다른 한 층위는 거지소녀와 거지장님 어버이가 서 있는 비환대의 공간이다. 이 두 공간은 "문턱"에 의해 분리된다. "문턱"은 넘을 수도 있고, 넘지 못할 수도 있는 차단의 공간이다. 이 차단을 제거할 수 있는 것은 교환 가치인 "一〇錢짜리 두 개"이다. 이런 맥락에서 밥집은 이 두 층위의 섞임을 통해 생산과 소비가 이루어지는 자본의 공간이기도 하다. 그러나 화자는 이 자본의 공간을 따뜻하게 그려 놓는다. 즉 조선총독부라는 이미지가 주는 정치적·사회적 함의인 지배/피지배라는 이원적 구조를 외피에 두르면서, 밥집을 하나의 공간으로 구성한다.

모든 "사회적 공간은 의미 작용, 비의미 작용, 지각된 것, 체험된 것, 이론적인 것 등의 무수히 많은 측면과 움직임을 동반하는 과정에서 발생한"[32]다. 이런 의미에서 밥집은 공간이 만들어낸 시간과 공간 안에서 이루어진 수많은 경험의 총체가 집합되어 있다는 점에서, 그리고 삶이 순환되고 있다는 재현의 측면에서, 인간애의 공간으로 변화된다. 이 공간에 대한 재현은 지각에 의해 이루어지고, 지각은 의도에 의해 흔적을 남긴다. 이 흔적을 어떻게 남기냐에 따라 좋은 장소 혹은 나쁜 장소로 나타나는데 이는 공간에 대한 의식으로 요약될 수 있다. 즉, 주관에 의해 아름답거나 추한 공간으로 그려지기도 하고, 활성화된 공간이 되기도 한다. 물질적

---

32   앙리 르페브르, 앞의 책, 185쪽.

공간을 그린 다음과 같은 시를 보자.

　　두 소녀가 가즈런히

　　쇼 윈도우 안에 든 여자용

　　손목시계들을 들여다 보고 있었다

　　하나같이 얼굴이 동그랗고

　　하나같이 키가 작다

　　먼 발치에서 돌아다 보았을 때에도

　　조금도 움직이지 않고 들여다 보고 있었다

　　쇼 윈도우 안을 정답게 들여다 보던

　　두 소녀의 가난한 모습이

　　며칠째 심심할 때면

　　떠 오른다

　　하나같이 동그랗고

　　하나같이 작은

　　　　　　　　　　　　－「소공동 지하상가」 전문

　　지하상가는 근대의 효율성이 있는 획일 공간으로 구획된 자본의 공간
이다. 이 구획 공간은 인공적이고 비인간적인 느낌을 자아낸다. 서울 도심
한가운데에 위치해 있는 지하상가일 때는 더더욱 그렇다. 공간이 공간
자체로 존재하는 것이 아니라, 투쟁에 의해 권력 관계를 갖는다고 볼
때 소공동 지하상가는 자본의 권력이 지배하는 곳이다. 「掌篇 2」와 마찬

가지로 이 시도 두 개의 공간 층위로 나누어져 있다. 하나는 "손목시계들"을 사고파는 교환 가치가 이루어지는 상점 공간이고, 다른 하나는 가난한 "두 소녀"가 상품인 손목시계를 바라보는 상점의 점유 공간이다. 이 두 개의 공간은 "쇼 윈도우"에 의해 분리되면서 물질로부터의 소외라는 자본 구조를 함의한다.

자본은 "동시대성에 대한 집단적 인식으로 간주될 수 있고, 이 경험을 통해 인간 존재의 가장 기본적인 세 가지 차원−공간, 시간, 그리고 존재−의 특정한 의미를 반영하는 인식을 포착할 수 있"다.[33] 구체적으로는 사회적 생산과 소비하는 욕망의 실재로서 존재한다. 이렇게 본다면 '소공동 지하상가'는 자본 구조가 편성되는 시장의 원리가 지배하는 곳이다. 이 공간 안에서 "두 소녀"는 교환 욕망이 차단된다.

이를 통해 우리가 알 수 있는 것은 화자의 공간에 대한 기본 인식이다. 즉, 비록 화자가 현실 공간을 "廣漠한 地帶"(「돌각담」)나 "끝없는 荒野"(「투병기」)로 인식하고 있을지라도 "아름다운 햇볕이/ 놀고 있"(「따뜻한 곳」)는 따뜻한 공간이기를 바라는 마음에서 비인간적인 공간을 인간애의 공간으로 환치시킨다. 김종삼에게 있어 현실 공간에 대한 인식은 다음과 같은 시에서도 드러난다.

물먹는 소 목덜미에
할머니 손이 얹혀졌다

---

33   에드워드 소자, 앞의 책, 38쪽.

이 하루도

서로 발잔등이 부었다고,

서로 적막하다고

　　　　　　　　　　　　　　　　　　　　－「墨畵」 전문

　이 시의 제목을 '墨畵'라고 한 것은 묵화의 공간성 때문이다. 여백이
마음으로 메우라는 뜻을 지니고 있다면 이 공간은 김종삼의 내면 의식을
환치한 공간으로 이는 서로가 서로를 '사랑'으로 메우는 공간이다. 사랑이
공간 속에서 구체화된 것은 공간이 심리의 행위와 관계되기 때문일 것이
다. 이 과정 속에서 화자는 공간을 참된 공간으로 열어 놓으며 공간을
진정한 공간으로 장면화한다.

이 세상 모두가 부드럽다면

얼마나 좋을까

오랜만에 사마시는

부드로운 맥주의 거품처럼

高電壓 地帶에서 여러 번 죽었다가

살아나서처럼

누구나 축복받은 사람들처럼

여름이면 누구나 맞고 다닐 수 있는

보슬비처럼

겨울이면 포근한 눈송이처럼

나는 이 세상에
계속해 온 참상들을
보려고 온 사람이 아니다

─「無題」 전문

　"이 세상"은 우리가 살고 있는 공간 전체를 상기하고 있다는 점에서
존재론적 인식을 함의한다. 인간은 자신이 사는 곳에 근거를 세움으로써
정체성을 확인하고 공간과의 결합을 통해 일체감을 형성한다. 이 시에서
화자의 현실 공간에 대한 인식은 "참상들"이 계속된 곳이다. 참상은 경험
에 의해 기억과 정신 속에 표상으로 자리 잡는다. 김종삼 시에서 많이
드러나는 꿈과 상상의 공간 역시 바로 이 경우로 이때 화자에 의해 창조된
공간은 정신적 구성물인 사유의 방식이 대체된 것이라 할 수 있다. 이때
"맥주의 거품", "축복받은 사람들", "누구나 맞고 다닐 수 있는 보슬비",
"포근한 눈송이"는 모두 공간을 채우는 이미지들로서 이는 "참상들"과
대비되는 상대성이다.

　상대성은 화자가 처한 현실이 어떠한가에 따라 구성된다. 인간은 공간
속에서 존재의 구체성이 이루어지며, 반복에 의해 삶이 결정된다. 그러나
그 공간을 어떻게 채우고 사회적 관계들과 행위들을 어떻게 구현하느냐
에 따라, 상대성은 가변적일 수밖에 없다. 공간이 사회적 실천에 따라
공간의 차이화가 발생할 수 있기 때문이다. 김종삼이 새로운 공간의 생산

을 기원하는 것과 친밀성과 애착을 욕구하는 것은 공간이 새롭게 재생되기를 바라는 공간의 정체성과 관계한다. 결국 김종삼이 꿈꾸었던 "세상"은 다음과 같은 시라고 할 수 있지 않을까?

하루를 살아도/ 온 세상이 평화롭게/이틀을 살더라도/ 사흘을 살더라도 평화롭게// 그런 날들이/ 그날들이/ 영원토록 평화롭게

- 「평화롭게」 전문

3. 결론

김종삼 시는 비극 속에 평화로운 현실을 재현하는 고통, 그리고 약자에 대한 연민과 구원되는 세상을 이루고자 하는 종교적 윤리 등이 파문을 일으키며 감동을 자아낸다. 경험한 세계를 담담하게 푸는 어조로 공간을 언어의 실현 장소로 인식한다. "어휘 선택에서 지독하게 골머리를 앓"으며 "거짓말이 끼어들지 말아야" 하는 것이 "시인의 영역"[34]이라고 인식하고 있는 김종삼은 정직하게 형상화하려는 순수 의식을 발현하며 휴머니즘을 갈구한다.

김종삼의 시는 긴 시보다 단시에서 미적 공간의 선취를 얻고 있다. 김종삼의 단시는 시적 내면의 공간을 확장하여 심층을 이룬다. 김종삼의

---

34 「먼 '시인의 영역'」, 『김종삼 전집』, 앞의 책, 302-303쪽.

시가 이미지가 주는 인상이나 흔적이 오랫동안 기억에 남는 것도 바로 이 때문이다. 이로 인해 형식을 응축하여 내용을 확산하는 강한 효력을 발휘한다.

김종삼의 공간에 대한 의식은 다음과 같이 네 가지로 나누어 요약할 수 있다. 첫째는 분단과 전쟁에 대한 공포와 두려움을 그린 공간으로 이 공간은 인간 존재에 대한 위협과 위기가 상존하는 실제 공간이다. 이 공간에서 김종삼은 인간애와 인류애가 무엇인지를 그리고 이것이 왜 필요한지를 근본적으로 질문한다. 둘째는 수도원과 교회당과 같은 공간으로 이는 현실 공간과 대비되는 성스러운 공간이다. 수도원이 애착을 통해 안정의 공간으로 생성되고 있다면 교회당은 삶의 불안으로부터 균형 있는 삶으로 변화시키려는 공간으로 드러난다. 셋째로는 생활공간으로 가난과 고립과 같은 '경계인 의식'이 정체감으로 형상화 된다. 넷째는 근대의 효율적 가치가 지배하는 자본의 구조 속에서 물질적으로 소외되는 주변적 인물이 배열되는 공간이다.

김종삼은 공간을 '참상의 공간'으로 인식하면서, '좋은 공간'이 되기를 바랐다. 음악이 온 세상에 퍼지듯이 '평화 공간'이 이루어지기를 소망했다. 이는 인간애와 인류애가 있는 공간으로 성찰로 가득한 공간이었다. 그 공간 속에서 시원적인 인간 본성이 펼쳐지기를 기대했다. 이런 의미에서 김종삼은 이미 그 자신의 성스러운 공간이었다.

참고문헌

1. 기본 자료

권명옥 엮음, 『김종삼 전집』, 청하, 1988.

_____, 『김종삼 전집』, 나남출판, 2005.

2. 단행본 및 논문

강연호, 「김종삼 시의 대립공간 연구」, 『현대문학이론연구』 31, 현대문학이론학회, 2007.

김성조, 『부재와 존재의 시학』, 국학자료원, 2013.

모리스 블랑쇼, 이달승 옮김, 『문학의 공간』, 그린비, 2010.

박승규, 『일상의 지리학』, 책세상, 2011.

서영희, 「김종삼 시의 형식과 음악적 공간 연구」, 『어문론총』 53, 한국문학언어학회, 2010.

심재휘, 「김종삼 시의 공간과 장소」, 『아시아문화연구』 30, 가천대 아시아문화연구소, 2012.

오형엽, 「전후 모더니즘 시의 음악성과 시의식」, 『한국시학연구』 25, 한국시학회, 2009.

한명희, 「김종삼 시의 공간－집, 학교, 병원에 대하여」, 『한국시학연구』 6, 한국시학회, 2002.

아모스 이 티아오 창, 윤장섭 옮김, 『건축공간과 노장사상』, 기문당, 1988.

앙리 르페브르, 양영란 옮김, 『공간의 생산』, 에코리브르, 2014.

에드워드 렐프, 김덕현 외 옮김, 『장소와 장소상실』, 논형, 2014.

에드워드 소자, 이무용 외 옮김, 『공간과 사회비판이론』, 시각과 언어, 1997.

이-푸 투안, 이옥진 옮김, 『토포필리아』, 에코리브르, 2011.

존 앤더슨, 이영민 외 옮김, 『문화, 장소, 흔적』, 한울아카데미, 2013,

팀 크레스웰, 심승희 옮김, 『장소』, 시그마프레스, 2012.

박재삼 시의 존재론적 인식 연구

-후기시를 중심으로

1. 서론

박재삼은 53년 ≪문예≫에 시조 「강물에서」가 추천되고 55년 ≪현대문학≫에 시 「정적(靜寂)」이 추천된 이래 97년 작고하기까지 1권의 시조집을 포함하여 모두 15권의 시집을 출간하였다. 박재삼은 모더니즘과

---

1   박재삼의 시 세계를 시집 단위로 범주화했을 때 초기·중기·후기의 시집으로 나눠볼
     수 있다. 초기 시집은 ① 『春香이 마음』(1962)에서부터 『뜨거운 달』(1972)까지의 5권
     과 중기 시집은 ② 『비 듣는 가을나무』(1981)에서 『찬란한 미지수』(1986)까지의 5권
     그리고 후기 시집인 ③ 『해와 달의 궤적』(1990)에서 『다시 그리움으로』(1996)까지의
     4권 등 모두 14권으로 볼 수 있다. 초기 시집인 ①의 경우를 제외하고는 각각 ②는
     80년대와 ③은 90년대라는 시기적 흐름과도 맞물려 있으며, 시집의 균형 있는 출간
     과도 궤를 같이 하고 있다. 박재삼 시를 초기·중기·후기로 나눌 경우 그 자신 "어떤
     시끼리는 발상이나 이미지 구조가 어슷비슷한 것을 보고, 참 소견도 어지간히 좁구나
     하고 자괴(自愧)해지는 심사를 누를 수가 없"(박재삼, 「자서」, 『해와 달의 궤적』,
     1990)다라고 고백하고 있는 것처럼 시적 발상이나 리듬·어조·화제와 같은 것들이
     유사하여 시간적 거리와 시대적 층위에서 시기 구분하는 것이 타당해 보인다. 따라서
     박재삼의 '후기시'는 『해와 달의 궤적』(1990), 『꽃은 푸른빛을 피하고』(1991), 『허무
     에 갇혀』(1993), 『다시 그리움으로』(1996)이 이에 해당한다고 볼 수 있다.

참여시의 침윤 속에서도 꿋꿋하게 전통적인 서정에 뿌리를 둔 '한'과 '설움'의 언어를 곡진하게 노래하며 전후의 폐허를 위무하듯 인간의 의미를 구현해왔다. 특히 초기 시집인 『春香이 마음』(1962)에서부터 보이고 있는 눈물·저승·누님·가난·원한·추억 등의 시어는 인간의 근원적인 정서와 비애에 속해 있는 존재의 내면을 보여준다.

박재삼 시에 있어 타자는 주체의 시선과 관찰에 의해 제시되는 자연이며 이 자연을 통해 주체는 자신의 존재를 인식한다. 이 과정에서 주체는 자연의 본질적 특성을 '있는 그대로' 받아들이는 즉자적인 태도를 취한다.[2] 따라서 '참다운 존재는 무엇인가'라는 근원적인 질문이 자신의 존재를 드러내는 자연의 속성과 함께한다고 볼 때 실재적 존재자로서 '나'에 대한 근원적인 응답은 자신과 자연을 참된 존재로 결집시키고자 하는 주체의 성찰로 이어진다. 나와 자연이 수평적 관계를 이루며 미적 거리 속에 사유를 펼쳐 놓는 박재삼 시는 이와 같이 꾸밈없이 순수한 서정을 내면화한다.

하지만 이 일관된 태도는 준열한 존재 탐구라는 평가에도 불구하고 자칫 동어 반복이라는 인상을 줄 수 있다. 다시 말해 주체의 욕망과 자연의 욕망을 일치시킴으로써 발생할 수 있는 방법론적 시작 태도가 항상성을 유지하는 데는 이바지하지만, 형식 미학적 측면에서 완결성을 갖춘 구성이 좀처럼 발견되지 않고, 주체와 자연이 격의 없이 만날 수 있다는

---

2 이와 같이 본유적이고 자연성의 태도를 취한다는 점에서 노장(老莊)적이며, 생장 소멸을 원융적으로 보여주고 있다는 점에서는 불교적이다.

강점에도 불구하고 긴장 관계가 형성되지 않는 전개의 유사성이 많다는 점에서 그렇다. 주체의 인식이 무엇에 대한 인식으로 출발하여 대상과 호환 관계를 이룬다고 볼 때 박재삼 시는 대상을 관념적으로 인식하기보다는 실재하는 대상으로 주로 파악한다. 그렇다고 해서 박재삼의 시가 눈에 보이는 대상을 통해 '있음'만을 보여주는 것만은 아니다. 이 '있음'을 통해 '없음'의 세계를 보여주며 '존재하는 것의 비존재' 또는 '비존재의 존재'를 함께 보여주기 때문이다.

박재삼 시에 대한 논의는 대체로 초기 시집에 치우쳐 있다. 이 같은 이유는 「水晶歌」·「울음이 타는 江」·「追憶에서」 등과 같은 작품이 전통적 서정에 대한 공감이 완성도를 갖춘 채 널리 회자되었던 까닭이며 구체적으로는 '한'과 '눈물', '가난'과 '누님'과 같이 주제에 이바지하는 시어가 현실의 암울한 시대적 분위기를 친근감 있는 언어로 형상화했기 때문이다. 후기시가 그간 연구자들 사이에 주목받지 못한 것은 박재삼의 주요 활동 시기인 60년대와 70년대가 박재삼 초기 시집과 맞물려 있고 시적 방법에 있어서도 강렬한 미적 긴장이 내재되어 있지 않기 때문일 것이다.

오세영은 박재삼의 후기시가 생활과 사랑에 관한 시를 통해 인간적 면모와 무한한 것의 감각적으로 형상화했다고 평가하며, 그간 박재삼의 시가 초지일관하여 자연 속에 무한한 것을 동경하고 슬픔의 정서를 승화시켜 왔다고 진단한다.[3] 유성호는 박재삼 후기시가 사랑의 원리를 지치지 않고 노래하고, 자연 형상이 '한'을 매개하는 알레고리적 형상에서 스스로

---

3   오세영, 「아득함의 거리」, 『20세기 한국 시인론』, 월인, 2005, 280쪽.

투명한 물질성으로 바뀌어 갔다[4]고 평가한다. 이처럼 박재삼의 후기시는 주로 시적 주체의 진술에 의지하여 의미를 전달하고, 자연을 바라보며 자신의 심정을 전달하고자 하는 까닭에 자연과 동일성을 이루는 주제를 형성한다. 꽃이 지는 것에서 허무와 죽음을 노래한다든지 봄이 온 것에서 탄생과 생성을 읊조리는 것이 바로 그것이다.

박재삼의 시는 사물들의 세계를 존재하는 바 그대로 인식하는 특징을 보인다. 이 점에서 박재삼 시는 존재론적이며 개별적인 실재를 주관적인 경험으로 해석하지 않고 사물 자체의 본성을 파악하고 한다는 점에서 현상학적 인식에 기반한다. 즉 주체가 타자와의 관계에서 보다 본질적이고 명료한 의미를 구현하기 위해 사적 편견을 소거하며 근원적이고 객관적으로 대상을 지향하여 지각과 지각된 것의 동시성을 의미화한다.

형상화 측면에서 박재삼의 후기시는 형식의 완결성보다는 원숙한 성찰적 사유와 관조의 미학을 펼쳐 보인다. 질병과 신고(辛苦), 허무와 죽음과 같은 인생고의 문제를 여과 없이 직정적인 정념으로 표출한다. 이러한 까닭에 기법보다는 의미에 무게를 두며 주체의 내면에 흐르는 흐름들을 자연성에 맡겨둔다. 이에 따라 대상적 지향에 거리를 유지하며 내적 의식의 통일을 이루고자 하는 박재삼의 시는 자연 현상을 통해 의식을 구성하고 있다는 점에서 '의식의 근본법칙에 따라 자신의 음영이 겪는 근원적 감각으로 전체의 통일성'[5]과 맥락을 같이 한다.

---

4   유성호, 「박재삼 후기시에 나타난 '사랑'과 '자연'의 원리」, 『한국언어문화』 54, 한국 언어문학회, 2014, 205쪽.

5   에드문트 후설, 이종훈 옮김, 『시간의식』, 한길사, 1996, 247쪽.

이에 본고는 90년대 이후의 시집을 박재삼 시의 '후기시'로 상정하고 주체(화자)가 타자(자연)를 바라보며 자신의 존재를 어떻게 인식하는지를 논구해 보고자 한다.

2. 시적 주체와 자연의 상관성

2.1. 밝음과 성찰의 환원적 인식

존재는 존재로서 그치지 않고 주체의 인식과 관련하며 은폐된 것이 드러나는 것은 주체의 의식에 의해서이다. 존재가 그 자체로 있을 때는 결코 실상이 나타날 수 없으며 이는 주체의 시선과 의식에 의해 깨어난다. 그러나 존재들의 깨어남은 존재자의 욕망이 소거된 채 순수하게 바라볼 때 온전하게 개시(開示)된다. 말하자면 주관적 사유를 개입시키지 않고 있는 그대로의 것을 보고자 순수하게 대상에게 접근할 때 변형과 왜곡을 막고 스스로 순수하게 나타나게 하는 이 입사(入社)의 형식은 이런 의미에서 매임이 없는 자유로움이 있어야 한다.

이러한 의미에서 박재삼 후기시의 의의는 시간과 긴밀한 상관성을 갖는다. 계절의 순환에 인생의 순환을 읽어 내는 것은 주체가 시간과 합일을 이루며 의식을 대상에 투사할 때 가능하다. 시간이 단순히 흘러가는 것에 있지 않고 생명력을 지닌 채 주체와 매개하는 것이라면 과거의 회상이나 순간적 지각 혹은 기억과 상상은 모두 무엇에 대한 의식으로 시간의 도움

없이는 결코 범주화되거나 구성될 수 없다.

　순간적인 것과 영원한 것을 직관하고 의미를 부여하는 박재삼의 시가 우리에게 오랫동안 기억될 수 있었던 것은 솔직 담백하게 풀어나가는 공감 능력에 있을 것이다. 가슴 깊이 욕망하는 사랑과 그리움에 대한 고백을 듣게 되는 것도, 부끄러움이 없는 삶을 살고자 하는 성찰의 방식을 엿보며 우리에게 반성의 기회를 갖게 하는 것도 모두 공감과 무관하지 않다.

　시가 대상에 대해 투사와 동화를 반복하며 의미를 생성할 때 시가 고요하다는 느낌을 주는 것은 주체의 내면이 고요하다는 것에 있다. 있는 것 그대로를 보고 의식을 맡긴 시간 속에 자신의 경험과 의지를 순순히 고요에 조응할 때 참다운 삶은 내면에서 몸을 일으킨다. 이런 이유로 박재삼 시에 있어서 자연은 주체가 처한 상황과 내면을 실재적으로 드러내며 그의 시 전체를 관통하는 의례로 작용한다. 박재삼 시에서는 '정치'나 '경제'에 대한 감정 혹은 문화적 내용들이 극히 일부를 차지할 뿐 시집 전체가 자연에 뒤덮여 있다고 해도 과언이 아니다. 선경하고 후정하며(先景後情) 나아가 대상에서 자신을 깨우는 지각의 순환은 곧 자연의 이법(理法)과 닮아 있다. 따라서 그의 시는 자연의 시·공간에 놓여 있으며 이 시·공간에서 감정과 감각들을 술회한다.

　　夏至 무렵에는
　　하늘이 빛이
　　땅에 제일 가까이 내려와서
　　눈부시게 놀다가 가고

또한 한 옆으로

바람도 제일 어린

微風을 데리고 와서

나뭇잎이 몸을

이리 눕혔다

저리 일으켰다

은은한 가락만 빚고 있네

여기에

어떤 天下의 壯士도

눈물겹지 않는 법이 없는

이 소슬한 이치를

세상 사람들은 모르고 지내니

오직 그것이 답답할 뿐

하늘만 높이높이 개었네.

— 「햇빛과 바람」(『허무에 갇혀』, 1993) 전문

    자연이 자연으로 존재하고 평형을 이루는 것은 주체의 내면이 분열에 이르지 않은 것을 의미한다. 주체가 인격의 구성 요소들의 온전한 집합에 귀속해 있고 불안이나 고통, 허무와 절망과 같은 실존적 범주를 구성하지 않을 때 자연은 사유의 주체가 되고 동시에 온전한 대상으로 존재한다. 이 시에서 자연적 대상은 하늘·땅·빛·바람·나뭇잎이다. 이 대상들은 주체의 시선에 의해 인식된 존재이면서 스스로 존재하는 대상물로서 아직 주체에 의해 해석되기 전 또는 주체로 환원되기 전의 가능성들이다. 감춰져 은폐되어 있는 상태인 이 가능성은 주체의 시선과 비록 맞닿아 있지만 주체의 내면이 운동하기 전의 상태이다. 이 상태는 깨어남의 세계가 아니다. 깨어남의 운동의 세계가 되기 위해서는 존재의 지각을 넘어서는 인식이 동반되지만 이것은 주체에 의해 가려진다.

따라서 고요에 이르기 위해 자신의 편견을 중지시키고 주어진 어떤 것들로부터도 시작하지 않는 대상과의 마주침이 필요하다. 이럴 때 "빛이 / 땅에 제일 가까이 내려와서/ 눈부시게 놀다가 가"는 것을 만날 수 있으며, "나뭇잎이 몸을/ 이리 눕혔다/ 저리 일으켰다/ 은은한 가락만 빚고 있"는 것을 만날 수 있다. 빛의 '눈부심'과 나뭇잎의 '은은함'은 주체가 대상과 마주치는 감각 전체의 지각을 지나 시간 속에 조직된 경험을 소여 (所與)의 상태로 둘 때 사유로서 발현한다.

내적 실체들로서 주체의 순수한 직관들과 관련한 이 '있음 그 자체'를 통해 '있음'의 길을 인식하는 것은 박재삼 시에서 매우 중요한 역할을 한다. 이 '있음 그 자체'를 통해 삶의 자세나 의지를 사유할 수 있고, 나아가 '없음'의 세계를 예기할 수 있기 때문이다. 이는 자기 존재 방식이라는 차원에서 교착이 있을 수 있음[6]과도 관련한다.

　　　가느디가는 솔잎이여

6　　폴 뢰쾨르, 김웅권 옮김, 『타지로서의 자기 자신』, 동문선, 2006, 288쪽.

어찌하여 너희는

이름이 없이 무수히

그러나 햇빛과 바람에 어울려

그렇게도 반짝반짝 빛나는가.

사실 그 한 짓밖에 못하지만

없는 듯이 하고 있네.

나는 죽으면 망할

몸뚱이를 가지고

理性의 몸뚱이만 탐내고 있으니

이 원죄를 버릴 수 없는 한

시도 어느새 때가 낄 수밖에.

―「솔잎 반짝임에」(『꽃은 푸른빛을 피하고』, 1991) 전문

    "솔잎"은 "가느디가는" 형상을 하고 있다. 그러나 "솔잎"은 "이름도 없"이 "햇빛과 바람에 어울"려 "반짝반짝 빛"난다. 반짝반짝 빛나는 이 "솔잎"은 주체의 시선과 분리될 수 없는 대상으로 그것은 아무런 구별을 갖지 않는 자연적 현상에 불과하다. 그러나 시간의 흐름 속에 주체의 시선은 곧 의식과 맞물리며 의식 속에 새롭게 태어난다. 그것은 이름도 없이 반짝이던 솔잎이 자신을 드러내지 않은 채 반짝이는 것에서 발견된다. 이는 은폐되어 있던 세계가 시선에 의해 나타나 새롭게 구성되는 주체의 의식 속에 단순히 저기에 있는 것이 의식 속에 파고들어 주체의

영역 안에 '있음'의 세계를 보여주는 이것은 실체가 영혼의 표상으로 재생[7]시키기 때문일 것이다.

의미가 인식 대상과 통일을 이루는 것은 주체가 대상 속에 있는 어떤 것의 스스로가 되게 할 때이다. 따라서 "솔잎"을 "반짝반짝"거리는 것으로 인식하는 주체의 시선은 대상을 향한 의식이 동일성을 이룰 때이다. 또한 실재하는 것의 감각에 그치는 것이 아니라 의식이 대상들과 관계를 맺는 까닭이다. 이렇게 볼 때 박재삼 시에 있어 "반짝거린다"는 시어가 줄기차게 등장한다는 것은 주체가 대상의 개별성을 선택적으로 인식하여 주체의 의식 속에 '밝음'의 의식을 소여하고 시간의 흐름 속에 긍정의 가능성으로 자신을 인지하고 있다는 것을 의미한다.

가능성으로 존재하는 대상인 "솔잎"에서 "죽으면 망할/ 몸뚱이를 지니고/ 理性의 몸뚱이만 탐내고 있"다는 인식에 이른다는 것은 다른 사유들을 폐기시키며 존재의 본질로 향하게 하여 그 과정 속에 참된 자신을 성찰하고자 하는 의지를 지니고 있다는 것을 뜻한다. "몸뚱이만 탐내"는 자신을 똑바로 바라볼 때 "반짝반짝" 빛나는 "솔잎"은 주체에 의해 통각되고 의식의 순수성에 의해 걸러져 주체가 향하고 도달해야 할 대상으로 승격된다. 다시 말해 자연적 대상을 대상 그 자체로 파악한 후 그것을 자신에게 투여시켜 주체와 대상의 결합 속에 자신의 존재를 자명하게 파악하고자 한다.

---

7   모리스 메를로-퐁티, 남수인·최희영 옮김, 『보이는 것과 보이지 않는 것』, 동문선, 2004, 154쪽.

2.2. 지각의 분열과 대상의 비동일성

박재삼의 시는 복잡한 사유와 사변적 언술을 소거하고 밝고 명징한 언어로 대상에 천착한다. 그의 시에서는 햇빛·나무·꽃·해·별·잎사귀·물 등과 같은 자연적 존재들은 모두 온전한 모습을 지닌 채 자신의 독립적 지위를 지닌다. 하지만 주체가 대상과 거리를 둘 때, 즉 자기성과 타자성이 서로 사이를 두고 있을 때, 존재와의 동일한 균형은 깨진다. 더욱이 주체가 윤리의 문제를 동반하며 존재의 다양한 의미들 속에서 재전유할 때 갈라진 의식의 장소에 부정의 언어들을 심어 놓는다.

존재는 단순히 여기에 존재하는 것이 아니라 지속적으로 변화를 거듭한다. 따라서 확고한 존재란 있을 수 없으며 끊임없이 시간과 경험 속에 되풀이된다. 이런 의미에서 존재는 연속으로 이해할 수 없으며 주체가 자신을 변화 속에 투여하고 반성된 자신과 참된 자신을 찾으려 하는 것도, 현실 가운데 초월적 시선을 멈추지 않는 것도, 모두 자기 부정을 통한 보존의 욕구에서 비롯한다.

그렇다면 박재삼 시의 비동일성은 어떤 모습을 띠고 있는가? 그것은 차이에 의해 드러난다. 차이란 주체와 타자인 대상과의 괴리에서 생긴다. 거리가 미적 거리인 동시에 심리적 거리라면 그것은 주체와 대상 작용의 불일치에서 발생한다. 주체의 불안은 대상의 불안을 낳는다. 주체가 움직일 때 대상 역시 움직인다. 이 분열적 인식에 의해 대상의 모습이 드러나고 이를 통해 미적 인과율이 나타난다.

우리집 뜰에는

지금 라일락꽃이 한창이네.

작년에도 그 자리에서 피었건만

금년에도 야단스레 피어

그 향기가 사방에 퍼지고 있네.

그러나

작년 꽃과 금년 꽃은

한나무에 피었건만

분명 똑같은 아름다움은 아니네.

그러고 보니

이 꽃과 나와는 잠시

시공(時空)을 같이한 것이

이 이상 고마울 것이 없고

미구(未久)에는 헤어져야 하니

오직 한번밖에 없는

절실한 반가움으로 잠시

한자리 머무는 것뿐이네.

아, 그러고 보니

세상 일은 다

하늘에 흐르는 구름 같은 것이네.

－「라일락꽃을 보며」(『해와 달의 궤적』, 1990) 전문

동일한 대상에 대한 관계에서 서로 상반되는 태도나 감정이 공존하는 것은 대상에 대한 주체의 시선이 균형을 이루지 못할 때 나타난다. 이것은 감각에 주의를 돌리거나 이전에 품었던 판단을 습성으로 지니고 있는 선입견적 경험[8]에 의한 것이다. 동등한 관계가 대립하는 양상은 시선과 의식의 교착할 때로 주체가 대상을 긍정적으로 인식하지 못하는 데에서 연유한다. 따라서 이는 주체의 의식이 갈라져 있다는 것을 의미하며 이로 인해 대상을 부정적 의미로 바라볼 가능성이 높다. 그러나 이는 순간마다 변화하는 무엇에 관한 반성을 통해 나타난다.[9]

1연에서 주체는 뜰에 핀 "라일락꽃"을 바라보며 "향기가 사방에 퍼지고 있네."라고 말한다. 이는 주체의 분열이 이루어지기 전, 다시 말하면 주체가 대상을 온전히 바라보고 인식한 것으로 주체와 대상은 시선에 의해 일치된다. 이것은 박재삼 시가 자연을 구현해내는 방식 중 하나로 이는 햇빛을 "세상에서 가장 빛나는/ 무궁무진한 값진 이 선물"(「햇빛의 선물」)로 인식하거나 이파리를 보며 "경이(驚異)로 돌아오"(「새 잎을 보며」)라고 경탄하거나 "매미가 온 정령을 다해 뒷 숲에서" 우는 것을 보고 "이 세상에서 제일 값지게/ 은밀히 살아나는"(「온 정령(精靈)을 다해」) 것에서와 같이 주체가 대상과 동일함을 유지할 때 나타난다.

그러나 부정을 동반하는 실존적 문제들은 삶에 대한 불안과 회의에서

---

8   데카르트, 소두영 옮김, 『방법서설, 성찰, 정념론, 정신지도를 위한 규칙』, 동서문화사, 2011, 219쪽.
9   에드문트 후설, 이종훈 옮김, 『유럽 학문의 위기와 선험적 현상학』, 한길사, 2016, 299쪽.

출발한다. 초월적 사유 역시 현재의 결핍에 의해 주체와 대상이 격리되고 그 격리 속에서 심층적 인식을 드러낸다. 이는 2연을 보면 확연해진다. 2연의 주체는 "작년 꽃과 금년 꽃은/ 한 나무에 피었건만/ 분명 똑같은 아름다움은 아니"라는 인식을 보여준다. 이는 대상의 부정성이다. 이를 통해 주체의 시선은 "꽃과 나와는 잠시/ 시공(時空)을 같이한 것이 이이상 고마울 것이 없고/ 미구(未久)에 헤어져"야 하는 인식에 도달하여 마침내 "세상 일은 다/ 하늘에 흐르는 구름 같은 것이네"라는 깨우침에 이르게 된다.

한여름 내내
속으로 속으로만
익어 왔던 석류가
이 가을
하늘이 높고 햇빛이 눈부시고
바람까지 서늘한 때를 택하여
그 가슴을 빠개 놓고
다 익은 속열매를 보여
아름답기만 하구나.

그러나 임이여
내 가슴은 보일 것이 없어

더 없이 쓸쓸하구나.

–「석류를 보며」(『허무에 갇혀』, 1993) 전문

주체는 대상을 지각하며 지속적이거나 순간적인 감정에 반응한다. 즉 주체의 내면에서 일고 있는 지각이나 심리는 외부 대상과 자극을 이룬다. 비록 대상이 주체에 의해 선택적으로 주관화되고 있지만 그것은 의식 내부의 선택이라는 점에서 대상은 주체의 해석을 기다리며 시간의 흐름 속에서 해석된다. 뿐만 아니라 순수한 직관 속에서 의미를 규정하고 구별할 때 보다 본질에 이를 수 있다.[10]

이 시에서 "석류"는 주체와 시선을 함께하는 대상이다. 그것은 대상이 단순한 물질성에서 상호 육체로 접면하는 순간이다. 이 순간의 의식은 서로에게 열려 "한여름 내내/ 속으로 속으로만/ 익어 왔던 석류"는 주체의 주관적 지각의 세계에 맞닿는다. 하지만 이것은 주체 내부의 사유나 감정들로부터 파생되는 인식들이 아직 궁극에 이르기 전의 상태이다. 내부의 부정이 표현되기 전, 빛과 밝음의 세계가 주체의 시선에 의해 서로 육체성을 갖는 순간이다.

그러나 자신에게 향하는 어둠의 영역에서 번져 나오는 부정의 음성은 주체의 내면을 횡단하며 이 내면에 귀 기울일 때 존재는 참다운 존재로 다가선다. "임이여/ 내 가슴은 보일 것이 없어/ 더 없이 쓸쓸하구나"가

---

10   에드문트 후설, 이영호·이종훈 옮김, 『현상학의 이념, 엄밀한 학으로서의 철학』, 서광사, 1989, 112쪽.

바로 이 경우이다. 여기에서 주체는 대상과 대립을 이루며 자신을 부정한다. 이것은 "석류"의 속열매와 주체의 열매 없음과 대립을 이루며 나타난다. 따라서 대상을 감정적으로 부정하는 것은 다른 전체의 성찰을 위한 부정으로 1연에서의 대상의 아름다움과 2연에서의 주체의 쓸쓸함은 부정의 변증법들을 통해 주체는 자신을 보다 더 명확히 인식한다. 내면화를 통해 주체는 자신이 처한 처지를 부정하며 대상과 분리되는 비애에 도달하지만 이는 진정한 내면에 이르고자 하는 내부로부터의 의지에 다름 아니다.

2.3. 허무와 죽음의 변증적 인식

박재삼 시는 후기로 갈수록 허무와 죽음을 노래한다. 이는 나이 듦과 병고 등에 의해 비롯된 결과에 기인한다. 초기시부터 끊임없이 탐지해온 허무에 대한 인식이 후기시에 와서 더욱 구체적이고 높은 빈도수를 보이는 것은 존재성에 대한 부정성이 심화된 것을 의미한다. 허무는 생명을 건강하게 인식하는 대신 공허가 자리하는 곳에 생의 부정성을 동반한다. 그곳은 생의 텅 빈 구멍이자 죽음이 엿보는 곳이다. 죽음은 현존재의 가장 고유한 가능성이다.[11] 하지만 허무는 생의 경험을 되돌아보고 성찰적인 시선을 통해 보다 높은 것과 접촉한다는 점에서 그리고 초월적 시선을 기도(企圖)하여 존재에 대한 본연의 것을 실재적으로 바라보기 위함이라

---

11   마르틴 하이데거, 정순철 역, 『존재와 시간』, 양우당, 1993, 341쪽.

는 점에서 향상성을 띤다. 따라서 허무는 무엇을 지향하며 깊은 내부에 자리 잡고 자신을 둘러싼 모든 것의 실재를 보려 한다.

박재삼에게 있어 허무는 자연적 존재와 함께 한다. 자연은 그 성질에 의해 주체의 의식에 관여한다. 표상에 의해 감각되어 지각에 이르는 감정들은 보이는 것을 통해 보이지 않는 것을 관상(觀想)한다. 자신과 다른 것, 이제까지 자신이었던 것들을 다르게 보고 다른 곳을 보려고 한다. 사유의 오랜 흔들림 끝에 보이지 않을 수도 있는 존재 너머의 그 어떤 실체를 보고자 한다.

그러기에 주체는 존재의 근거이기보다는 본질로 향하고자 하는 존재에 의해 발견된다. 자연의 쇠락에서 삶의 쇠약을 발견하고 영혼과 육체가 존재를 지속하며 주체의 의식을 간섭하는 변화에 의해 자기 보존의 성찰적 인식을 활성화시킨다. 허무는 비록 욕망이 탕진되었을 때 나오지만 이 또한 욕망의 한 축이라는 점에서 내면의 승리로 전화(轉化)하려는 경향을 갖는다.

저 산 너머 아득한 길을 가면
드디어 새 세상이 나오겠지,
늘 이 꿈에 취해 있었지만,
그러나 늦게 깨달은 것은,
그걸 찾으면 무얼 하느냐의
虛無한 생각으로 돌아온다.

아, 이것이 평생

나에게 닥달을 해서

죽자 사자 그래도 달려 왔네.

그러다 어느 날

발 밑에 부지런히 기어다니는

개미를 보고 나자

그들보다는 한결 나을 듯싶은

슬프고 切實한 가락을 뽑을 수 있는,

저절로 배인 이 목청만이 처져 남았네.

-「虛無와 非虛無」(『허무에 갇혀』, 1993) 전문

존재는 자신의 중심으로 향해 심층에 도달하고자 한다. 심층은 자기 자신과 만나는 시간이며 자신을 보다 잘 바라볼 수 있는 공간이다. 심층을 통해 존재는 현재의 자신이 처해 있는 상황과 의미를 깨닫는다. 그렇지만 심층을 향해가는 것은 계기성이 없이는 불가능하다. 이런 까닭에 심층은 자신을 높은 존재로 위치시켜 주기도 하지만 절망으로 떨어뜨리기도 한다. 충족되지 않을 때 불가능한 것을 인식할 때 주체는 심층과 충돌한다. 아무것도 아니고, 아무것도 없음에 대한 생각으로 오직 텅 빈 자신과 만나는 순간, 주체는 오롯이 자신과 대면하며 의식의 지연적 상태를 경험한다.

이 시에서 "저 산 너머 아득한 길을 가면/ 드디어 새 세상이 나오겠지."

는 주체가 지금까지 꿈꾸어 온 의식의 표현이다. 그러나 이 의식은 "그걸 찾으면 무얼 하느냐의/ 虛無한 생각으로 돌아온다."는 부정 의식과 충돌한다. 욕망의 결여는 주체의 내성(內省)을 이끌어낸다. 따라서 "虛無한 생각"은 계기성을 이루는 "개미"와 만나 "죽자 사자" 달려온 "나"를 반성한다. 이때 주체는 자신의 심층 속에서 "목청"(내면의 자신)이 남아 있음을 깨닫는다.

박재삼의 시에 나타난 허무가 극명한 허무를 드러내지 않는 것은 주체의 순수한 의식에서 비롯한다. 그것은 시선의 "밝음"에 있다. 이 의식이야말로 허무가 허무로 그치는 것이 아니라 삶의 재전유를 통해 존재가 보존의 욕망을 보여주고 있다는 것을 알려준다. 박재삼 시에서 죽음에 관한 시가 많지 않은 것은 바로 이런 까닭이며 비록 죽음을 노래했다 하더라도 죽음 그 자체를 그려내지 않는 것도 긍정과 순응인 태도를 취하는 까닭에서 비롯한다. 초기시에서 후기시에 이르기까지 일관된 이러한 시적 세계는 매우 폭넓게 시의 내재성을 포괄한다. 허무가 주체가 넘어야 할 것으로 그려지지만 주체의 욕망 안에 충족을 기다리는 깨달음을 통해 궁극에는 초극과 생성이라는 의지와 결합하여 주체의 시선을 새롭게 기다리는 변증적 인식을 갖는다. 존재에 허무의 극단을 덧씌우기보다는 심층의 한 곳에 삶의 약속들을 위치시키고 부정들을 통해 자신의 존재성에 자신을 두는 것, 허무하지만 허무하지 않은 것, 사라지지만 사라지지 않는 것 그것이 주체의 궁극적 의식이며 가치를 발견하려는 본질적 의지이기 때문이다.

바닷가에 살면서

그 추운 하늘에

연날리기를 했다.

어떤 때는 오뚜기처럼

목을 뽑아 한정없이 오르다가

더러 화가 나면

아래로 아래로

곤두박질로 내려오는

그 장난에 빠져 있었다.

그리고

네 연이 오래가나

내 연이 오래가나

실로 걸어 겨루기를 했다.

그때 떨어져 나간 연은

아득한 저 공중 멀리

虛無를 향해 가물가물 사라지는 것을

한쪽 마음으로는 아쉬워했지만

결국은 그것이

다른 한쪽으로는

사는 연습으로 익혀 왔었다.

−「虛無의 연습」(『허무에 갇혀』, 1993) 전문

박재삼 시는 깊은 절망 속에 헤어 나오지 못하는 순간을 극화시키지 않는다. 「잠자는 아내를 보며」에서 "아 인연을 어찌하고/ 각각 이승을 뜨고/ 억울하게 땅 밑에 묻히는/ 숱한 세월을 생각하면/ 그 虛無를 어쩔 거냐."라고 말하고 있지만 이는 "아내가/ 잠에 골아 떨어지고 보면/ 세상 천지는 내 몰라라/ 숨쉬는 소리만이/ 새록새록 들리는"에서와 같이 오랜 반려자로서의 연민의 표현일 뿐 삶을 무력화하는 허무를 노래한 것이 아니다. 즉 죽음을 생각하는 허무는 세월의 무상감을 지각하고 자신을 돌이켜 보는 허무에 가깝다.

인간은 언제나 죽음에 놓여 있는 존재이다. 태어나는 순간 죽음을 향하여 가는 존재는 죽음을 앞둘수록 허무에 휩싸인다. 허무는 억압에 감추어져 있다가 어느 순간 낯설게 나타난다. 허무는 자신을 둘러싸고 있는 것이 의미 없음과 맞닥뜨릴 때 경험되고 죽음의 도피 수단으로 내면에서 대결을 계속한다.

이는 마찬가지로 이 시에서도 발견된다. "연은" 존재가 도달하고자 하는 표상이자 삶의 표지로 그려져 있다. 그것은 "연싸움"으로 연결된다. "네 연이 오래가나/ 내 연이 오래가나/ 실을 걸어 겨루기"하여 "떨어져 나간 연"은 "아득한 저 공중 멀리/ 虛無를 향해 가물가물 사라"지며 추락한다. 그리고 이는 기억을 통해 자신의 현재를 연의 추락과 연결하여 주체를 범주화한다. 그러나 주체는 허무를 허무로 인식하여 비극에 몰입되는 것이 아니라 "결국은 그것이/ 다른 한쪽으로는/ 사는 연습으로 익혀 왔었다"라는 긍정적 인식에 도달한다.

시간의 기억을 통해 허무를 인식하는 주체는 순응적이고 수용적이다.

대상에 대한 인식과 마찬가지로 허무에 대해서도 주체는 마찬가지로 반응한다. 그것은 삶의 전체를 뒤흔들어 존재 그 자체를 위협하거나 죽음에 이르는 심각한 병적 징후가 아니다. 자신의 존재가 무엇인지를 밝히고 알아내기 위한 성찰에 기반한 것으로 이는 전체에 대한 부정이 아니라 "사는 연습으로 익혀"온 허무, 또는 생의 충동으로서 존재의 근원성을 향한 허무이다. 이와 같이 박재삼 시는 후기에 이르러 삶과 일상 속에서 허무를 깨닫고 자신의 내면 속에 주체의 허무가 허무에 그치지 않고 자연의 순행을 통해 자연의 법칙을 받아들이며 이를 내면화한다. 근원적이면서도 비본래적인 자신을 자각하고 자연의 질서에 자신의 질서를 일치시킨다.

2.4. 부활과 영원의 순응적 윤리

허무를 허무 그 자체로 인식하지 않고 건강한 순응으로 받아들인다는 것. 또한 허무의 끝이자 생의 끝인 죽음을 또 다른 존재로 인식한다는 것. 비록 모태로부터 죽음을 시작하고 있지만[12] 이는 죽음 그 자체가 아니다. 박재삼 시의 주체가 자신으로 귀환하고자 하는 의지에서 비롯한다고 본다면 계절의 순환은 생의 순환이 되어 현재의 의식 속에 재현된다. 하지만 생명이 질서 속에 주체는 윤리적 시선을 거두지 않는다. 다시 말해 자연적 생명이 무엇인지를 주체가 미리 인식하고 이에 자신의 의미

---

12   권터 피갈, 김재철 옮김, 『하이데거』, 인간사랑, 2008, 106쪽.

를 투여하고 세계의 구성을 "연관"으로 파악한다. 유기체적 인식틀이 사실을 그대로 받아들이기보다는 자신의 의식을 통해 재구성한다는 것이다. 이럴 때 주체는 시선에 포착된 세계에 대해 내밀한 태도를 취하며 주체의 사유나 해석이 교차하는 동감적 태도를 보여준다.

허무를 노래하는 박재삼 시가 우리에게 따뜻하게 다가오는 것은 대상을 훼손하지 않는 주체의 태도에 기인한다. 즉 대상과 대상성의 존재를 그대로 인정하고 존재의 가치를 전체적으로 파악하고자 하는 생명성에 기반하고 있기 때문이다. 뿐만 아니라 박재삼의 시는 시간과 공간에 대한 지각에 있어서 미적 거리와 정서적 거리 두기를 통해 주체를 최소화시키며 자연과 더불어 질서를 얻고 일체를 이룬다. 자연의 질서와 하나를 이루며 본유 속에 내재해 있는 생명의 질서를 인간의 질서로 받아들이고 있는 것은 다음과 같은 시에서도 볼 수 있다.

당신이 푸른 빛과
별로 관계가 없는 것은
빤하고 분명하건만,
그러나 늘 그 근처에서
자나 새나
그리워하고 산 것은
너무나 확실하다.

저 햇빛에 반짝이는

무수한 이파리들 둘레에서

혼을 빼앗긴 채

멍청히 지냈던 사실을 헤아려 보라.

결국 이런 과정을 거치고

죽고 나면 어떻게 될까.

땅 밑에 묻혀

스미는 물로 변하여

그 이파리들을 타고

눈부시게 올라오기는 하리라.

아, 이것이 復活이 아니고 무엇인가.

-「復活의 생각」(『허무에 갇혀』, 1993) 전문

자각 있는 존재로서 또 다른 세계를 인지한다는 것은 자신이 끊임없이 생성해낸 참된 세계로 돌입하는 과정과 다름없다. 타자적 존재들과 부딪쳐 새로운 의미를 근본적으로 인식한다는 것은 자신의 시선으로 자신이 된다는 것이다. 보존의 욕구가 현재의 자신을 보다 높은 곳으로 고양시켜 자신이 꿈꾸는 세계로 인도하는 것이라면 주체는 자신 안에 성찰적 노력을 게을리하지 않으며 자신을 의미 있는 존재로 구성하려는 생의 충동을 갖는다. 주체는 이를 기반으로 순간과의 접촉에 있어 자신의 참다운 모습을 발견하려고 애를 쓴다.

이와 같은 관계는 이 시에서 "빛"으로 나타난다. "푸른 빛"과 "햇빛"은 주체와 상관성을 맺는 존재들로 이에 의해 주체는 잠시 "그리움"과 "멍청함"을 인식한다. 그러나 그것은 주체가 자신으로 현현하기 전의 의식에 불과하다. 대상인식 → 반성 → 자각으로의 이행은 자신을 참답게 인식하고 삶의 의미들을 긍정적으로 인식할 때 가능하다. 박재삼은 자연과의 길항과 합일 속에 주체를 투사해 자기 동일성을 가지며 무한한 것에 이르고자 하는 의지를 지니는데 이는 삶이 자연의 순환 법칙에 의해 유지되고 "復活"처럼 필연적이라는 것을 드러낸다. 대상을 온전히 바라보는 동일관계에서 부정과 교착은 낮에서 밤으로의 이동하는 것과 같다. '밝음'과 '어둠'이라는 극명한 실재는 허무·고독·죽음과 같은 징후를 거느리는 과정에서 육체는 사라져가는 존재로 인식된다.

이와 같은 점은 박재삼이 초기 시와 중기 시에서 보여준 일상에 대한 긍정이 "알찬 열매를 거두어들이기는커녕 쭉정이만 바구니에 남는 셈"(박재삼, 「자서」, 『꽃은 푸른빛을 피하고』, 1991)이라고 고백하고 있듯 '후기시'에 이르러서는 한층 더 깊은 절망과 허무를 보여주는 데에서도 발견된다. 주체의 접촉과 통각(統覺)에 의해 사물의 존재성이 드러나고 주체 또한 성찰적 사유에 이르는 환원적인 생명 인식이 비록 부정의 시선을 갖고 있다 하더라도 존재 그 자체 혹은 사물 그 자체의 모습을 보기 위해 전유된다. 이는 주체가 시간 속에 자신을 던져 놓고 자신이 어떤 존재인지에 대한 고유성을 인지하는 것은 순간에 의한 것으로 이 순간을 위해 존재의 전체성이 바쳐진다.

그러나 이것은 주체가 의식하고 의지를 지닐 때 가능하다는 점에서 부활은 인식이며 욕망이다. 이 부활에 대한 의지는 "혼을 빼앗긴 채/

멍청히 지냈던 사실을 헤아려"보는 한계를 인식하고 그 속에서 생의 의지를 발견하려는 의지에서 비롯한다. 탄생과 더불어 죽음이 시작되는 운명 속에서 주체가 선택할 수 있는 것은 한계를 인식하는 일뿐이다. 이것을 인식할 때 존재는 정지하지 않으며 주어진 시간 속에서 "저 햇빛에 반짝이는/ 무수한 이파리들"처럼 끊임없이 반짝일 수 있기 때문이다. 박재삼 시에서 "반짝이다"와 "빛"이라는 시어가 압도적으로 차지하는 것도 시의 주체가 비록 허무를 말하고 허무를 인식하여 그것을 발현하는 입장이지만 대상의 고유성에 대한 인식을 받아들인 순응의 결과이다. 따라서 주체가 "아, 이것이 復活이 아니고 무엇인가"라고 인식한다는 것은 죽음을 죽음 그 자체로 받아들이지 않고 새로운 생명의 출발로 받아들이는 사유가 바탕에 깔려 있다고 볼 수 있다.

> 항상 바람 앞에서
> 물결의 態가 잡혀
>
> 오지도 가지도 못해
> 결국에는 영원으로
>
> 내닫는
> 빠안한 길을
> 출렁이며 가누나.
>
> ─「물결의 態」(『다시 그리움으로』, 1996) 전문

이 시에서 "바람"은 외적 현실을 뜻한다. 이 "바람"에 의해 움직이는 "오지도 가지도 못하는 물결"은 주체가 처한 상황을 의미한다. 즉 자연의 질서와 시간 속에 파장을 일으키는 삶의 충돌과 갈등을 의미한다. "물결"은 "바람"에 의해 "態"가 잡힌다. "態"는 주체가 자신을 인식하는 대상으로 살면서 외적인 것에 지배되어 있는 상황을 가리킨다. 따라서 "오지도 가지도 못"하는 "물결"은 곧 주체가 분열된 인식으로 온전히 자신으로 환원하지 못하는 시간과 삶의 경험 속에서 무엇인가 흘러갈 수밖에 없는 국면을 지시한다.

자신을 보존하고 항상성을 유지하려는 것은 본능적 귀속의 욕구이다. 왜냐하면 인간은 존재에 대한 앎을 사랑하기 때문이다.[13] 귀속은 주체의 분열 사이의 간극에 존재한다. 따라서 주체는 이 왕복을 지속하며 시간의 흐름 속에서 삶을 완성한다. 이 삶의 완성은 죽음이다. 이는 주체가 "바람"으로 지칭되는 현실에 저항한다 하더라도 "물"이 도도히 흘러갈 수밖에 없는 것처럼 "결국에" 죽음으로 이행하는 "빠안한 길"이기 때문이다.

인간은 죽음 앞둔 자로서 자신을 유의미한 존재로 변화시키려고 노력한다. 이때 자기 현전은 타자성이 불순하게 끼어드는 것을 용납하지 않으며 자신을 순수한 존재로 재현하고자 한다. 박재삼이 주체의 온존을 재생하고자 자연의 이치 속에서 자신을 검토하고자 하는 것은 새로 돋는 "이파리"를 보고 "아, 이것이 復活이 아니고 무엇인가"라고 인식할 때와 마찬가지로 진정한 자신의 모습을 만나고자 하기 때문이다. 이와 같이 박재삼

의 주체는 자신을 의미 있는 존재로 구성하며 타자와의 교섭을 계속한다. 이때 타자는 주체의 의식에 의해 간섭을 받고 타자에 의해 주체가 간섭을 받는 부여 방식을 통해 주체의 성찰이 이루어진다.

박재삼 시가 자연 속에서 은폐된 질서를 발견하여 이를 주관적 예감으로 받아들이는 것은 주체와 타자가 상호 교응을 이루기 때문이다. 뿐만 아니라 박재삼 시는 앙상한 나뭇가지에서 혹은 눈 덮인 겨울 들판에서 삶의 무상함을 비극화하는 것이 아니라 오히려 삶의 자명성을 발견하는 예지를 드러낸다는 점에서 영원과 재생의 태도를 드러낸다.

3. 결론

박재삼 시는 기억과 원체험에서 한과 슬픔과 같은 비극적 정서를 시 속에 구현했다. 이 과정에서 주체는 자연과 동감과 순응의 태도를 취하며 의식 속에 새로운 자신을 재생하고자 했다. 박재삼 시가 슬픔을 노래하더라도 아름다움을 주는 것은 고통 속에 자신을 가두고 자학하는 것이 아니라 거리를 두고 생명과 도약의 언어에 힘을 싣고 있기 때문이다.

세계는 주체에 의해 간섭을 받으며 주체에 의해 개념화되고 명명된다. 박재삼 시의 주체가 고통에 맞닿아 있으면서도 재생을 향해 개방한 것은 존재에 대한 의지에서 출발한 것이었다. 존재가 의식 속에 자신이 무엇인지를 탐문하며 반성적 시선을 멈추지 않을 때, 타자와의 관계 속에서 운동하는 주체라는 것을 인식할 때 주체는 타자와 비로소 교응한다. 이는 박재삼의 시가 일관되게 자연에게 시선을 멈추지 않고 의식 있는 자신의 존재를 보존하고자 하는 생을 향한 충동에서도 발견된다.

박재삼 '후기시'는 자연에서 존재성을 발견하는 긍정성에 있다. 화해와 동감의 의지는 긍정의 시학이 지니는 본래의 것이다. 그러나 주체와 타자가 관계 맺는 방식은 긍정적인 접촉에 의해서만 촉발되지 않는다. 그것은 부정에서도 구성되는 것으로 이때 대상은 주체에 의해 해석되며 질서를 얻는다. 생성과 소멸의 이중적인 존재의 양태 속에 주체는 자신의 가능성을 구성한다.

박재삼 시가 자연의 대상성과 서로 분리되는 것도 간극의 틈에 일어나고 있는 삶의 충돌들을 구현하려는 방식과 관계한다. 즉 부정을 인식하고 부정을 담아냄으로써 의미를 새롭게 준비하려는 의지와 관련한다. 이 과정에서 주체는 허무를 인식하는 것 속에 부활의 가능성을 꿈꾸며 허무와 정신의 종말인 죽음을 자연의 변화와 부활이라는 이치로 받아들이며 그것을 곧 생의 이치라는 것으로 형상화한다.

이처럼 박재삼의 시는 타자성에 주체를 던져 놓고 더 큰 완전성과 분열이 오가며 '영원과 윤회의 시학'을 펼쳐 보인다. 인간이 매 순간 죽음을 향하여 가는 존재지만 자연이 탄생과 죽음을 반복하듯이 박재삼의 시는 생에 부여된 명제를 자연과 부딪치는 곳에서 삶의 긍정과 부정을 변증적으로 받아들이고자 노력하였다.

참고문헌

1. 기본 자료

박재삼, 『박재삼 시전집 1』, 민음사, 1998.

_____, 박재삼기념사업회 엮음, 『박재삼 시전집』, 도서출판, 경남, 2007.

2. 단행본 및 논문

오세영, 「아득함의 거리」, 『20세기 한국 시인론』, 월인, 2005.

유성호, 「박재삼 후기시에 나타난 '사랑'과 '자연'의 원리」, 『한국언어문화』 54, 한국언
　　　어문학회, 2014.

권터 피갈, 김재철 옮김, 『하이데거』, 인간사랑, 2008.

데카르트, 소두영 옮김, 『방법서설, 성찰, 정념론, 정신지도를 위한 규칙』, 동서문화사,
　　　2011.

마르틴 하이데거, 김재철 옮김, 『종교적 삶의 현상학』, 누멘, 2011.

_____, 정순철 옮김, 『존재와 시간』, 양우당, 1993.

모리스 메를로-퐁티, 남수인·최희영 옮김, 『보이는 것과 보이지 않는 것』, 동문선, 2004.

에드문트 후설, 이종훈 옮김, 『시간의식』, 한길사, 1996.

_____, 이종훈 옮김, 『유럽 학문의 위기와 선험적 현상학』, 한길사, 2016.

_____, 이영호·이종훈 옮김, 『현상학의 이념, 엄밀한 학으로서의 철학』, 서광사, 1989.

폴 뢰쾨르, 김웅권 옮김, 『타자로서의 자기 자신』, 동문선, 2006.

문학과 존재의 현상학

초판 1쇄 인쇄 2025년 5월 30일
초판 1쇄 발행 2025년 6월 10일
지은이 박주택
펴낸이 이대현

편집 이태곤 권분옥 임애정 강윤경
디자인 안혜진 최선주 강보민
마케팅 박태훈
펴낸곳 도서출판 역락 | **등록** 1999년 4월 19일 제303-2002-000014호
주소 서울시 서초구 동광로46길 6-6 문창빌딩 2층(우06589)
전화 02-3409-2060(편집부), 2058(영업부) | **팩스** 02-3409-2059
전자우편 youkrack@hanmail.net | **홈페이지** www.youkrackbooks.com

ISBN 979-11-7396-098-7 93810

책값은 뒤표지에 있습니다.
파본은 구입처에서 교환해 드립니다.